DIS-MOI QUE TU MENS

Paru aux éditions Prélude s :

CE QUE TU VEUX

Sabine Durrant

DIS-MOI QUE TU MENS

TRADUIT DE L'ANGLAIS (GRANDE-BRETAGNE)
PAR LUC RIGOUREAU

PRÉLUDES

Titre original :

LIE WITH ME
Publié par Mulholland Books, an imprint of Hodder & Stoughton,
Grande-Bretagne.

Couverture : © Mia Takahara/Plainpicture.

Prélude est un département de la Librairie Générale Française.

ISBN : 978-2-253-10789-7

À Francesca

Août 2015

En pleine nuit, l'idée m'a traversé que ça avait pu commencer bien *avant*. Horrifié, je me suis redressé sur mon lit et, dans le noir, du bout de mon ongle, j'ai gravé le mot « LIBRAIRIE » sur la face interne de mon avant-bras. La griffure a disparu, aujourd'hui ; la peau est irritée par une morsure d'insecte qui s'est infectée et que j'ai dû gratter dans mon sommeil. Néanmoins, l'avoir écrit a eu l'effet escompté. Comme c'est souvent le cas. Ce matin, mes souvenirs sont plutôt limpides.

Hudson & Co, le bouquiniste de Charing Cross Road. J'étais parti du principe que c'était là-bas que tout avait débuté, que rien ne serait arrivé si les cheveux roux de cette petite idiote de vendeuse n'avaient pas attiré mon attention. Et si je me trompais ? Si la dynamique s'était mise en mouvement des semaines, voire des mois plus tôt ? La source empoisonnée remonte-t-elle à l'université, largement avant la disparition de cette foutue gamine ? Ou même encore plus loin ? À l'école, à l'enfance, ou à ce jour de 1973, quand je suis entré, le visage cramoisi par l'effort, dans ce monde impitoyable ?

La question que j'essaie de formuler, j'imagine, est celle-ci : jusqu'à quel point sommes-nous acteurs de notre propre destruction ? Quelle part de ce cauchemar m'est-elle imputable ? Il est facile de haïr et de protester. De se cabrer et de regimber. De commettre des actes désespérés et vains. Néanmoins, parfois, il faut savoir endosser ses fautes.

AVANT

Chapitre un

C'était une journée brumeuse, un de ces après-midi londoniens gris et bruineux où le ciel, les trottoirs et les immeubles dégoulinants de pluie se rejoignent. Voilà longtemps que je n'ai pas vu un temps pareil.

Je sortais d'un déjeuner avec mon plus vieil ami, Michael Steele, chez Porter, dans le souterrain de Charing Cross, un bar à vin où nous avions nos habitudes depuis nos seize ans, époque à laquelle nous avions découvert la discrétion des lieux comme celle du propriétaire. Il va de soi qu'aujourd'hui nous aurions préféré nous retrouver dans un endroit moins humide et lugubre (ce petit bistro chic de St Martin's Lane qui se spécialise dans les crus de la Loire, *par exemple**[1]), mais la nostalgie peut être tyrannique. Ni lui ni moi n'aurions osé le suggérer.

1. Tous les mots en italique suivis d'un astérisque sont en français dans le texte. (*N.d.T.*)

En général, quand je quittais Michael, j'avais le pas assuré du mâle conquérant. Étriqué dans une existence réglée par les exigences d'une épouse, de jumeaux et d'une étude notariale à Bromley, il écoutait le récit enjolivé de mes mésaventures – nuits d'ivresse à Soho, jeunes maîtresses –, avec une envie non dissimulée.

— Quel âge a celle-ci ? m'avait-il demandé en découpant son œuf à la chair de saucisse grillée. Vingt-quatre ans ? Dieu tout-puissant !

Il ne lisait pas et, entre loyauté et ignorance, continuait de me prendre pour LE succès d'édition du moment. Il ne lui venait pas à l'esprit qu'un best-seller vieux de vingt ans ne suffisait pas à entretenir à l'infini une réputation. Pour lui, j'étais la star du « Londres littéraire » (ses mots) et, quand il s'emparait de l'addition – on pouvait toujours compter sur lui pour ça –, c'était moins par charité que par courtisanerie. Que le *statu quo* implique un brin de bluff mutuel était un faible prix à payer. Bien des amitiés, j'en suis convaincu, reposent sur des mensonges.

Ce jour-là cependant, quand j'ai regagné la rue, j'étais abattu. Il faut dire que, même si j'avais gardé ça pour moi, ma vie avait récemment décidé d'aller de mal en pis. On venait de refuser mon dernier roman, et Polly, la fameuse jeunette de vingt-quatre ans, m'avait largué pour une espèce de boutonneux qui tenait un blog politique ou que sais-je. Par-dessus le marché, j'avais appris, le matin même, que j'allais être expulsé de l'appartement gratuit de Bloomsbury que je considérais comme mon chez-moi depuis six ans.

Bref, j'avais quarante-deux balais, j'étais fauché et je risquais l'humiliation de devoir emménager chez ma mère, à East Sheen.

N'oubliez pas non plus qu'il pleuvait.

Je me suis traîné sur William IV Street, en direction de Trafalgar Square en évitant les parapluies. Devant la poste, un groupe d'ados étrangers équipés de sacs à dos et chaussés de baskets fluo me bloquaient le chemin. J'ai été forcé de descendre dans le caniveau. L'un de mes souliers s'est enfoncé dans une flaque, et un taxi qui passait a inondé une jambe de mon pantalon en velours côtelé. Pestant, j'ai traversé la chaussée à cloche-pied, je me suis faufilé entre les voitures à l'arrêt, j'ai remonté St Martin's Lane et coupé par Cecil Court pour déboucher dans Charing Cross Road. Le monde trépidait sous l'effet de la circulation, des chantiers derrière leurs échafaudages métalliques bruyants, du fracas infernal de la Crossrail. La pluie persistait à se déverser du ciel, mais j'avais avec obstination dépassé la station de métro, quand un flot de touristes tirant des valises m'a une fois encore fait dévier de mon itinéraire et plaqué contre une vitrine.

Je me suis collé à la devanture en attendant qu'ils s'éloignent et j'ai allumé une cigarette. J'étais face à Hudson & Co, une librairie d'occasion vendant surtout des ouvrages sur la photographie et le cinéma. Ils avaient aussi, au fond, un petit rayon fiction où, sauf erreur de ma part, il m'était arrivé de faucher un vieil exemplaire de *Lucky Jim*. (Pas une édition originale, mais un joli Penguin orange de 1961 dont la couverture s'ornait d'une illustration de Nicolas Bentley.)

J'ai scruté l'intérieur de la boutique. Poussiéreuse, elle semblait avoir connu des jours meilleurs. Les étagères les plus hautes étaient, pour la plupart, lugubrement vides.

Soudain, j'ai repéré la fille.

Les yeux perdus dans le vague, elle suçotait une longue mèche de ses cheveux roux, les traits alourdis par un ennui si sensuel que j'en ai eu des fourmis au bout des doigts. Après en avoir pincé l'extrémité, j'ai mis ma cigarette dans la poche de ma veste et j'ai poussé la porte.

Je ne suis pas désagréable à regarder (et j'avais meilleure allure alors, avant les événements), doté d'un visage – yeux bleus plissés, pommettes saillantes, lèvres pleines – comme, m'a-t-on dit, les aiment les femmes. Je prenais soin de mon apparence, même si le but recherché était d'afficher une négligence sophistiquée. Parfois, quand je me rasais, j'étais fasciné par la finesse de mes doigts effleurant la symétrie ciselée de ma mâchoire, par le dessin régulier de ma barbe, par la légère incurvation de mon nez patricien. J'estimais que s'intéresser aux choses de l'esprit n'était pas une raison pour négliger son corps. J'ai le torse bien développé. Je l'entretiens avec ardeur, encore maintenant, et les exercices que j'ai appris à Power Pulse, la salle de gym de Bloomsbury, lors des cours « découverte » gratuits, continuent de se révéler utiles. Je sais aussi *travailler* mon attitude : humble sourire d'autodérision, recours étudié au contact visuel, cheveux blonds artistiquement ébouriffés, du style « plongé dans ses pensées ».

La fille a à peine réagi quand je suis entré. Elle était vêtue d'un long haut asymétrique par-dessus des collants opaques et chaussée de grosses bottes de moto ; trois clous dans le cartilage d'une oreille, un maquillage outré ; un petit oiseau tatoué sur un côté de son cou. Je me suis ébroué, tête baissée.

— Mince alors ! ai-je lâché avec un faux accent populo. Ça tombe à seaux !

Elle a doucement basculé en arrière sur les talons de ses bottes, a juché son fessier sur un tabouret en métal avant de me lancer un coup d'œil, puis a cessé de mâchouiller sa mèche rouge.

— Même si Ruskin prétendait que le mauvais temps n'existe pas, ai-je ajouté en forçant le ton. Juste différentes sortes de beau temps.

Les lèvres boudeuses se sont très timidement arquées en un sourire approximatif.

— Mais allez dire ça à mon tailleur, ai-je conclu en relevant le col de mon manteau.

Le sourire s'est fané. *Un tailleur ?* Comment aurait-elle pu deviner que le vêtement, acheté pour rien à l'Oxfam[1] de Camden Town, se voulait sarcastique ? Je me suis approché d'un pas. Sur le bureau derrière

1. Équivalent britannique des boutiques Emmaüs.

lequel elle se tenait trônait un gobelet de Starbucks. « Josie » y avait été gribouillé au feutre noir.

— Ainsi, vous êtes Josie ? ai-je repris.

— Non, a-t-elle lâché d'une voix dénuée d'intonations. C'est juste le nom que j'ai donné à la serveuse. J'en change tout le temps. Vous avez besoin d'aide ? Vous cherchez quelque chose de précis ?

Elle me toisait de la tête aux pieds, assimilant le tweed, le velours côtelé, les richelieus détrempés, le pitoyable quadragénaire qui les portait. Un téléphone portable a vibré sur la table. Même si elle ne l'a pas attrapé, ses yeux se sont brièvement posés dessus, et elle l'a incliné afin d'en lire l'écran. Elle me congédiait.

Blessé, je me suis éclipsé en direction du fond du magasin et accroupi devant un rayonnage inférieur comme pour en examiner le contenu (deux bouquins pour cinq livres). Cette nana était peut-être un peu trop jeune, pas franchement mon public. Il n'empêche. Comment osait-elle ? Merde.

Ainsi agenouillé, j'avais droit à des effluves de papier humide et de transpiration ; aux taches laissées par d'autres gens, par les doigts d'autres gens ; et à un courant d'air froid. Alors que je balayais du regard la rangée de volumes jaunis, des phrases du dernier courriel de mon éditeur se sont insinuées dans mon crâne : « Trop expérimental… Pas en phase avec le marché actuel… Et si vous écriviez un roman où il se passe *vraiment* quelque chose ? » Je me suis relevé. Tant pis. J'allais sortir, drapé dans toute la dignité que j'étais capable de rassembler, et j'irais à la London Library ou – rapide consultation de ma montre – au Groucho. Après tout, il était presque 15 heures. Il y aurait bien quelqu'un là-bas pour m'offrir un verre.

Depuis, j'ai vraiment essayé de me rappeler si la porte tintait, si c'était ce genre de porte. À mon arrivée, j'avais eu l'impression que la librairie était vide, mais la disposition des lieux permettait à tout un chacun de se cacher ou de rôder, comme c'était mon cas. Était-il déjà là ? Le parfum de West Indian Limes est-il le fruit de mon imagination ? Ce détail semble important. Ou pas. Il est possible que mon cerveau cherche une explication à un incident susceptible de relever du pur hasard.

— Paul ! Paul Morris !

Il se tenait de l'autre côté de l'étagère, et seule sa tête était visible. J'en ai dressé un rapide inventaire : yeux rapprochés, front dégarni qui donnait à son visage la forme chichiteuse d'un cœur, menton fuyant. C'est l'espace entre les deux dents de devant qui a réveillé ma mémoire. Anthony Hopkins, un camarade de Cambridge. En histoire, si je ne me trompais pas. Je l'avais croisé quelques années auparavant, lors de vacances en Grèce. J'avais le sentiment désagréable que je ne m'étais pas montré sous mon meilleur jour lors de cette rencontre fortuite.

— Anthony ? Anthony Hopkins ?

— Andrew, m'a-t-il corrigé avec agacement.

— Mais oui, bien sûr ! ai-je rebondi en me frappant le front. Andrew. Désolé. Quel plaisir de te voir !

Je me creusais les méninges, en quête de menus souvenirs. J'étais parti en excursion sur une île avec une certaine Saffron, une fêtarde dont je partageais le lit, et plusieurs de ses amis. Je les avais perdus de vue sitôt que nous avions accosté. On avait pas mal picolé. *Andrew m'avait-il prêté de l'argent ?* Quoi qu'il en soit, il était devant moi en costume rayé, la main tendue. Je la lui ai serrée.

— Ça… Ça fait un bail.

Il a ri.

— Depuis la Grèce, oui. Depuis Pyros.

Un imperméable emperlé de pluie était plié sur son bras. La rouquine nous reluquait en dressant l'oreille.

— Comment vas-tu ? a-t-il poursuivi. Toujours écrivaillon ? J'ai vu que tu avais une rubrique dans l'*Evening Standard*. Critique littéraire, c'est ça ? Nous avons adoré ton roman. Ma sœur n'en pouvait plus, quand il a paru.

Je me suis incliné. Sa sœur… Ah, oui. J'étais sorti un temps avec elle, à Cambridge.

— *Exégèse d'une vie*, ai-je répondu, assez fort pour que l'employée se rende compte de l'occasion qu'elle avait laissée passer. Merci. Pas mal de gens ont eu en effet la gentillesse de dire qu'ils l'avaient apprécié. Il touchait une corde sensible, je crois. D'ailleurs, le papier du *New York Times* affirmait que…

— Et depuis ? m'a-t-il coupé. Quelque chose d'intéressant ?

La nénette était en train d'allumer un radiateur soufflant. Quand elle s'est penchée, son haut en soie s'est entrebâillé, et j'ai fait un pas de côté afin d'avoir un meilleur point de vue, ce qui m'a permis de discerner la courbe de ses seins et un soutien-gorge rose.

— Bah ! Des bricoles par-ci, par-là.

Inutile de mentionner le pétard mouillé qu'avait été la suite d'*Exégèse* ou les ventes décevantes des deux ouvrages publiés plus tard.

— Ah ! Vous, les artistes ! Toujours une passion sur le feu. Ce n'est pas comme nous autres, vieux barbons du droit.

La fille avait regagné son tabouret. Sous les bouffées de chaleur émises par le radiateur, sa blouse se plissait et godait. Hopkins continuait de pérorer. Il bossait dans le prestigieux cabinet d'avocats Linklaters, service du contentieux, avait réussi à devenir associé.

— Je ne compte pas mes heures. Sur le pont sept jours sur sept.

Il a eu un haussement d'épaules censé incarner la résignation mais qui cachait mal sa jubilation. Avait-on le choix ? Les écoles privées des enfants, blablabla, deux voitures, un prêt immobilier qui le « tuait ». Je lâchais des « ça alors », des « t'as raison » et des « ouais », lui poursuivait sa litanie. Il étalait sa réussite, se vantait de son épouse tout en feignant l'humilité. Tina avait démissionné de la City, « vidée, la pauvre chérie », pour ouvrir à Dulwich Village une petite boutique de tricot qui connaissait un succès étonnant.

— Qui aurait cru que la laine pouvait rapporter autant ? a-t-il rigolé avec un hoquet gêné.

Ce type m'ennuyait et m'agaçait.

— Pas moi, ai-je vaillamment riposté.

D'un air distrait, il s'est emparé d'un ouvrage. *Hitchcock*, de François Truffaut.

— Et toi, tu es marié en ce moment ? a-t-il demandé en faisant rebondir le bouquin dans sa paume.

J'ai secoué la tête. *En ce moment ?* Sa frangine m'est revenue à l'esprit. Elle aussi avait les dents écartées. Coupe à la garçonne, plus jeune que lui. Si je m'étais souvenu de son prénom, j'aurais pris des nouvelles. Était-ce Lottie ? Lettie ? En tout cas, quel pot de colle ! Avais-je vraiment couché avec elle ?

Tout à coup, j'ai eu trop chaud. En proie à une sorte de claustrophobie, j'ai eu envie de sortir. Hopkins a dit un truc qui m'a échappé, à part les mots « dîner à la bonne franquette ». Il a tapoté le haut de mon bras avec le *Hitchcock*, complice, comme si un événement banal datant des vingt dernières années ou seulement des deux minutes qui venaient de s'écouler lui avait donné le droit de manifester ce genre d'intimité entre potes. Il avait sorti son téléphone. C'est alors que j'ai compris, horrifié, qu'il attendait que je lui refile mon numéro.

J'ai regardé dehors. Il pleuvait toujours. La tentatrice rousse lisait, à présent. Je me suis dévissé le cou pour apercevoir le nom de l'auteur. Nabokov. Des fadaises prétentieuses. M'a envahi un désir violent de lui arracher le bouquin, de la tirer par les cheveux, d'appuyer mon pouce sur le tatouage de son cou. Histoire de lui apprendre à vivre.

Me retournant vers Hopkins, je lui ai souri et donné ce qu'il voulait. Il s'est engagé à m'appeler et, par-devers moi, je me suis promis de ne pas décrocher.

Chapitre deux

Il m'a recontacté deux semaines plus tard, un mardi après-midi, fin février. J'habitais encore – plus pour longtemps – à Bloomsbury. Le marché était le suivant : Alex Young, le propriétaire, violoniste au New York Philharmonic, m'autorisait à squatter les lieux à condition que je nourrisse sa chatte. Je n'avais à débarrasser le plancher que quand son petit ami et lui étaient à Londres. Lamb's Conduit Street, avec ses cafés bio et ses luxueuses boutiques de fringues pour gentlemen « rétro », convenait parfaitement à mon état d'esprit. L'appartement, au dernier étage d'une grande maison géorgienne, ne possédait rien qui m'appartienne (ni les tableaux, ni les draps blancs, ni les meubles des années 1950, ni la machine à café italienne), mais renvoyait au monde l'image de l'homme que j'aspirais à être. Cet arrangement était sur le point de se terminer, hélas, ce que je m'efforçais d'oublier.

Quand mon portable a vibré, je lisais la *London Review of Books* dans un fauteuil en velours élimé en savourant une parenthèse de lumière hivernale. Le soleil était bas, et les croisillons des hautes fenêtres dessinaient une marelle sur le tapis turc. Sur la table voisine, j'avais posé une tasse de café et un sandwich au fromage. Je faisais durer le peu de pain qu'il me restait. Perséphone, dont je m'étais entiché, était roulée en boule sur mes genoux, tel un manchon de vison.

Je n'ai pas reconnu le numéro, mais j'avais baissé la garde. La veille au soir, j'avais flirté au pub avec une jeune diplômée prénommée Katie qui essayait de percer dans le journalisme. J'avais écrit mes coordonnées sur sa paume en l'invitant à m'appeler si elle voulait des conseils. J'ai donc décroché, imaginant déjà notre rendez-vous (« Ce sera plus simple chez moi »), sa déférence haletante, la bouteille de vin, la gratitude, la culbute sur le lit.

— Paul Morris, ai-je lancé avec la sécheresse du professionnel occupé.

— Ah ! Je te chope enfin !

Pas Katie. Une voix masculine, que je n'ai pas tout de suite identifiée. L'employé tatillon d'une des revues littéraires qui me confiaient parfois du boulot ? Dominic Bellow, un pilier de bar de Soho, rédacteur au magazine *Stanza,* m'avait récemment attribué la critique du dernier Will Self, et mon papier était en retard. (C'est le problème, quand on est plus ou moins désœuvré : on a tendance à négliger le peu de travail qu'on a.)

— Oui… ai-je marmonné, prudent.

Trop tard pour prétendre qu'on s'était trompé de numéro, vu que je m'étais présenté.

— Salut. Je t'appelle pour t'inviter à goûter aux grands espaces sauvages de Dulwich.

Dulwich ?

— Tina meurt d'envie de te rencontrer.

Tina ?

— Même si ça va m'obliger à t'avoir à l'œil, ô briseur de cœurs. Je ne t'ai jamais pardonné, pour Florrie.

Il s'est bruyamment esclaffé. Florrie, bien sûr ! Pas Lottie. Florrie Hopkins, la sœur d'Anthony Hopkins. D'*Andrew* Hopkins. Anthony, Andrew, c'était du pareil au même. Je me suis souvenu de la façon dont, dans la librairie, quand il avait dit « contentieux », sa bouche s'était tordue sur le côté, ses dents avaient claqué.

— Génial ! ai-je marmonné. (*Et merde !*) Magnifique.

— Ce week-end, ça te conviendrait ? Samedi ? Un client reconnaissant vient de m'expédier une caisse de bon vin. Ce serait dommage de ne pas le partager avec les amis. Chateauneuf-du-pape 2009. Tina nous préparera sa spécialité. Son gigot de sept heures. À la marocaine.

Je ne suis pas très fier de moi. Quand on tire le diable par la queue, on a tendance à peser le pour et le contre : le coût et l'inconvénient de se rendre dans les faubourgs perdus du Sud-Est londonien d'un côté, l'effort récompensé de l'autre. La perspective d'un repas chaud et d'un verre de vin français acceptable l'a emporté. Par ailleurs, il ne faut jamais négliger le relationnel. J'étais sur le point de me retrouver à la rue, et une nouvelle rencontre est toujours susceptible de se révéler utile. Et puis, jusqu'à quel point ce type était-il riche ? J'ai repensé à la coupe de son costume, qui épousait confortablement la ligne de ses épaules, à la douceur de sa paume quand il m'avait serré la main. J'étais curieux de découvrir son domicile.

Le sandwich au fromage ratatiné m'a toisé d'un sale œil.

— Va pour samedi, ai-je décidé. Un instant... Non, c'est bon. Je serai à New York la semaine suivante, mais samedi, ça marche. Je suis libre.

— Formidable.

Il m'a indiqué comment venir chez lui, et nous avons raccroché.

Je suis resté un long moment dans mon fauteuil à caresser la chatte.

Son adresse m'a amené dans une large rue bordée d'arbres aux confins de Dulwich, à dix bonnes minutes de marche de la station de train la plus proche, Herne Hill, sur la même ligne depuis la gare Victoria que celle qui desservait Beckenham, où Michael créchait et où j'allais souvent déjeuner le dimanche. Dulwich était une *banlieue** très différente, plus friquée et plus calme. Les rues y étaient aérées et transpiraient la confiance en soi. Même les arbres paraissaient contents d'eux.

La maison d'Andrew était une imposante villa victorienne entourée d'un jardin, avec toit à pignons et allée en arc de cercle sur laquelle trois voitures étaient garées en dépit du bon sens. La façade était en majeure partie couverte de lierre, un nid abandonné pourrissait dans le coude d'une gouttière. Les volets à claire-voie de la baie vitrée principale étaient ouverts et, derrière les carreaux, les lampes brillaient, des ombres se dessinaient, et un feu dansait dans la cheminée.

J'ai reculé derrière la haie pour en griller une. Le vent soufflait en bourrasques, il m'a fallu plusieurs allumettes pour parvenir à mes fins. Sous le bras, j'avais la bouteille de sauvignon blanc chilien que j'avais achetée 4,99 livres à la boutique de la gare. Le papier de soie bleue qui l'enveloppait, humide de condensation, commençait à se déliter.

Une grosse berline a franchi les ralentisseurs à petite vitesse, soucieuse de ses suspensions. Trois ados chargés d'instruments de musique sont arrivés d'une démarche tranquille sur le trottoir opposé. Ils se sont arrêtés sous un réverbère et m'ont dévisagé avec insistance. L'un d'eux a chuchoté quelque chose à ses amis, qui ont ricané. C'était un quartier où un homme seul, sans famille ni chien, sans 4×4 Volvo ou *sans foutu violoncelle* détonnait. Je leur ai tourné le dos, me suis retrouvé le nez dans les troènes. À hauteur de regard, un morceau de guirlande argentée était coincé dans des brindilles. La clope au bec, j'ai extirpé des feuilles une décoration de Noël rouge ornementée de flocons en paillettes blanches. Je l'ai empochée. Après avoir inhalé une ultime bouffée, j'ai jeté ma cigarette par terre et l'ai écrasée sous ma semelle.

Il est étrange de songer que, à ce moment, j'aurais encore pu m'en aller, faire demi-tour et regagner la gare avec dans mon manteau une décoration de Noël, et un mégot comme seule trace de mon passage.

D'abord, j'ai cru m'être trompé d'adresse. C'est une femme aux yeux noisette, au large visage ouvert et aux épaisses boucles qu'elle avait tenté de dompter dans un foulard de soie verte qui m'a accueilli sur le seuil. Trop bohème pour être l'épouse d'Andrew, non ? Ma bouteille à la main, j'ai écarté les bras – coucou, c'est moi ! Elle m'a contemplé un instant.

— Vous devez être Paul Morris. Nous vous attendions. Entrez, entrez. Je suis Tina.

Je lui ai tendu ma main libre, elle l'a serrée et m'a tiré dans le vestibule, où un grand lustre en verre fragmentait la lumière en petits losanges qui rebondissaient sur le sol et les murs. Une balustrade sombre épousait la volute d'un vaste escalier. J'ai ôté mon manteau, et mon hôtesse l'a suspendu dans une armoire imposante de style français. Quand elle a poussé la porte d'un salon où plusieurs inconnus étaient regroupés autour d'un piano et qu'ils se sont tous retournés pour me fixer, je me suis senti vulnérable. Un poids m'est tombé sur la poitrine. Le feu de cheminée crépitait. Dans l'air, une odeur douceâtre de bougie, et des photos d'enfants en maillot de bain ou en salopette encadrées avec mauvais goût sur à peu près toutes les surfaces disponibles.

Tel un sédiment au fond d'un puits, un souvenir flou est remonté à la surface. Celui d'un goûter avec un camarade de classe. Le costume que ma mère m'avait obligé à enfiler. Le regard que celle de ce garçon avait échangé avec son fiston. J'ai dégluti avec difficulté. Andrew s'est approché de moi.

— Content que tu aies réussi à nous caser avant New York, vieille branche.

— New York ? Ah oui ! Rien qu'un voyage d'affaires éclair. Je serai rentré en un rien de temps.

Je lui ai remis ma bouteille à deux balles, qu'il a acceptée sans ciller, la tenant comme un sommelier, main en coupe autour du cul et col coincé dans le creux de son coude. De petites écorchures dues au rasoir parsemaient son cou.

— Viens que je te présente !

J'avais mis mon plus beau costard, sans cravate, sur une chemise blanche dont les trois premiers boutons étaient défaits. J'étais trop élégant. Les autres étaient en jean, polos pour les hommes et tuniques à fleurs pour les femmes. J'ai inspiré profondément, rajusté mes manchettes et étiré la bouche en un de ces sourires dont je savais qu'il faisait se pâmer les femmes.

— Voici Paul, le copain de fac dont je vous ai parlé.

Andrew m'avait entraîné vers le piano. A suivi une litanie de prénoms – Rupert et Tom, Susie et Izzy –, un méli-mélo de mentons, de nez busqués et de jambes fines, de cachemire et de pendants d'oreilles.

— Et là, c'est Boo, a-t-il ajouté en désignant une petite femme boulotte qu'il avait failli oublier.

Après qu'on m'a eu collé une flûte de champagne glacée entre les doigts, j'ai vite été le centre d'intérêt. Mon anxiété s'est dissipée – je m'épanouis souvent dans ce genre de circonstances – et, adossé à l'instrument, je n'ai pas tardé à raconter mon périlleux voyage depuis le centre : le métro, le train, les satanées dix minutes de marche. J'en ai fait des tonnes, j'ai réprimandé Andrew.

— J'étais le seul à pied. On se serait cru à L.A. J'ai dû arrêter une voiture pour demander mon chemin. Deux fois.

— Paul est écrivain, a-t-il précisé, hilare.

— Ah bon ? a réagi Susie.

— Oui.

— Tu avais quoi… vingt-deux ans, quand tu as écrit *Exégèse* ? a renchéri mon hôte.

— Vingt et un, ai-je rectifié avec un humble sourire. Ma dernière année à Cambridge. J'en avais un de plus quand le livre est sorti. Il a atteint la neuvième place dans la liste des best-sellers du *Sunday Times.*

Les mots étaient si propres et innocents, à l'époque. Ils tombaient sur une terre fraîchement labourée, prenaient racine, germes d'espoir et de nouvelles pousses.

— C'est géant ! a commenté Susie. Et depuis, vous avez publié quoi d'autre ?

Mon sourire s'est figé.

— Des broutilles... Des histoires plus courtes dont vous n'avez sûrement pas entendu parler.

— Est-il vrai que tout un chacun recèle en lui un roman ? s'est enquise une voix dans mon dos.

Un cliché agaçant. J'ai tourné la tête pour voir qui l'avait formulé. Sur le seuil se tenait une femme mince et menue, cheveux blonds aux épaules et tablier couvert de farine. Avançant d'un pas, elle m'a tendu la main, et ses bracelets en argent ont cliqueté. Elle avait le menton pointu, la bouche de guingois peinte d'un rose pâle qui ne lui allait pas. Il émanait d'elle quelque chose d'enfantin, en dépit de son âge évident. Rien de spécial, mais plus attirante toutefois que le reste de la gent féminine disponible ce soir-là.

— Alice, a-t-elle dit. Nous nous sommes déjà rencontrés.

Si elle me paraissait en effet vaguement familière, je ne la remettais pas du tout.

— Vraiment ?

— Alice Mackenzie, a-t-elle insisté en inclinant la tête, la main toujours offerte.

Délaissant le piano, Andrew est intervenu.

— Voyons, Paul… Tu ne te souviens pas ? Je suis certain que vous vous êtes vus. Lors de cette fameuse soirée en Grèce, notamment.

Il a ri. Un gouffre s'est ouvert sous moi. Je n'aimais pas qu'on me remémore la Grèce. J'ai décidé d'ignorer la main tendue et me suis incliné pour embrasser la nouvelle venue sur la joue.

— Si, bien sûr.

Elle n'a pas bougé, le visage toujours orienté vers le mien.

— Tu as fumé. Je le sens.

J'ai levé les paumes en signe de reddition. Elle s'est penchée encore plus, a posé les doigts sur le col de ma chemise, en a caressé le tissu, a inspiré longuement, humant mon haleine.

— Ne t'excuse pas. C'est divin. OK, je repars en cuisine. On a besoin de moi.

Sur ce, elle s'est éclipsée. Andrew l'a suivie du regard.

— Alice est stupéfiante, a déclaré Boo qui s'était rapprochée. Une vraie force de la nature.

— Ah oui ?

Elle m'avait pourtant paru des plus ordinaire.

— Une femme remarquable. Quel âge avait-elle, Andrew, quand elle a perdu son mari ?

Boo avait élevé la voix. L'interpellé a fait volte-face, fermé les yeux, réfléchi.

— Hmm… Voilà dix ans que Harry est mort, donc une petite trentaine. Les gosses étaient tout jeunes.

— Malheureux, ai-je acquiescé. Un cancer ?

— Des glandes surrénales, a précisé Boo. C'est excessivement rare. Il avait mal au ventre, on a d'abord cru à une appendicite. Sauf que, à ce stade, il avait métastasé. Trois mois ont suffi. Alice a été très courageuse. Elle a tenu le coup. Pour les enfants.

Ses accents étaient à la fois respectueux et autosatisfaits, comme si la sainteté d'Alice rejaillissait sur elle, rien que parce qu'elle la mentionnait.

— C'est une mère formidable, a renchéri Andrew. Et une excellente avocate. Pas une associée ambitieuse et avide comme moi.

Il a observé une pause pour permettre à l'assistance de lui opposer une dénégation silencieuse.

— Elle travaille pour Talbot & Co, le célèbre cabinet d'aide juridique de Stockwell. Elle représente surtout des demandeurs d'asile.

— Et des femmes battues, a précisé Boo.

— Elle s'implique beaucoup dans des groupes tels que les Femmes contre les violences sexuelles, les Femmes pour les droits des femmes, les Femmes pour les femmes réfugiées, etc., etc.

— C'est elle qui a lancé la campagne Retrouvons Jasmine, a ajouté Boo, comme si j'étais au courant.

— Et tu l'as rencontrée, a répété Andrew. Ce soir-là à Pyros, nous dînions tous ensemble sur le port quand nous t'avons vu. Tu te rappelles ?

Je me suis renversé contre un fauteuil, une main sur le dossier.

— Je n'étais pas au mieux de ma forme, cette nuit-là, ai-je répondu avec circonspection.

— Ça, vieille branche, tu étais dans un sale état. Tu es un peu parti en vrille.

Jouant la comédie, je me suis gratté la tête.

— Un coup de soleil.

— Et pas mal de retsina, a-t-il répliqué avec un claquement de langue.

— Je n'en ai plus jamais bu, ai-je confié à Boo. Thérapie du dégoût.

Deux fossettes ont creusé ses joues. Je l'avais cataloguée comme inconsommable, puisque trop grosse et trop snob à mon goût, mais maintenant que je l'étudiais de plus près, je me rendais compte à quel point elle était jolie : peau laiteuse et prunelles bleues. Son maintien était sensuel : épaules vers l'arrière pour mettre en valeur sa plantureuse poitrine, ses petites jambes dodues moulées dans un jean étroit optimiste, pieds tournés vers l'extérieur, comme ceux d'une ballerine. Je lui ai souri, évitant le regard d'Andrew.

— Ça remonte à très longtemps, ai-je lâché.

— À table !

Debout près de la porte, Tina brandissait une spatule en bois. Des mèches folles couleur auburn s'étaient échappées de son foulard, ses joues étaient enflammées.

J'ai été le premier à quitter le salon et à la suivre le long d'un couloir jusqu'à une immense cuisine blanc et crème. Un îlot central équipé d'un évier où Alice lavait de la salade divisait l'espace. Des casseroles en inox étaient accrochées à une suspension métallique fixée au plafond, et une gigantesque baie vitrée donnait sur le jardin. Les lumières de la pièce éclairaient un pan de la terrasse, le reste s'effaçait peu à peu dans l'obscurité.

Les autres invités nous rejoignaient.

— C'est se garer, qui m'inquiète, a lâché une voix masculine.

La table en acajou avait été dressée avec art. Andrew a entrepris d'allumer les bougies à l'aide d'un long ustensile élégant, noir, sur lequel était gravé le mot « Diptyque ». Clic. Clic. Un bout de papier à la main, Tina indiquait aux convives où s'asseoir. Gênée, elle faisait semblant de ne pas arriver à se relire.

Debout près de la chaise qui m'avait été assignée, tournant le dos à la cuisine proprement dite, j'étais face à un mur supportant trois grands tableaux hideux : marines à moitié abstraites aux couleurs criardes – turquoise, orange, blanc à profusion. Pas du tout ma tasse de thé. Je préfère les nus.

— J'en suis l'auteur, m'a glissé Tina par-dessus mon épaule, alors pas de réflexions déplacées.

— Telle n'était pas mon intention. Ils sont… pleins de vie. J'aime votre manière de capter la lumière.

— Ils ont été peints en Grèce, vous savez. À Pyros, là où… Là où vous êtes allé. Ce sont des paysages exécutés depuis Circé, la maison que loue Alice. Grâce à elle, nous y passons tous nos étés.

Nous avons tous deux pivoté vers l'intéressée qui s'activait toujours au-dessus de l'évier. Ayant entendu son prénom, elle nous a adressé un vague sourire.

— Malheureusement, a ajouté Tina en se retournant vers ses peintures, cette année sera la dernière.

— La dernière quoi ? a voulu savoir Andrew, qui venait de s'asseoir en bout de table.

— Notre dernier été à Pyros.

— Ah, oui. Quel dommage. Pauvre Alice. La fin de toute une époque, hein ?

— La Grèce ? a demandé la défenderesse des causes perdues en apportant un tagine fumant. Exact. Mon bail arrive à expiration, et ce crétin de propriétaire m'a écrit en janvier qu'il cédait le terrain à des promoteurs. Les bras-cassés qui ont construit l'hôtel Delfinos. Enfin, nous bénéficions d'un sursis à exécution. Pour la maison, à défaut du jardin. Vous serez là-bas en août, hein, Tina et Andrew ? Pour le baroud d'honneur.

— Évidemment, a répondu notre hôte, qui a déplacé sa chaise pour que sa femme puisse passer derrière lui. Les gosses nous tueraient, si nous n'y allions pas. Littéralement.

— Littéralement ? ai-je répété.

Alice s'est assise à l'autre extrémité de la table, face à Andrew, a déplié sa serviette avec un geste un peu théâtral et l'a étalée sur ses genoux.

— Alors, c'est parfait, a-t-elle commenté. Servez-vous.

Je l'ai observée un instant, puis Andrew, puis Tina, qui était installée vers le milieu de la tablée. On aurait cru que c'était Alice qui recevait. Ce fameux agneau à la marocaine était-il finalement le sien, et non celui de la maîtresse de maison ? J'ai mis une louchée de viande dans mon assiette, me suis rendu compte trop tard que j'aurais dû d'abord servir mes voisines – j'étais coincé entre Susie et Izzy.

— Désolé, je n'ai aucune éducation. On voit que j'ai été pensionnaire. La bagarre à tous les repas, chacun pour soi et mort aux autres.

— En pension ? a repris le plus chauve des deux hommes. Où ça ?

Quand je le lui ai dit, sa surprise a été manifeste. L'école était réputée. Je n'ai pas manqué de préciser que j'avais reçu une bourse au mérite.

— Petit malin, a relevé Tina. Beau et futé, avec ça.

— Y avez-vous croisé Sebastian Potter ? a lancé Izzy. Il doit avoir votre âge, je pense.

— Non, ai-je répondu (trop vite). Mais le nom me dit quelque chose. Il était sûrement un ou deux ans plus vieux que moi.

— Peut-être, oui. En tout cas, sacré bahut !

Elle a haussé les épaules, et son haut a glissé, découvrant ses clavicules, tandis que les plumes de l'une de ses boucles d'oreilles se prenaient dans ses cheveux. (J'avais bien sûr connu Sebastian Potter, l'un des salopards qui m'avaient pourri la vie.)

Je me suis intéressé à mon dîner. Délicieux. La sauce avait des saveurs de fleur d'oranger et de safran, l'agneau était d'une tendreté incroyable. Que la cuisinière ait été Tina ou Alice, rien que pour ça, le trajet en avait valu la peine. Andrew nous avait versé du vin, le châteauneuf annoncé et mis en carafe, gouleyant à souhait. Là non plus, il n'y avait rien à redire.

La conversation était barbante, en revanche, entre la boutique de Tina, les plans du nouveau vélodrome local et le lycée où, apparemment, les invités envoyaient leurs gosses. Le prof principal des premières avait été remplacé, et on regrettait son prédécesseur, l'un des enseignants en chimie était nul, la fille de Boo n'avait pas pu s'inscrire à la bourse du duc d'Édimbourg, à cause du nombre invraisemblable de concurrents qu'il avait fallu tirer au sort, c'était si injuste. Le mari, en voyage d'affaires, réglerait ça dès son retour.

— Vous avez des enfants ? m'a demandé Susie.

— Non.

— Votre vie doit être bien terne, alors.

— Absolument pas.

— Surveillons nos paroles, a persiflé Alice. Paul prend sûrement des notes pour son prochain roman.

Encore un lieu commun. Je ne comptais plus le nombre de fois où j'y avais eu droit. Alice n'avait pas retiré son tablier, sur lequel des taches de sauce avaient rejoint les traces de farine. En revanche, elle s'était remis une couche de son horrible rouge à lèvres rose, qui bavait sur le rebord de son verre.

Tout à coup, j'ai été pris d'une furieuse envie de fumer, au point que mes jambes se sont mises à danser la gigue. M'excusant, je me suis levé, approché de la baie vitrée, débattu un moment avec le mécanisme, avant de la faire coulisser, de me glisser par l'interstice puis de refermer derrière moi.

Le jardin, une vaste pelouse entourée de haies, était plongé dans la pénombre. Au fond, des squelettes d'arbre se découpaient sur le ciel et, au-delà, une immensité nue et noire : un terrain de jeu. Une odeur de terre humide alourdissait l'air. Dans mon dos, la maison illuminée s'offrait aux regards : les bougies sur la table, l'éclat de l'argenterie, tout était visible à un éventuel rôdeur. Quelqu'un a ri, les pieds d'une chaise ont raclé le sol, Boo a crié « Non ! ».

Je me suis enfoncé dans l'obscurité. Un banc en fer forgé se cachait derrière des buissons. Je me suis assis à l'extrême bord, d'une seule fesse pour éviter de mouiller mon pantalon. Un portique d'escalade et un trampoline entouré de grandes parois noires trônaient sur l'herbe, aussi lugubres que les bateaux-prisons jadis ancrés dans les marais du Kent. La lune a surgi, mouchetant le sol, avant de disparaître aussitôt. Un avion est passé, pourchassé par le grondement de ses moteurs se perdant dans le vent.

Cette fois, je n'ai pas eu de mal à allumer ma cigarette. Il faisait froid. J'ai regretté de ne pas avoir pris mon manteau. Quand allais-je pouvoir prendre congé ? Le dîner s'était bien déroulé – je m'en étais tiré – mais, maintenant que j'avais mangé, je n'avais aucune raison de m'attarder. Aucune femme potable. Pas de perspective professionnelle. Nul gardiennage de maison à l'horizon. J'ai inhalé longuement, laissant la nicotine imprégner mon sang.

Les bribes de conversation ont soudain forci, et un souffle d'air chaud m'a effleuré. Je me suis retourné.

Alice était sortie sur la terrasse. Je n'ai pas bougé, au cas où elle déciderait de rentrer, mais elle a avancé de quelques pas et m'a aperçu.

— Hé ! m'a-t-elle dit.

Elle a rectifié sa coiffure, de ce petit geste si émouvant qu'ont les femmes, quand elles ajustent et aplatissent en même temps l'arrière de leurs cheveux, comme si elles croyaient qu'ils ne sont acceptables que dans une seule position. Bizarrement, ça m'a remué. Elle s'est rapprochée.

— J'envisageais de te taxer une clope, si ça ne t'embête pas.

Le fugace agacement habituel m'a traversé. Pourquoi les non-fumeurs ne s'achètent-ils pas leur propre paquet ? Pourquoi fument-ils, d'ailleurs ?

— Pas de souci, ai-je galamment répondu en sortant mes cigarettes.

Elle s'est perchée près de moi, les coudes sur les genoux, je lui en ai passé une avec une remarque ironique sur la féminité de la marque, des Silk Cut ultra-ultralégères, qui a déclenché son rire. En vérité, je m'efforçais de détourner son attention du briquet – l'allume-bougie qu'Andrew avait eu tort de laisser traîner. Je l'ai remis dans ma poche, caressé. D'un noir mat, il était doux au toucher. Alice a aspiré une longue bouffée.

— Hmm ! a-t-elle exhalé. Je ne suis pas une vraie fumeuse. Juste en soirée. Ce qui est de plus en plus difficile, ces derniers temps.

Elle a poursuivi son discours – les cigarettes électroniques qui lui gâchaient son plaisir, la disparition progressive des occasions de « s'enfumer un brin le cerveau ».

— Difficile de tirer une taffe sur une vapoteuse, ai-je commenté. À moins de vouloir goûter la salive d'autrui, saveur caramel.

— Exact ! s'est-elle esclaffée.

Sous leurs sourcils arqués, ses yeux en amande étaient d'un vert félin.

— J'ai oublié de te demander comment tu as rencontré Andrew.

— Nous étions ensemble à Trinity College.

— Ah, oui, Cambridge. Tu le connaissais bien, à l'époque ?

— Pas spécialement, non, ai-je admis en m'adossant au banc (et tant pis pour l'humidité) avant de contempler le ciel. J'ai fréquenté un peu sa sœur.

— Florrie, oui.

— Tu la connais ?

— Nous étions très amies, au lycée. C'est elle qui m'a présenté Andrew. J'allais la voir à Cambridge. Il est d'ailleurs possible qu'on se soit croisés, toi et moi, là-bas. Je dois beaucoup à Florrie. Andrew et moi sommes très copains.

Très copains. Elle est partie d'un rire haut perché assez artificiel. Elle était de ces femmes qui s'épanchent et flirtent, mais dans la fausseté. Elles ne vous confient jamais rien d'important. On ne sait pas ce qui se dissimule derrière la façade. Si tant est qu'il y ait quoi que ce soit, s'entend. Au pieu, elles sont nazes, en général.

Elle a observé sa cigarette de près, puis a relevé les yeux et a lâché avec coquetterie :

— Tu ne te souviens plus de moi, n'est-ce pas ? Que ce soit à Cambridge ou en Grèce ?

Du talon, j'ai enfoncé mon mégot dans l'herbe. J'ai décidé d'aller droit au but.

— Tu me dis quelque chose, mais… écoute, je suis navré. Ça m'a gêné toute la soirée. J'ignore pourquoi Andrew m'a invité. En Grèce, j'étais complètement à l'ouest. Ça remonte à quoi ? Huit ans ?

— Dix.

— Ce n'est pas une période de ma vie dont je suis très fier. Nous avions pris un bateau dans l'idée de nous bourrer la gueule. Mes potes et moi avons été séparés, je ne les ai pas retrouvés, le ferry est reparti sans moi. Là-dessus, je tombe par hasard sur Andrew, et qui, heureusement, m'a aidé. Mais autant être franc : tout est plutôt confus, encore aujourd'hui.

— Tu veux que je te dise ce que moi, je me rappelle ?

— Si tu y tiens.

— Tu as déboulé dans la taverne où nous dînions, vêtu d'un tee-shirt violet du night-club Zeus. Tu braillais des horreurs. Puis tu t'es mis à chanter.

— Quoi ?

J'ai tressailli. Mais elle avait l'air de trouver ça drôle, ce qui m'a encouragé.

— Zeus, oui, je me souviens de ce tee-shirt. Et… chanter… Chanter n'a jamais été mon fort.

— Andrew t'a dégoté un taxi. Tu t'y es littéralement « déversé », – c'est le terme qu'il a employé.

— Andrew est un vrai gentleman.

Un cri nous est parvenu depuis la cuisine. Alice a tiré une dernière taffe avant de balancer son mégot dans un parterre de fleurs. Elle avait enfilé un petit gilet mauve comme en mettent les vieilles dames. Elle en a remonté le col. Ses traits étaient devenus graves, soudain.

— Je n'ai oublié aucun détail de cette nuit, a-t-elle murmuré. Aucun. C'étaient des moments si affreux.

— Il paraît, oui. Ton mari…

— Je ne pensais pas à Harry, a-t-elle objecté en secouant la tête et en lâchant un petit rire amer. Il était mort l'année précédente. Non, je parle de ce soir-là en particulier. Celui où Jasmine a disparu.

En fouillant bien les tréfonds vaseux de mon cerveau, je devais être en mesure de retrouver des traces de ce qu'elle évoquait, mais il ne s'agissait que de bribes dépareillées, de pistes interrompues.

— Rafraîchis-moi la mémoire ?

Elle a froncé les sourcils.

— Jasmine. Jasmine Hurley. Tu y étais. Sa mère… Pauvre Yvonne. Mon Dieu.

Lâchant son gilet, elle a levé les mains, les doigts crispés.

— C'était dans les journaux. Tu as dû en entendre parler. Tu as dû lire quelque chose à ce sujet. Où logeais-tu ? À Elconda ? Même les flics de Pyros, qui se sont montrés nuls du début à la fin, auront enquêté jusque là-bas… Tu ne peux pas avoir oublié.

J'ai baissé la tête, embarrassé qu'on ait, comme toujours, débusqué mon insensibilité. Mais Alice avait titillé ma mémoire, et des éléments remontaient, imprécis – une ado fugueuse, une mère célibataire, un petit ami louche ?

— Oui, oui, désolé. C'est le cas.

Elle a posé son index sur l'arête de son nez, tandis que je lui tapotais l'épaule en affichant autant de chagrin et de compassion que j'en avais à ma disposition. J'avais hâte de retourner à l'intérieur, désormais. Pas seulement à cause du froid. Je me sentais à la fois décalé et irrité, deux émotions dont le mélange ne donne rien de bon. Les lumières de la cuisine transperçaient le maillage de la végétation. Andrew était en train de faire le tour de la table, sa carafe étincelante à la main. À l'autre extrémité de la pièce, Tina se penchait dans le frigo et en sortait un plat – un diplomate ? Boo levait les bras : elle essayait de retirer son pull et son haut était venu avec. J'ai fugacement aperçu un pan de peau et de soutien-gorge. Un gazouillis m'a ramené à Alice. S'essuyant les yeux, elle a extrait son portable de la poche avant de son jean.

— C'est Phoebe, mon aînée, a-t-elle annoncé en lisant son message. Elle veut que je vienne la chercher à une fête. Eh bien, elle va devoir prendre un bus de nuit. J'ai trop bu pour conduire.

Elle a tapoté une réponse sans s'interrompre :

— Franchement, elle a presque dix-huit ans, elle est sur le point de quitter la maison, il serait temps qu'elle apprenne à être autonome.

Sur ce, elle s'est déhanchée pour ranger son mobile.

— Même si, a-t-elle enchaîné, je ne sais pas comment je vais faire quand elle ne sera plus là. Je n'arrive pas à passer devant sa chambre sans l'imaginer vide.

Elle a frissonné, s'est recroquevillée et s'est frotté les bras.

— Il vaudrait mieux rentrer, a-t-elle dit.

— Remontre-moi ton téléphone !

— Pourquoi ? a-t-elle demandé en soutenant mon regard.

— Allez !

Petit sourire.

— Non.

— Il a des oreilles de lapin, ou j'ai mal vu ?

D'un geste leste, j'ai fait mine de vouloir fouiller sa poche. Elle s'est écartée en rigolant puis, avec une bouderie puérile, a sorti l'appareil et me l'a lancé.

— Tiens ! Moque-toi tout son soûl.

J'ai retourné l'engin qui avait atterri sur mes genoux.

— La coque de ton iPhone est bien en forme de lapin bleu.

— C'est un cadeau ! C'est mon fils Frank qui me l'a offerte.

— Est-ce que tu l'emportes au boulot, ô grande avocate ? À tes réunions très importantes ?

Ses lèvres étaient étirées en un large sourire. J'ai alors compris pourquoi sa bouche était légèrement tordue. Une petite cicatrice boursouflée en pointe de flèche déformait l'une des commissures.

J'ai été désarçonné. Elle ne m'avait pas allumé. Elle n'était pas mon genre, ne serait-ce que parce qu'elle avait vingt ans de trop. Je ne sais pas ce qui a déclenché ça. Le soutien-gorge de Boo, peut-être, ou l'idée de la peau tiède d'Alice sous son jean. À moins que ce ne soit la vivacité de ses mouvements. Ou que, déjà, j'aie enregistré à un niveau subliminal la perspective d'une chambre vide dans une maison confortable. Quoi qu'il en soit, lorsque j'ai détecté cette trace de vieille blessure, j'ai eu envie de la lécher.

Chapitre trois

Le lendemain matin, j'ai appelé Andrew pour obtenir le numéro d'Alice. Si ma démarche l'a étonné, il l'a bien caché.

— Bien sûr. Une seconde.

Se sont ensuivis des marmonnements – « Pardon… quel idiot… une petite minute… ». Il s'est traité de « handicapé de la technologie », incapable d'accéder à sa liste de contacts tout en restant en ligne.

— Tina ! a-t-il braillé.

Enfin :

— J'y suis. Alice Mackenzie. Domicile, boulot, portable ? Les trois ?

— Son portable, ai-je dit.

Je faisais rouler la décoration de Noël entre mes doigts, réduisant en poussière les paillettes blanches.

— OK. Tu comptes la contacter maintenant ou après ton voyage d'affaires ?

— Quel voyage d'affaires ?

— New York.

— Ah, oui.

Il a observé une pause avant de reprendre :

— Écoute, tu vas me prendre pour un emmerdeur, mais je ne peux pas m'empêcher de vouloir la protéger. Alice a vécu des moments si difficiles. La mort de Harry a été très dure. Elle n'a pas flanché, elle est admirable, ses gosses sont extra, mais elle reste fragile. J'ai un lien particulier avec elle... Tina aussi... tous les deux, on... Je ne veux pas qu'on lui fasse du mal, qu'on la déglingue ou que... Bon, j'en ai assez dit. Fin de la leçon de morale.

Un type meilleur que moi aurait-il répondu : « OK. Je suis démasqué. Mes intentions sont tout sauf respectables. Tu m'as convaincu : il me faut renoncer par égard pour elle » ? Franchement ! Quel homme réagirait ainsi face à ce laïus aussi intéressé qu'arrogant ? J'ai eu envie de rétorquer : « Je fais ce que je veux, ducon. » Au lieu de quoi, j'ai émis les sons qui s'imposaient. Ma prétendue bienséance a d'ailleurs été si convaincante, que même moi, j'ai failli y croire.

Il m'a transmis le numéro avec componction, énonçant les chiffres avec lenteur, comme s'il s'exécutait à son corps défendant.

Alice et moi sommes convenus d'un rendez-vous dix jours plus tard, un mardi soir. Drôle de choix, mais son agenda était complet. Entre visites d'universités, dates limites de candidature, réunions de parents, tout était « terriblement compliqué ». L'attente était trop longue. À mesure que le temps s'écoulait, l'idée a commencé à me déplaire. Le mardi en question, j'avais même oublié ce que j'avais cru déceler en elle.

Il n'empêche, un rancard est un rancard, et nul n'est plus élégant que moi. À cette époque, mon lieu de prédilection était Andrew Edmunds, un petit restaurant intime de Soho, idéal pour ce genre d'occasion : dîner aux chandelles, bohème excentrique. J'aimais à penser qu'il reflétait un peu de ma personnalité, tant je m'y sentais à l'aise. De plus, j'avais droit à une ristourne de trente pour cent pour avoir joué les répétiteurs de littérature auprès de la fille du gérant. *Othello*. (Elle avait décroché un A.)

Arrivé en avance, j'ai été déconcerté de découvrir qu'Alice m'avait précédé. Elle buvait un verre tout en examinant des papiers que, en me voyant, elle a rangés dans une volumineuse sacoche en cuir avec un épais agenda format A3 en peau d'alligator, puis s'est levée vivement et m'a gratifié d'une poignée de main. Elle portait une jupe bleu marine et un chemisier blanc, des bottes noires à talons plats lui montant aux genoux. Elle avait tiré ses cheveux en arrière et n'était pas maquillée, mis à part une touche de ce rouge à lèvres rose si peu flatteur.

Elle s'est excusée de son accoutrement « professionnel ». Elle sortait du tribunal. Une gamine congolaise, excellente lycéenne à Barnet, devait être reconduite à la frontière d'ici un mois, à sa majorité. C'était épouvantable, Alice était d'accord avec moi. D'autant que la malheureuse avait quasiment le même âge que sa propre fille, ce qui en rajoutait une couche dans l'émotionnel.

— Phoebe ? ai-je dit. Celle qui s'apprête à quitter la maison ?

— C'est ça. Elle a été acceptée à l'université de Leeds. Elle y étudiera les lettres à partir de septembre. Si elle décroche son diplôme de fin d'études.

— Oh ! Pas avant septembre, donc.

— Ça sera bien assez tôt. L'idée m'est insupportable. Ça va faire un tel vide.

— Et si tu prenais un locataire ?

— Elle souhaite devenir journaliste. Andrew m'a dit que tu écrivais parfois pour des revues ?

— Exact. Si elle a besoin de conseils, tout le plaisir sera pour moi. Je ferai tout ce que je peux pour l'aider à prendre son envol.

— Ce serait adorable. Merci.

Nous avons commandé, truite de mer et pintade. J'en ai appris un peu plus sur les enfants. Phoebe, l'aînée, et deux garçons (Louis, seize ans, et Frank, quatorze). Le défunt mari a été mentionné à plusieurs reprises. « Frank est un fonceur, comme Harry, toujours prêt à tout. » Plus ténébreux, Louis traversait une période difficile, « mais, bien sûr, c'est à lui que son père manque le plus ». Elle a soupiré à la fin de sa phrase, tandis que, de son majeur, elle tamponnait la poche sous son œil gauche. Ce dernier étant sec, le geste m'a paru surjoué, ou du moins, répété ; peut-être était-ce un tic remontant à l'époque où il lui avait effectivement fallu vérifier la présence ou non de larmes. Comme dans le jardin d'Andrew, j'ai eu l'impression mitigée que, tout en feignant d'ouvrir son cœur, elle dissimulait bien des choses.

Ma chaise était placée juste à côté des cuisines, le serveur butait dedans au cours de ses va-et-vient incessants et j'ai fini par avoir du mal à me concentrer. Je m'agitais, mes jambes me démangeaient, bref, pas au top. Les assiettes à peine desservies, j'ai donc décidé d'accélérer le mouvement et l'ai invitée à venir boire le café chez moi. À ma stupéfaction, elle a accepté. Il pleuvait, les trottoirs glissaient – il se peut que j'invente, tous mes souvenirs ont l'air d'être pluvieux. Alice a sifflé un taxi, deux doigts dans la bouche et un bruit à vous déchirer les tympans, ce qui m'a excité. Quand, dix minutes plus tard, nous avons bifurqué dans ma rue, elle a insisté pour régler la course. Elle s'est déclarée « sous le charme » alors que nous étions encore dans la cage d'escalier, son sac frappant la balustrade à chaque marche et, sur le seuil de l'appartement, elle s'est extasiée avec un ravissement appuyé devant mon bon goût et mon ingéniosité.

— Oh ! Oh ! C'est *ravissant.*

Allumant une cigarette, je me suis affairé dans la cuisine autour de la machine à café, l'écoutant se déplacer dans le salon, sachant exactement où elle se trouvait – près de tel tableau, de telle bibliothèque – rien qu'aux grincements des lattes du parquet.

— J'adore l'oiseau ! s'est-elle exclamée.

Elle se tenait devant la gravure en noir et blanc suspendue au-dessus de la cheminée.

— C'est une pointe sèche, ai-je répondu. Signée Kate Boxer.

— Tu joues ?

C'était peu après, elle tripotait les partitions d'Alex empilées près du canapé.

— Plus depuis l'enfance. Je suis affreusement rouillé.

Piochant dans ma réserve d'urgence, je me suis octroyé une rasade de whisky, suivie d'une ou deux autres. Perséphone s'est frottée à mes jambes et je lui ai donné une soucoupe de lait. J'hésitais sur la marche à suivre, maintenant. Étions-nous dans la séduction ? Je n'étais pas habitué aux rites des femmes d'âge mûr. S'attendrait-elle que la pantomime soit gracieuse et se prolonge ? Dans ce cas, pourquoi est-ce que je m'embêtais ? Il ne m'a pas traversé l'esprit de lui dire la vérité : que l'appartement censé refléter ma vie n'était pas le mien. Non par embarras, même si j'aurais pu avoir honte, à quarante-deux ans, de ne rien posséder en propre, si ce n'est quelques sacs-poubelle dans le grenier de ma mère. Non, je n'en ai tout simplement pas vu la nécessité. Quelle importance, si elle me larguait dans une semaine ? Je n'avais pas l'intention de la revoir, de toute façon.

Quand j'ai apporté le café, assise sur le canapé, elle étudiait une photo de promo de Trinity. Celle d'Alex, mais ça aurait pu être la mienne, vu que nous nous étions connus là-bas.

— Je l'ai décrochée du mur des toilettes, j'espère que ça ne te dérange pas. Je te cherche, là-dessus.

Elle a promené son index sur les visages jeunes, poupins et prétentieux.

— Ça y est ! a-t-elle souri. Tu avais les cheveux plus longs… Où est Andrew ?

Je me suis penché. Traits émaciés, nez en bec d'aigle, air dévot.

— Premier rang au milieu.

— Ah, oui. Lui aussi avait les cheveux plus longs.

— Il en avait plus, surtout.

— Ne sois pas vache, a-t-elle pouffé avant de s'incliner de nouveau. Et Florrie ? Elle n'y figure pas ?

— Non. Elle est arrivée plus tard, alors que nous étions déjà en troisième année.

Posant le cadre sur le divan, elle m'a regardé.

— Étais-tu heureux, là-bas ?

J'ai réfléchi un moment, essayant de décrypter le sens de sa question.

— Oui, ai-je fini par répondre. Très.

— Je me rappelle que, lors de mes visites, je trouvais l'endroit grandiose, et les étudiants soit grandioses eux aussi, soit tout petits. À ma fac de Bristol, on était ce qu'on voulait. Vous, c'était l'un ou l'autre.

Un frisson intérieur m'a secoué.

— Tu as peut-être raison, oui.

Elle a bu une gorgée de cappuccino. Une de ses mèches est tombée en avant. J'ai distingué des fils gris dans la blondeur.

— Et toi ? ai-je enchaîné. As-tu eu une enfance heureuse ?

Une de mes approches courantes. Elle y a réagi comme il fallait s'y attendre : haussement d'épaules autocritique, suivi de ce rayonnement qui naît du plaisir de parler à l'envi de soi-même. Elle avait grandi dans le nord de Londres, fille unique d'un avocat et d'une prof d'université. École privée, puis Bristol, où elle avait rencontré Harry. Une existence dorée, chanceuse. Selon ses propres mots.

— Ce n'est pas facile, d'être privilégié, hein ? a-t-elle ajouté en désignant l'appartement, les œuvres d'art, les meubles, les rayonnages de livres. Tu ne te sens jamais coupable de cette aisance, de tout ce que nos parents nous ont apporté sur un plateau d'argent ?

Ma poitrine s'est serrée, et j'ai été pris de l'envie d'objecter que non, ça n'avait pas été facile du tout, de révéler la lutte que j'avais dû mener pour ne pas vivre la vie de mes parents, de lui expliquer que j'avais toujours détesté la petitesse de leurs ambitions, leur inclination naturelle à la mesquinerie et à la médiocrité. Je me suis interrogé sur l'étendue des privilèges dont elle parlait. Jusqu'à quel point était-elle riche ? Combien Harry lui avait-il laissé ? De quelle taille était sa maison ? J'ai réussi à me contenir, cependant.

— Si, ai-je sagement opiné. Notre devoir est d'en être conscient et… de donner à notre tour.

Elle a posé sa paume sur mon bras.

— J'étais sûre que tu comprendrais. Voilà pourquoi je fais ce que je fais. Andrew me tanne pour que j'intègre un cabinet comme le sien, il me reproche de ne pas pratiquer le droit des affaires, mais ça ne me conviendrait pas. Je me suis toujours battue pour les opprimés, pour ceux que l'on n'écoute pas.

Elle a secoué la tête, a avalé une nouvelle gorgée de café.

— Toi, a-t-elle repris, tu écris des livres. À sa façon, c'est un acte généreux. Ça exige de s'ouvrir à autrui.

— C'est vrai, oui.

— Tu travailles sur un projet, en ce moment ?

Je lui ai offert une cigarette, qu'elle a déclinée d'un mouvement du menton. Je m'en suis allumé une.

— Oui. Un roman sur Londres, sur l'immigration, sur les déshérités. Une sorte d'état des lieux du pays.

Balivernes.

— As-tu un éditeur ? Je ne connais rien à ce domaine.

— En quelque sorte, ai-je éludé avant de changer de sujet. D'après Andrew, tu t'investis beaucoup dans le caritatif ?

— Je fais partie de plusieurs comités, mais mon combat principal, celui qui me tient le plus à cœur, c'est Retrouvons Jasmine. À bien des égards, cette cause résume tout ce que je viens de te dire. Jasmine n'était pas une adorable blondinette de la classe moyenne supérieure comme Madeleine McCann.

Elle avait quatorze ans. Ça n'en restait pas moins une gosse. Elle méritait tout autant de zèle de la part des policiers et tout autant l'attention des médias. Pourtant, son cas n'a guère suscité d'intérêt.

Je me suis efforcé d'avoir l'air concerné.

— Bravo à toi ! Tu as contrebalancé cette indifférence.

S'emparant de l'allume-bougie que j'avais posé sur la table, elle a joué avec. Le mot « Diptyque » argenté sur fond noir a reflété la lumière de la lampe.

— Tu es un incorrigible coureur de jupons, a-t-elle déclaré. Je suis au courant et je ne sais pas très bien ce que je fiche ici.

— C'est faux ! me suis-je défendu, interloqué.

— Quoi ?

— Que je suis un incorrigible coureur de jupons.

— Andrew soutient que tu n'es pas un mec bien.

— Ah ouais ? Et qu'est-ce qu'il entend par…

— Il raconte que tu maltraites les femmes. Que tu ne les respectes pas.

— Il dit vraiment ça ?

Elle m'observait avec beaucoup d'attention, à présent. J'ai fait de mon mieux pour afficher un sourire paisible.

— Peut-être que je n'ai pas encore rencontré la bonne.

Elle avait sa tasse sur les genoux. De l'index, elle a ramassé le fond d'écume avant de le lécher, éclat blanc sur chair rose. Sans me quitter un instant des yeux. Me draguait-elle ? Ça avait beau paraître improbable, c'était étrangement flatteur. (Malgré ses propos, elle me désirait.)

— Il faut que j'y aille, a-t-elle lâché sans bouger.

Qu'avais-je à perdre ? Déplaçant ma jambe de manière imperceptible, je me suis rapproché, les épaules inclinées vers elle. Elle m'a esquivé, s'est levée, a enfilé son manteau, l'a boutonné jusqu'en haut, a passé la bandoulière de son sac en travers. Sans se presser.

À la porte de l'immeuble, je l'ai embrassée avec maladresse. J'avais un peu trop bu. Ma bouche a heurté la commissure de ses lèvres, s'y est collée, humide. Elle a plaqué ses paumes sur mon torse, leur chaleur a transpercé ma chemise. Voulait-elle m'attirer à elle ou me repousser ? Elle aurait agi dans un sens ou dans l'autre, glissé un doigt sur ma peau, et ses motivations seraient devenues claires. Rien de tel, toutefois. J'ai perçu la rigidité de ses coudes, la tension de ses avant-bras, et j'ai presque été soulagé quand elle s'est écartée.

À ma grande surprise, elle m'a téléphoné le lendemain. En entendant sa voix, je me suis levé, écumant déjà l'appartement à la recherche d'un tube de rouge à lèvres qui aurait roulé à terre ou d'un foulard oublié, une raison expliquant son coup de fil. J'ai deviné qu'elle marchait parce qu'elle avait le souffle court. Elle a parlé de « fixer une date dans son emploi du temps », et je l'ai imaginée, appuyée contre un mur, sortant l'énorme agenda de son sac.

Un simple thé, s'est-il avéré. Ce samedi, si j'étais libre. Phoebe serait ravie « d'en appeler à mes lumières » journalistiques, si je n'avais rien contre. Je pourrais sûrement la faire profiter de mon expérience.

J'aurais dû refuser. La soirée avait été un fiasco. Mais j'étais plein de vanité et flatté, sans compter que Phoebe éveillait très légèrement ma curiosité. J'ai donc accepté.

Chapitre quatre

Elle habitait, à Clapham, une maison géorgienne haute et étroite située dans une rue relativement passante. La baraque voisine était un dépotoir : porte d'entrée bariolée de rayures aux couleurs rasta, chariot de supermarché renversé à demi enfoui dans la végétation. Du rap assourdissant s'échappait d'une fenêtre à l'étage. En comparaison, il émanait de chez Alice un raffinement suranné : perron aux rampes grises écaillées avec fleurons en forme de gland, jardinières en fonte où agonisaient les vestiges brunis des géraniums de l'été précédent, panier paysan vide qui attendait sa livraison hebdomadaire de légumes bio.

La fille qui m'a ouvert avait un visage ovale menu qu'encadraient des mèches filasse. Elle était vêtue d'un minuscule short en jean sur des collants noirs et drapée dans un énorme pull tricoté main. Quand elle m'a vue, elle s'est retournée, et a hurlé – « M'man ! » – en direction de la cage d'escalier avant de me faire de nouveau face et de me dire :

— Vous entrez ?

Elle m'a précédé le long de marches étroites qui menaient à une cuisine en sous-sol : fourneau Aga, table en pin, pots d'herbes aromatiques, odeurs de pâtisserie et de jonquilles sur fond, assez prononcé, d'ail. Si un chat tigré a filé par la chatière en me voyant, le labrador brun couché dans son panier en velours dans un coin s'est étiré avant de s'approcher pesamment en fouettant l'air de sa queue, histoire de fourrer sa truffe dans mon entrejambe.

M'écartant, je me suis assis à la table. La maison était paisible, excepté le son lointain de la télévision et les martèlements de la basse d'à côté. Plantée près de la cuisinière, Phoebe tripotait l'anneau qu'elle avait dans le nez. Elle avait beau être à peine plus jeune que ma dernière conquête, Polly, j'ai perçu le dédain que je lui inspirais, peut-être dû, plus spécifiquement, au blouson en cuir que j'avais choisi de porter. Ou à mes chaussures. (Des Converse blanches toutes neuves, dont je n'avais pas encore décidé si leur achat était une erreur ou pas.) Ça m'était bien égal, car son accoutrement ne m'emballait pas outre mesure non plus. Elle n'était pas laide, mais ses cheveux étaient mal décolorés, et elle s'épilait les sourcils en arcs de cercle trop hauts et trop fins. Le résultat se situait à mi-chemin entre la petite marchande d'allumettes et la pute, ni l'une ni l'autre n'étant mon genre. J'ai tenté d'amorcer la conversation.

— Ainsi, c'est toi, Phoebe ? Il paraît que tu projettes d'étudier les lettres à Leeds. Le niveau est bon ?

Elle a incliné la tête, a répondu avec une politesse convenue.

— Je l'espère. On le dit. Je n'ai pas encore eu l'occasion d'aller voir par moi-même.

Elle refermait la bouche après chaque phrase, comme si elle sirotait les mots ou s'efforçait de parler intelligiblement à une vieille personne. Le chien continuait d'en vouloir à mes parties. Je l'ai découragé en agitant le genou.

— Tu as largement le temps.

— Vous, vous avez fait Cambridge, hein ? Avec oncle Andrew. Ils en ont discuté, hier soir, maman et lui.

Oncle Andrew ? *Hier* soir ? Un malaise s'est emparé de moi.

— Où est-elle, à propos ?

Gagnant le bas des marches, elle a braillé :

— M'man ? M'MAN ? Il est là !

Il y a eu un bref silence, suivi d'un cri et de piétinements légers.

— Ah bon ? Pourquoi ne le disais-tu pas ? Louis, arrête-moi cette télé !

Précédée par le bruit de ses pas qui dévalaient l'escalier, elle a déboulé dans la cuisine, habillée de leggings, d'un haut de survêtement à fermeture Éclair gris argent et de bottes en peau de mouton couleur caramel. Des boucles d'oreilles en forme de minuscules lustres à plusieurs niveaux pendaient à ses lobes.

— Paul ! Merci d'être venu !

Les cheveux détachés, elle n'était que mouvement et lumière. Elle a renvoyé le chien à son panier.

— File, Dennis ! Laisse-le tranquille.

M'a embrassé sur les deux joues.

— Phoebe ? L'as-tu remercié de s'être déplacé ?

— Ouais.

— Bien. Je prépare du thé. Pendant ce temps, discutez, vous deux.

Phoebe et moi nous sommes dévisagés. Je supputais que nous n'avions plus rien à nous dire. Ayant le sinistre pressentiment que mon imposture était sur le point d'être démasquée, j'ai tenté de dissimuler mon embarras en la soumettant à un flot de questions prétentieuses sur ses aspirations professionnelles, tout en lui dispensant un petit cours – sincère – à propos de la raréfaction de la presse écrite et de la compétition acharnée sur ce marché.

— Phoebe adorerait acquérir un peu d'expérience concrète, après ses examens finaux, n'est-ce pas, chérie ? est intervenue Alice, qui s'essuyait les mains avec un torchon.

— Oui, ça me plairait bien, a acquiescé la gamine avec la même prononciation appuyée que précédemment. Vous pourriez m'aider ?

— Qu'est-ce qui te tente ?

— J'avais pensé à un boulot dans un magazine. Le *New Statesman*, genre, parce que j'aime trop la politique. Ou *Vogue*. M'man dit que vous avez des contacts susceptibles de m'être utiles. Parce que, aujourd'hui, sans piston…

— Il va falloir que j'y réfléchisse, ai-je répondu d'une voix posée.

Elle a resserré son pull autour de son corps.

— Ou à la télé, peut-être ? a-t-elle repris. Vous y connaissez des gens ?

— Pas vraiment, non, ai-je lâché en la fixant.

Son portable a émis un couinement de cor de chasse.

— Je peux aller chez Dolly, maintenant, m'man ? a-t-elle demandé après l'avoir consulté.

— D'accord, mais tu rentres ce soir.

La môme s'est dirigée vers les marches.

— Au revoir ! m'a-t-elle lancé par-dessus son épaule. Merci.

Un trou à l'arrière de ses collants laissait entrevoir un bout de peau blanche aux reflets bleuâtres comme des hématomes.

— Je t'en prie.

Alice a redressé un grand tableau au mur, collage de photos en noir et blanc, couleurs et sépia : sourires hilares, costumes rigolos, destinations exotiques – la vie de famille dans toute sa splendeur fanfaronne. Le cliché d'un homme occupait la place centrale. Sur une plage, un bébé sur les genoux, bras bronzés et barbe de trois jours, les yeux plissés à cause du soleil. Harry. Beau et viril. Et son univers de vacances au ski, de yachts, de champagne, de têtes blondes et de Rolex. Les types comme lui m'avaient toujours mis en colère – ce qu'ils avaient, ce dont j'étais privé. J'ai éprouvé une bouffée d'envie et de rancœur, aussitôt suivie par une pensée réconfortante. Harry était mort, et je trônais dans sa cuisine.

Alice avait à présent délaissé le cadre pour ranger des choses sans ordre précis, comme si sa présence ici était requise par d'autres occupations que moi. Une cavalcade a retenti, puis une voix masculine :

— M'MAN ? Je sors !

Elle a levé les yeux au ciel.

— C'est lequel, celui-ci ? me suis-je enquis.

— Louis. Frank est chez un copain.

Elle s'est approchée de l'escalier.

— Prends une veste, a-t-elle crié, il pleut !

Des pas pesants, le claquement de la porte.

— J'ai oublié le thé, a-t-elle dit en regardant sa montre. Oh, et puis merde ! Un verre de vin ?

— Ce n'est pas de refus.

Ouvrant un placard, elle en a tiré une bouteille de merlot, qu'elle a débouchée en la maintenant entre ses cuisses. Sexy.

— Tu peux fumer, si tu veux.

Elle m'a tendu une soucoupe ébréchée, a ouvert la fenêtre au-dessus de l'évier. Il pleuviotait. Elle a refusé la cigarette que je lui offrais, s'est assise, se couvrant discrètement le nez et la bouche de la paume. Au bout d'un instant, elle a entrepris d'arranger une pile de papiers tout en se mordillant distraitement la lèvre. Quand je lui ai demandé de quoi il s'agissait, elle m'a expliqué que c'était des prospectus pour une soirée de bienfaisance au profit de Retrouvons Jasmine. Cette année, a-t-elle précisé avec des intonations aiguës et tendues, marquait les dix ans de sa disparition, et il était nécessaire de lever plus de fonds pour « l'étape suivante ». Yvonne, la mère, descendrait de Sheffield, Alice souhaitait que tout soit parfait.

Elle m'a passé l'une des feuilles. On y voyait le portrait de la jeune Jasmine en bandana fleuri, tenant un chaton roux près de sa joue. À côté, une image de synthèse la montrait telle qu'elle pouvait être aujourd'hui. Tout en écoutant Alice, j'ai observé la photo de cette jolie fille de vingt-quatre ans, au front dégagé, au visage étroit, aux yeux bleus, à la grande bouche. Bien que ce soit sans doute déplacé, j'ai songé que peut-être les auteurs de ces bidouillages informatiques péchaient par excès de bonté, qu'ils en rajoutaient dans la beauté. Ce que j'ai gardé pour moi, bien sûr. J'ai hoché la tête afin d'exprimer, du moins je l'espérais, mon empathie et ma commisération.

— Pauvre petite.

Se renversant sur sa chaise, Alice a avalé une lampée de vin avant de s'essuyer les lèvres avec délicatesse. J'ai fait tourner le mien, l'observant danser et retomber comme du velours rouge.

— Tu crois qu'elle est toujours vivante ?

— Oui, a-t-elle assené en me regardant dans les yeux.

J'ai rassemblé le peu de souvenirs que je conservais.

— Pourtant, le petit ami de la mère… Il n'y a pas eu un truc ? La police…

— Non. C'était une erreur. Karl a été lavé de tout soupçon. Qu'on puisse… Que *tu* puisses penser ça est absurde ! Les flics ont perdu tellement de temps. Il est exact que tous les deux avaient des relations explosives. Jasmine était jalouse. Elle jugeait que sa mère la délaissait pour accorder toute son attention à Karl. Et lui était un charmeur, encore presque un enfant, pas assez mûr pour se comporter en adulte. Ce soir-là, ils se sont disputés, c'est vrai. Mais si tu avais vu son chagrin… Le soutien qu'il a apporté à Yvonne, ces dix dernières années. Non, il ne l'a pas tuée. Pas lui !

Elle niait à petits coups furieux du menton.

— Et le père ?

— Il avait quitté Yvonne alors qu'elle était enceinte.

— Y a-t-il eu d'autres suspects ?

— Pas franchement, a-t-elle soupiré en secouant une nouvelle fois la tête dans un tintement de boucles d'oreilles. Des témoins ont évoqué des étrangers traînant dans le coin, mais rien de concret. Des travailleurs immigrés venant d'Albanie.

Après avoir bu une gorgée, elle a reposé son verre sur la table. Dedans, le liquide a frémi. Ses lèvres se sont étrécies sous l'effet de la colère, et elle a poursuivi sa diatribe :

— On n'a pas retrouvé le corps. Sur une île de cette taille, ce n'est pas anodin. Ils ont fouillé la côte et les collines avec minutie. Pas un ferry n'est parti, cette nuit-là, et le lendemain, le port était surveillé. Tout le monde était aux aguets. Il n'y a pas de marée, là-bas, alors non. Mon instinct me dit qu'elle n'est pas morte.

— Elle aurait fugué ?

— Peut-être. Ou elle a été enlevée. Les réseaux d'adoption illégale sont monnaie courante, dans cette région. Pyros est si proche de l'Albanie qu'il suffit de traverser un bras de mer…

— Une adolescente ? Tu m'as bien dit qu'elle avait quatorze ans, non ? Ce n'est pas un peu âgé pour être adoptée ?

— Si, j'imagine. L'autre possibilité, c'est la prostitution. Si elle se chamaillait aussi souvent avec Yvonne et Karl, c'est qu'elle n'arrêtait pas de sortir. Elle avait rencontré un garçon du village. Il ne s'est jamais présenté aux autorités. Longtemps, nous avons exploré une piste menant à Athènes. Une idée intolérable. Je ne sais pas ce qui s'est passé, mais je le découvrirai. Je me battrai jusqu'à mon dernier souffle. C'est un peu cliché, mais… pour une mère, perdre un enfant… ne pas savoir. C'est insupportable, la douleur ne s'estompe jamais.

— Et si elle était partie de son propre gré ?

— Une modeste communauté hippie est installée sur la côte ouest de l'île. Des survivants des années 1970. Allemands, Scandinaves, quelques Britanniques… Même s'ils se sont embourgeoisés, leur présence se remarque. On les aperçoit dans les lieux touristiques, parfois. Je les ai toujours soupçonnés d'être impliqués. Elle pourrait vivre parmi eux. D'après ce que m'a raconté Yvonne, c'était une fille toute simple, quoiqu'un peu bizarre. Une hypothèse, relativement plausible, soutient qu'elle aurait pu se sauver, squatter chez ces hippies, et avoir soit perdu la mémoire, soit avoir été endoctrinée. Elle a peut-être voulu rentrer chez elle, et on l'en aurait empêchée, en la droguant éventuellement.

— La police n'a pas creusé de ce côté-là ?

— Si. Sauf que… C'était trop tard, vois-tu ?

Non, je ne voyais pas, et ça me laissait plutôt indifférent. Le sujet me fatiguait. Cette fille morte – une évidence – ne mettait pas en valeur ce qui me plaisait chez Alice. Je voulais retrouver la femme d'affaires à l'efficacité séduisante de notre dîner au restaurant, avec ses reconduites à la frontière et ses audiences au tribunal ; ou la déesse domestique un brin négligée de chez Andrew. Je me rappelais le rire que je lui avais arraché, dans le jardin, ce son argentin de petite fille sous-tendu par une certaine lascivité. J'étais comme tout un chacun conscient que la vie nous distribue certains rôles. Mais j'étais las de cette bonté, de cette culpabilité, de ces histoires misérabilistes. Le merlot était bon, fruité et doux, pareil à du sang chaud dans ma bouche. J'allais en boire un second verre puis, si la situation n'évoluait pas, je me tirerais.

— Mais bon, a-t-elle alors décrété, assez parlé de ça. Passons à des choses plus gaies. Tu n'es pas venu jusqu'ici pour qu'on rumine là-dessus.

Elle m'a gratifié de son sourire de travers.

Je suis resté toute la soirée. Alice a déniché une autre bouteille et, se déplaçant avec vivacité dans la cuisine, ouvrant à la volée des placards pour y attraper des ingrédients, nous a improvisé un plat de pâtes avec un pesto maison, une salade de tomates, concombres et féta. Une salade grecque, autrement dit, « loin d'être aussi savoureuse que celles que tu manges là-bas, bien sûr ».

C'était une vraie souillon. Épluchures de concombre sur le robot sale, flaque d'huile d'olive sur la plaque de cuisson, l'emballage en plastique ayant contenu la féta tombé et oublié par terre. Indifférente à la pagaille qu'elle semait, elle jacassait sans discontinuer sur son départ de Pyros. Si, plus jeunes, les enfants avaient adoré l'endroit, la vie sociale qui était désormais la leur à Londres exigeait d'être alimentée, et aller là-bas les branchait moins. Il n'était donc peut-être pas si mal que cet été soit le dernier.

— Tout a une fin, a-t-elle philosophé, alors qu'elle coupait les tomates.

Elle a interrompu son geste. Par la fenêtre entrebâillée, elle a contemplé le jardin mouillé.

— Quels que soient les efforts que tu fasses pour tenter de l'empêcher, a-t-elle repris avant de ramasser son couteau, puis d'ajouter, comme si elle y pensait après coup : Si tu n'as rien de prévu, tu devrais te joindre à nous.

Quand le repas a été prêt, elle a proposé que nous montions avec nos assiettes pour manger devant la cheminée. Le salon était agréable et douillet, canapés dépareillés et plaids en mohair, épaisses tentures de velours, tapis turcs usés jusqu'à la trame. Des livres s'alignaient sur des étagères aménagées dans les alcôves. Un fauteuil poire en velours côtelé trônait devant la télévision avec, par terre, des manettes de PlayStation. Le feu était un vrai, et il a suffi de ranimer les braises et de jeter une bûche pour obtenir une plaisante chaleur. Le chat tigré, à présent roulé en boule sur un coussin en tapisserie, a cette fois daigné se laisser caresser. Alice a tiré les rideaux et, durant un instant, son visage s'est reflété dans les carreaux, onde de lumière fragmentée. Je me suis rappelé le passage de *La Promenade au phare*[1], celui où Mme Ramsay, alors qu'elle sert son bœuf en daube, éprouve un sentiment de cohésion et de stabilité. Pour ce qui me concerne, celui-ci était peut-être dû non à l'amour, mais à l'espoir d'une partie de jambes en l'air.

Alice s'est assise sur le plancher, son assiette posée sur la table basse, tandis que j'optais pour un canapé, ce qui m'a obligé à prendre une position gauche, penché vers l'avant et coudes écartés. Une fois mon repas achevé, après avoir saucé les ultimes gouttes de pesto vert et croquant avec un morceau de pain, je me suis levé et avancé afin d'examiner les rayonnages

1. Roman de Virginia Woolf, *To the Light House*, 1927. (*N.d.T.*)

de plus près. Alice me parlait d'une musulmane de Bexleyheath qui, après avoir été maltraitée durant des années par son mari, l'avait poignardé avec des ciseaux de cuisine. J'avoue que cette histoire m'a mis plutôt mal à l'aise.

Les rangées du bas étaient réservées aux best-sellers, aux thrillers et à une collection quasi complète des aventures de Hornblower. L'étagère du haut, en revanche, abritait une poignée de vieilles éditions Penguin orange et vert (Simenon, Ngaio Marsh, George Orwell ; *Gatsby le Magnifique*) ainsi que quelques grands formats aux jaquettes bigarrées. Mes yeux ont été accrochés par un dos de couverture noir traversé d'une bande jaune, et j'ai tiré l'ouvrage de son emplacement : *Le Dossier Rachel*, de Martin Amis. Je l'ai ouvert. 1973. Une édition originale.

— Nom d'une pipe ! ai-je piaillé.

Alice m'observait de près.

— Harry adorait Amis, a-t-elle dit en croisant mon regard. J'ai eu l'occasion de me rendre compte que c'est souvent le cas des gosses de riches ayant étudié dans le privé. Sexe, fric et une bonne dose de haine de soi.

— Je vais faire comme si tu n'avais rien dit, ai-je répondu.

J'ai réintégré le canapé avec le livre. Sautant de son coussin, le chat est venu se blottir sur mes genoux. Soulevant le bouquin au-dessus de lui, je l'ai feuilleté avec respect.

— Il s'appelle Gussie. Le chat, s'entend.

J'avais l'impression qu'il me fallait retenir ma respiration, au cas où j'aurais endommagé les pages.

— Il est signé, ai-je murmuré.

— Il l'aura sûrement acheté sur eBay, a-t-elle soupiré. Il avait parfois des pulsions extravagantes.

Son ton m'a amené à poser le livre avec soin afin de la regarder. Ses yeux étaient vitreux.

— Prends-le, a-t-elle poursuivi. Vas-y. Je te le donne.

J'ai feint de ne pas entendre.

— Te manque-t-il ? Harry ?

Elle a opiné.

— J'ai oublié à quoi ça ressemblait d'être serrée dans…

L'atmosphère a soudain bégayé, hésité. La pièce s'est assombrie. Un bruit contre la fenêtre, une bourrasque de pluie s'abattant sur la vitre, comme si quelqu'un avait jeté une poignée de cailloux sur le verre. Alice a secoué la tête et a ri.

— Je ne suis pas une nonne. Dans *ses* bras, je veux dire. J'ai oublié ce que c'était, quand *lui* me tenait.

Elle avait les yeux rivés sur le tapis. Au bout de quelques minutes, j'ai doucement délogé Gussie de mes genoux et commis la pire erreur de mon existence. J'ai descendu la fermeture Éclair du haut de survêtement d'Alice jusqu'à son nombril, j'en ai écarté le nylon plutôt affreux pour dévoiler ses seins étonnamment dénués de soutien-gorge, puis je l'ai attirée à moi.

Chapitre cinq

La semaine d'après, je retournais chez ma mère. Je me dis souvent que les choses auraient peut-être évolué différemment si je m'en étais abstenu.

La maisonnette (construite jadis par une compagnie de chemins de fer pour ses employés) où j'avais grandi, à East Sheen, avait très peu changé au fil des ans : même moquette élimée, même odeur de chou tenace, mêmes trains qui secouaient les vitres quand ils passaient au fond du jardin. Mon père était mort – une crise cardiaque en plein boulot, il était aumônier à la prison de Wandsworth – et ma mère avait apporté quelques améliorations à ma minuscule chambre d'enfant : une étagère en pin soutenue par des équerres malingres (« pour tes livres »), une lampe bon marché (« extra, non ? »), un exemplaire encadré de la critique d'*Exégèse* parue dans le supplément littéraire du *Times*, dont le papier avait jauni sous le verre. J'avais toujours suffoqué, ici, entre le poids des espérances que nourrissaient pour moi mes parents, leur joie oppressante devant ma réussite et mon sentiment d'échec de plus en plus vif. C'était pire à présent, face à ma mère qui, mine de rien, se réjouissait de mon malaise grandissant. Pendant qu'elle nous réchauffait « deux jolies côtes d'agneau » sans cesser de jacasser – ayant rapporté au magasin sa bouilloire défectueuse, elle avait été servie par une fille charmante (« noire, mais charmante ») ; la délicieuse Jenny, de sa paroisse, avait proposé d'accueillir chez elle la prochaine réunion de la section locale du Women's Institute (« et tant mieux, parce que, avec mon genou ») –, j'ai tout de suite compris que des mesures radicales s'imposaient.

— Je pensais descendre tous tes sacs du grenier, a-t-elle annoncé au dessert.

Un crumble aux pommes acheté au supermarché et accompagné d'une crème anglaise industrielle.

— Inutile. Laisse-les là-haut.

— Si tu es trop occupé, je peux me charger de les trier, tu sais ?

— Non, ai-je brutalement rétorqué. Tu ne touches à rien de ce qui m'appartient.

Ce soir-là, assis avec elle au salon devant un épouvantable feuilleton guimauve (« je ne rate aucun épisode »), j'ai fait défiler ma liste de contacts. Jusqu'à maintenant, j'avais toujours réussi à trouver quelqu'un pour me tirer d'embarras, un confrère ou un comparse qui avait besoin qu'on garde sa maison, une nana qui ne s'était pas encore lassée de moi, les parents généreux d'autres personnes que j'avais pris soin de séduire. Dans les pires extrémités, c'était Michael qui m'avait aidé, mais ses jumeaux occupaient aujourd'hui la chambre d'amis. Pour la première fois depuis quinze ans, je me sentais piégé et contraint d'affronter mes démons.

Je n'avais pas repensé à Alice, jusqu'alors. Une nuit avait suffi à satisfaire ma curiosité. Néanmoins, le feuilleton terminé, et ma mère ayant changé de chaîne pour une série policière des années 1950, mes réflexions m'ont ramené à elle. Nos ébats n'avaient pas été déplaisants. Son foyer était chaleureux et confortable. J'avais récupéré un livre gratuit. (Je l'avais revendu à l'un des bouquinistes les plus chics de Charing Cross Road pour cinq cents livres. J'aurais pu en obtenir plus si la quatrième de couverture n'avait pas été salie par une tache de café.) Et puis, la chambre de sa fille serait bientôt libre.

Pendant la pause publicité, je me suis faufilé dans la cuisine, sous prétexte de préparer du thé. Alice a décroché, apparemment ravie, et nous nous sommes entendus pour nous retrouver la semaine suivante dans un bistro à la mode de Clapham.

Ce rancard, le premier digne de ce nom, m'a coûté bonbon (elle a insisté pour choisir le « menu dégustation »), mais j'ai décidé de le considérer comme un investissement. Je l'ai courtisée. Avec application. J'avais préparé les formules les plus efficaces et les ai utilisées ; envisagé quels leviers manœuvrer et les ai actionnés. Sa façon de me renvoyer mon image de mauvais garçon après le dîner chez Andrew Edmunds avait été aussi lourde de sous-entendus sexuels que des préliminaires : les salauds l'excitaient, comme nombre de femmes au demeurant. En même temps, elle n'avait pas caché non plus qu'elle appréciait les perdants et qu'elle avait foi en la bonté humaine. Ce soir-là, je l'ai attendrie avec une histoire à faire pleurer dans les chaumières, au sujet d'une nana qui m'avait brisé le cœur à l'université (« Non, pas Florrie »), ce qui avait généré chez moi la peur d'être blessé et, ça va de soi, des réticences à m'engager. À la fin du repas, nous nous sommes chastement embrassés dans la rue mais, le lendemain matin, j'ai envoyé des fleurs ainsi qu'un message élaboré avec soin (« Merci d'être différente »), et j'ai enchaîné avec des textos au ton de plus en plus aguicheur. (C'était super de passer du temps tous les deux... Je n'arrête pas de penser à toi... As-tu la moindre idée de l'effet que tu me fais, madame Mackenzie ?... Couchons ensemble, je t'en supplie.)

Il m'a fallu quinze jours et deux autres rendez-vous pour la cueillir comme un fruit mûr, pour que mon plaidoyer aboutisse. Durant cette période, je l'ai persuadée qu'elle m'avait influencé tant sur le plan créatif qu'affectif. Je lui ai confessé que, avant de la rencontrer, je n'arrivais plus à écrire, et que, pour la première fois depuis des années, j'avais l'impression d'être en prise avec mes véritables émotions. Je bossais dur tous les jours à la British Library, j'étais en train d'achever le manuscrit qui tenait en haleine le monde de l'édition. Je n'ai reculé devant aucun poncif, l'ai observée s'en repaître, s'accorder le mérite de la résurgence de mes dons et de mon énergie.

J'ai dû parfois ruser et esquiver pour rester crédible. Elle ignorait que j'avais quitté Lamb's Conduit Street. Que j'avais quelques soucis financiers mineurs – des ardoises dans des bars qu'il valait mieux éviter – qui m'interdisaient de fréquenter Soho. J'avais aussi perdu ma carte d'accès gratuite à la British Library, maintenant qu'Alex l'avait récupérée. Je passais donc mon temps à écumer les présentoirs de bouquins des magasins de charité au sud de Londres ou à boire du thé dans un café pas cher près de chez ma mère. Afin de me couvrir, je m'arrangeais pour ne retrouver Alice qu'à Clapham, tactique que je présentais comme une façon de lui simplifier les choses. Ça lui permettait de rentrer chez elle se rafraîchir, vérifier les devoirs à rendre pour les examens de fin d'année de sa fille. Je soutenais que je n'avais rien contre les repas en famille. « Tu es merveilleux, me disait-elle tout en préparant en vitesse des pâtes *alla puttanesca* ou du poulet *alla cacciatore* (c'était une excellente cuisinière). Je n'aime pas laisser les enfants seuls plusieurs soirs d'affilée. » En vérité, j'étais ravi d'éviter les frais, même si je n'ai pas tardé à me lasser des tronches adolescentes boudeuses autour de la table. Fréquenter une femme de sa classe était un exercice onéreux. Ainsi, il y a eu un moment de gêne quand je me suis rendu compte qu'elle s'attendait que je l'accompagne à la soirée au profit de Retrouvons Jasmine.

À quatre-vingt-dix livres par tête de pipe, j'ai été obligé de m'inventer un filleul avec anniversaire à la clé pour me sortir de ce mauvais pas.

Mon objectif initial avait été la chambre de Phoebe. Je projetais de m'être suffisamment rapproché d'Alice d'ici septembre (dans la peau d'une espèce d'ami avec avantages en nature, peut-être) pour me l'approprier en bonne et due forme et faire passer cette étape comme naturelle. Toutefois, au bout de quelques semaines, l'idée d'une relation plus permanente a commencé à germer. Je me voyais, sinon en époux, du moins en maître de maison, possesseur de sa grande couette en duvet, de sa baignoire à pattes de lion, de son réfrigérateur toujours plein, de son chat. Je méditais confusément sur l'assurance vie de son mari. Ses gosses étaient une plaie, un tas d'hormones ronchon puant la sueur et le renfermé. Il n'empêche, la perspective n'était pas sans attraits. Je n'étais pas amoureux d'elle. Je la regardais avec objectivité : son âge, ses rides au front et ses pattes-d'oie. Mon désir était complexe, plus motivé peut-être par une fascination mentale que physique, générée par son dynamisme, sa confiance en elle, sa capacité à régler les problèmes et à mener à bien les projets les plus ardus. Lorsqu'elle répondait à un appel d'un confrère de son cabinet ou d'un membre de ses multiples groupes de pression (Les femmes en faveur de ceci, Les avocates anti-cela), il me suffisait de l'écouter pour bander. L'ampleur de ses talents me coupait le souffle.

Autre chose aussi m'enflammait, une intuition, l'impression tenace d'une inaccessibilité, d'une retenue, y compris quand nous faisions l'amour. Certes, elle s'appliquait : s'enquérait avec sérieux de mon « chef-d'œuvre », riait à mes blagues, retirait ses vêtements à la demande, dévoilant un corps pâle et limpide aux jolies vergetures sur le ventre et à la généreuse toison pubienne. Ce qu'elle ne faisait pas, en revanche, et malgré tous mes efforts, c'était atteindre l'orgasme, et mon *amour-propre** en prenait un sacré coup. Quand je revenais de la salle de bains où je m'étais débarrassé du préservatif, elle émettait de petits bruits de satisfaction et enfouissait son visage dans mon cou en soupirant comme si elle était comblée. Une nuit, j'ai décidé d'affronter le souci bille en tête (pour ainsi dire). Me mettant sur les coudes, j'ai contemplé les demi-lunes de ses yeux mi-clos.

— À ton tour, ai-je décrété sur le point de descendre vers son sexe. Pas d'excuses.

Elle s'est tortillée, retournée, a tiré sur la couette jusqu'à ce qu'elle réussisse à s'asseoir, courbée en deux, sur le bord du lit, où elle a enfilé un vieux peignoir.

— Je n'y arrive plus, a-t-elle lâché d'une voix atone. Ce n'est pas que je n'aime pas ça, au contraire, c'est super agréable, mais je ne jouis plus.

— Ce serait peut-être plus… facile… plus satisfaisant pour toi avec la pilule ?

— Non, je crois que c'est la culpabilité.

— Harry, ai-je acquiescé en fermant les paupières. Pauvre chérie.

J'ai couvert sa nuque de baisers jusqu'à ce qu'elle se libère en gigotant, hilare. Sa chambre – un brin négligée et putassière, vêtements et bijoux éparpillés partout, guirlandes électriques et bougies poussiéreuses – avait une salle de bains attenante. Elle s'y est engouffrée. Je l'ai entendue uriner. Je me suis rallongé, les bras au-dessus de la tête, torse exposé, décidé à ne pas en faire un drame. *C'est tout bénef pour moi.* Il n'empêche, j'ai imaginé Harry, ce grand costaud mort, dans son lit, et j'ai senti naître en moi une résolution implacable et dure, la promesse qu'un jour je la posséderais, et que je la posséderais entièrement.

Si elle n'avait pas reparlé de Pyros depuis notre première nuit ensemble, je n'avais pas oublié l'invitation. Au fond de mon cerveau se tapissait le projet de passer l'été avec elle là-bas ; à notre retour, elle me proposerait d'emménager chez elle. Je comptais sur la Grèce pour avancer mes pions.

Une rencontre avec Andrew m'a pourtant empli de doutes.

Alice, j'en étais conscient, le voyait beaucoup. Ils avaient des tas d'occasions, aussi bien professionnelles que sociales, de se croiser. (C'était lui qui, finalement, l'avait accompagnée au gala de bienfaisance.) Je ne l'avais pas revu depuis un bail, mais son existence ne cessait de se rappeler à mon mauvais souvenir.

Ainsi, un dimanche, j'ai trouvé une écharpe doublée de soie sur le dossier d'une chaise ; Alice m'a dit qu'elle était à lui. Un autre jour, il avait laissé sur la table de la cuisine une enveloppe remplie de formulaires qu'elle devait signer. À plusieurs reprises, j'ai eu l'impression de sentir son après-rasage West Indian Limes de Trumper.

Ça me contrariait. Ce type représentait une menace qu'il me faudrait affronter tôt ou tard.

Les retrouvailles se sont produites début avril. Alice et moi avions paressé tout l'après-midi au lit avec une bouteille de vin et les mots croisés du *Guardian*. Leur auteur, qui contribuait au journal depuis assez peu de temps, avait organisé sa grille autour d'*Au bois lacté*, en honneur de l'anniversaire de la pièce. D'humeur taquine, Alice s'est déclarée enchantée par ma connaissance du texte et des personnages : Lily Culottes, Captain Cat, Boyo Bon-à-Rien, etc. Pour frimer, j'ai cité deux vers :

— « Étends-toi ! Repose ! Que je naufrage entre tes cuisses. »

Malheureusement, elle n'était pas aussi sérieuse que moi.

— Tu es mon Boyo Bon-à-Rien, ne cessait-elle de répéter, assez pompette pour hurler de rire à ses propres plaisanteries. Hein, que tu es mon Boyo Bon-à-Rien ?

Au début, je l'ai bien pris. Je l'ai embrassée. Mais, à mesure que la blague s'éternisait (« mon Boyo bon-à-rien-de-rien-rien-de-rien »), j'ai eu l'impression d'être tourné en dérision. La moutarde m'est montée au nez. Dans un froissement vexé de couette, je me suis levé et j'ai enfilé mon caleçon avant de me rappeler que je n'avais nulle part où aller. D'autant plus énervé, j'ai attrapé mes cigarettes dans la poche de mon jean jeté par terre et me suis approché de la fenêtre à guillotine, dont j'ai soulevé le châssis.

— Viens naufrager entre mes cuisses, a roucoulé Alice.

Bien qu'elle se soit aperçue que j'étais furax, elle jouait à l'ignorer. Je me suis assis sur le rebord de la croisée et j'ai allumé ma clope, dissimulant ma semi-nudité aux passants derrière les voilages. J'ai regardé dans la rue. De grosses grappes blanches s'épanouissaient sur les branches du cerisier. Un soleil timide se reflétait sur les maisons d'en face, en jaunissait les briques et ricochait sur les carreaux. Dans le jardin voisin, le chariot de supermarché était invisible. Je me rappelle m'être demandé si la municipalité l'avait fait enlever ou s'il était toujours là, enfoui, désintégré ; j'ai imaginé un monceau de rouille sous les ronces, des nuées de fourmis. Existait-il au monde une chose qui puisse disparaître intégralement ? J'ai tiré quelques taffes, observé la cendre de ma Silk Cut qui s'allongeait en un tube fragile avant de la jeter d'un revers de la main.

Le nuage de poussière blanc argenté a voleté en minuscules losanges fugaces. J'ai soudain entendu des voix, la barrière qui s'ouvrait, des gens qui entraient dans le jardin. Sautant de mon perchoir, je me suis penché. Le porche me cachait les intrus. Dans les entrailles de la maison, la sonnette a retenti.

— Tu as de la visite, ai-je annoncé.

— Ah, oui !

Elle s'est emparée de la robe pull verte qu'elle avait portée avant que je la lui enlève, a fourré ses pieds nus dans des bottines en suédine, a secoué la tête d'avant en arrière, sa façon de se coiffer en vitesse.

— Andrew, Tina et les gosses. Pour un dîner de bonne heure. Je pensais commander indien.

Debout près de la porte, elle m'a souri en inclinant le visage, apparemment dessoûlée.

— Tu viens ?

Je n'ai pas répondu, elle a quitté la pièce. Je suis resté planté là un moment, désarçonné, avec le sentiment d'avoir été roulé. Jusqu'à présent, nous avions toujours été seuls, je n'avais croisé aucun de ses amis. Pourquoi ne m'avait-elle pas averti qu'elle les attendait ? Sa voix, mêlée à celle d'Andrew, est montée jusqu'à moi, puis le rire de Tina, la porte du salon qui s'ouvrait et se refermait, des pas qui descendaient à la cuisine.

J'ai enfilé mon pantalon, ai récupéré ma chemise froissée sous le lit. L'armoire était ouverte. Elle contenait encore des vêtements ayant appartenu à Harry. Je les avais déjà inventoriés, m'étais approprié une ou deux cravates qui m'avaient plu. Là, j'ai inspecté les cintres et arrêté mon choix sur une chemise à mon goût, rose pâle avec un motif en relief très subtil. Une Charles Tyrwhitt. Un peu large au col, mais je m'en contenterais. Je l'ai boutonnée avec lenteur.

C'est Tina qui m'a vu en premier. Adossée à la gazinière, face à la porte, elle a écarquillé les yeux ; j'y ai lu à la fois la surprise et la joie – je repense à cet instant assez souvent, ces jours-ci. Puis elle a regardé Andrew, ses traits se sont tendus, et la prudence a prévalu.

— Paul ! s'est-elle exclamée.

Assis à la table, son mari me tournait le dos. Sa tête a pivoté dans ma direction et, en une fraction de seconde, il a noté la chemise et mes pieds nus. Il a compris que je couchais avec Alice, que j'avais droit à autre chose qu'à une réunion financière ou un déjeuner sur le pouce, contrairement à lui. En se levant, il s'est cogné contre un pied de table. Il a juré et s'est frotté la cheville avant de clopiner vers moi, petite représentation théâtrale qui lui a donné le temps de se ressaisir.

— Où étais-tu passé, vieille branche ? a-t-il lancé avec une bonhomie forcée.

— À l'étage.

— Content de te voir.

Je lui ai serré la main en souriant de toutes mes dents.

— Ça faisait longtemps, oui.

— Tu m'étonnes ! Et voilà qu'on te retrouve ici ! Alice ! Espèce de petite cachottière ! Tu en as beaucoup, des surprises comme ça ?

L'interpellée sortait un pack de Coca du réfrigérateur, dont elle a refermé la porte du coude.

— Je t'en prie, Andrew, a-t-elle répliqué, visiblement agacée. Nous sommes tous adultes, non ?

Puis, apercevant la chemise, elle a rougi.

— Oh !

— Ça ne te dérange pas ? ai-je dit. La mienne était toute froissée.

Elle a secoué le menton, s'est détournée.

Dans le jardin, un grand ado dégingandé essayait d'étêter une tulipe avec un bâton. Une fille d'environ dix-sept ans aux cheveux coupés très court comme ceux d'un garçon, en baggy et baskets, était juchée sur la vieille balançoire pourrie accrochée à la branche d'un pommier. Plantant ses chaussures dans l'herbe, elle s'amusait à tournoyer sur elle-même. Tina, vêtue d'une longue robe en lin noir qui évoquait le sarrau d'une artiste déprimée, a suivi mon regard.

— Nos enfants, a-t-elle expliqué en rajustant ses cheveux retenus en arrière par une barrette en écaille. Daisy et Archie.

— Tu voudrais bien aller chercher les miens, Paul, s'il te plaît ? m'a demandé Alice.

J'ai apprécié qu'elle me confie cette tâche. Ça prouvait à Andrew que j'avais ma place ici. J'ai grimpé à l'étage pour crier aux garçons de sortir de leurs antres, continué jusqu'aux combles, où était aménagée la chambre de Phoebe. La porte était entrebâillée. Je m'apprêtais à la pousser quand j'ai distingué la gamine par l'interstice. M'arrêtant net, j'ai penché la tête pour mieux la voir. Allongée à plat ventre sur son lit, elle avait les yeux rivés sur son ordinateur portable. Pieds en l'air, petit cul ferme et rond, son tee-shirt remonté révélant une bande de peau blanche au bas des reins. Alors que je croyais n'avoir émis aucun bruit, elle a soudain lâché :

— J'arrive.

Histoire de me signaler qu'elle savait avoir été espionnée, qu'il ne fallait pas la sous-estimer.

J'allais devoir la surveiller de près.

J'ai regagné la cuisine. Alice avait déniché un menu dans un tiroir, et Andrew dressait la liste des commandes de chacun. Dennis le flairait, et il l'a repoussé à plusieurs reprises, l'air dégoûté. Ce type n'aimait pas les chiens. (Du coup, j'en ai fait des tonnes pour montrer que je les adorais.) Alice m'a paru tendue. Elle n'arrêtait pas de rire et de déplacer des objets – poivrier, journal. À un moment donné, elle a attrapé un gamin – Frank – et s'est accrochée à lui, un bras sur son torse, presque comme s'il était un bouclier censé la protéger. Son comportement m'a intrigué. Était-ce à cause de moi ? Parce qu'elle avait du mal à présenter sa dernière conquête à ses amis ? Peut-être. Elle a multiplié les corvées à mon intention : sortir les couverts, apporter la bière, fouiller le réfrigérateur en quête des pickles au citron vert, du chutney de mangue et de la confiture au piment (elle avait tous les ingrédients nécessaires à un bon repas indien). Tout en m'activant, j'ai senti les yeux d'Andrew sur moi.

— Comment avance le chef-d'œuvre ? s'est-il soudain enquis.

Les mots mêmes d'Alice.

— Il avance.

— Pas de fausse modestie, est intervenue Alice.

Cessant de dresser la table, elle m'a enlacé, comme Frank un peu avant. Son haleine sentait la bière.

— Il travaille tous les jours à la British Library, a-t-elle poursuivi, et ça porte ses fruits. Son agent a déjà reçu plusieurs propositions.

J'ai souri. Tina a fait un commentaire sur mon intelligence, Alice m'a libéré, et Andrew a péroré sur une réunion imminente à propos de fonds spéciaux destinés à un truc qu'il appelait « analyse et enquête ». J'ai regardé par la fenêtre. Daisy et Phoebe s'étaient installées sur des chaises de jardin, juste à côté de la porte de la cuisine. La posture de la première, jambes croisées et un coude sur le genou, évoquait une insouciance très française. Il émanait de cette fille une audace ronchonne qui me faisait penser à quelqu'un, sauf que je n'arrivais pas à me rappeler qui. Son grand pull en laine avait glissé de son épaule, révélant une bretelle de soutien-gorge turquoise et un triangle de peau claire – un mélange très sexy.

Quand les plats sont arrivés, nous nous sommes tous attablés. Je me suis retrouvé à côté de Louis, gros et boutonneux, le moins sympathique des gosses d'Alice, à mon avis. Il causait pas mal d'ennuis. Son prof principal avait téléphoné plusieurs fois pour évoquer son agressivité envers ses camarades. N'ayant pas l'intention de perdre mon temps avec lui, je me suis intéressé à Tina, assise en face de moi, ai pris des nouvelles de son commerce.

— J'ai reçu une livraison d'alpaga vendredi, a-t-elle annoncé avec un coup d'œil à son mari. Passionnant, comme tu vois !

Rien ne m'irrite plus que les femmes qui se rabaissent. Or les types comme Andrew les y incitent. A resurgi le souvenir de son ricanement paternaliste quand, dans la librairie, il avait parlé de la « petite boutique de tricot » de son épouse.

— Les gens qui montent leur affaire, comme toi, m'impressionnent toujours, ai-je répondu. J'espère que tu es fier de Tina, Andrew ?

— Naturellement, a-t-il acquiescé.

Sur ce, il s'est mis à tenir le crachoir. Son père, atteint de sénilité, venait d'être admis dans un établissement spécialisé. Sa mère, qui avait ses propres soucis de santé, le vivait mal. C'était injuste, d'autant qu'elle avait eu son lot de malheurs dans l'existence.

— Je sais, l'a consolé Alice en lui prenant la main. Je sais.

— C'est affreux, ai-je renchéri.

Daisy a trempé son doigt dans la sauce au yaourt, concombre et menthe, puis l'a porté à sa bouche. C'est là que j'ai compris à qui elle me faisait penser.

— Qu'est-ce que tu ressembles à Florrie !

C'était vraiment comme si la sœur d'Andrew avait été juste devant moi. La gamine a levé les yeux, a continué de se lécher le doigt.

— Il paraît.

Un silence est tombé. Avais-je été impoli de couper Andrew dans son élan ?

— Pardon, me suis-je excusé en l'invitant du geste à reprendre la parole.

Alice nous a dévisagés tour à tour avant de lui demander :

— Ta mère aurait-elle envie de se joindre à nous cet été ? Yvonne et Karl tenant absolument à dormir à l'hôtel, il y aura de la place. Tu penses que ça lui ferait du bien ?

Son ton était froid, sa proposition n'était pas sérieuse, évidemment, mais elle a eu les résultats escomptés, car la conversation a glissé sur la Grèce. Ce qui m'arrangeait.

— Yvonne et Karl vont-ils là-bas tous les ans ? ai-je questionné.

— Non. Ils sont venus une ou deux fois, au début. Là, c'est différent. Dix ans depuis la disparition de Jasmine. Une occasion spéciale.

— Un pèlerinage, en quelque sorte ?

— Si tu veux.

Elle me fixait, je lui ai souri, dans l'expectative.

— C'est très bien, ai-je commenté.

J'avais terminé mon assiette d'agneau aux épinards et éclusé deux bières. Je me suis renversé sur ma chaise. On y était. Elle allait me réinviter, publiquement. Telle était la conclusion logique de la soirée. Si ça se trouve, elle avait même organisé ce repas rien que pour ça. Certes, il dépendrait de moi d'accepter ou de refuser. Mais l'offre, et tout ce qu'elle promettait, serait laissée à ma réflexion.

— Cette année, a décrété Phoebe, je compte bien revenir noire comme du charbon.

— Si nous n'y retournons plus jamais, a ajouté Frank, il faut que nous louions des kayaks !

— Oui ! a opiné Tina, rieuse.

— Pas s'il y a une énième invasion de méduses, a objecté Phoebe.

— Ah non ! a piaillé Andrew. Pas question que je pisse sur la piqûre de quelqu'un !

— Vivement que je goûte à nouveau le merveilleux baklava qu'ils servent chez Giorgio, s'est écriée Tina.

— Chez Nico, l'a corrigée Alice.

— Tu es sûre ?

— Non, non, est intervenu Andrew, c'est bien Giorgio. Tu étais si bourrée que tu as oublié.

Ils ont tous rigolé.

— Et nous devrons absolument nager jusqu'au rocher de Serena, a relancé quelqu'un.

Personne n'a pris la peine de m'expliquer si le nom était réel ou s'il s'agissait d'un sobriquet né d'une blague impliquant une quelconque Serena. J'étais là, pareil à un citron cueilli dans le jardin de Pyros, ou à des crevettes au fromage de brebis (Tina :

« J'ai trop hâte ! Le tout arrosé de leur délicieux rosé local. »).

— Ça a l'air d'un endroit formidable, ai-je tenté dès que j'en ai eu l'occasion.

Andrew m'a toisé avec une moue narquoise, tandis qu'Alice posait un bras sur le dossier de sa chaise (ils étaient assis côte à côte).

— Un café, quelqu'un ?

— Et si vous alliez taper dans le ballon au parc, les garçons ? a suggéré Tina.

Les trois ados se sont levés.

— Et toi, Paul ? m'a provoqué Phoebe d'une voix indéchiffrable. Une partie de foot ?

J'en suis resté coi. Qu'est-ce qu'elle sous-entendait ? Que j'étais l'égal de ces morveux mal élevés ? Que je n'étais pas adulte ?

— Je ne pense pas que ce soit le genre de Paul, a répliqué sa mère.

— C'est clair, a renchéri Louis, il est plutôt du genre à taper l'incruste que le ballon.

Andrew a rigolé. J'ai eu l'ingéniosité de bondir sur mes pieds et de sauter sur l'insolent.

— Très drôle ! ai-je dit en coinçant sa tête dans une clé et en le martelant de petits coups de poing.

Comme si nous étions les meilleurs amis du monde, comme si c'était un jeu entre potes. Louis s'est libéré. Quand il s'est engagé dans l'escalier, il se frottait le bras. Petit con. J'ai attendu que la porte du rez-de-chaussée se referme avant de monter aux toilettes. Une bouteille de vin traînait sur la crédence du vestibule, et j'ai eu envie de la fracasser sur le carrelage en damier victorien. Je m'en suis abstenu, néanmoins. Je me suis emparé d'un petit paquet posé à côté. Un cadeau, dans du papier de soie. Une savonnette, sans doute. Mon manteau en tweed était suspendu avec d'autres à l'une des patères surchargées. J'ai glissé le savon dans une poche intérieure. J'étais prêt à parier qu'Alice n'avait même pas remarqué sa présence. Je l'offrirais à ma mère.

Je me suis retourné. Tina se tenait en haut de l'escalier de la cuisine. M'avait-elle vu ? Non. Elle souriait. D'un sourire forcé, certes. Ses mains s'agitaient, saccadées, nerveuses, elle croisait et décroisait les doigts.

— Excuse-moi, mais il faut que je te pose la question, m'a-t-elle apostrophé. Tes intentions envers Alice, elles sont sérieuses ?

— Bien sûr, ai-je acquiescé après un bref silence.

— Tu ne lui feras pas de mal, hein ? a-t-elle insisté avant d'avancer et de m'attraper par la manche. C'est juste que… Je suis au courant, tu n'es pas homme à… Pas le genre d'homme qu'il lui faut, peut-être. Mais… nous… Quoi qu'il arrive, quelle que soit la façon dont ça tourne, promets-moi seulement de ne pas la détruire, OK ?

Je me suis légèrement incliné. J'ai dissimulé la crispation de mes mâchoires derrière un sourire.

— Mes intentions sont tout ce qu'il y a de plus honorable, madame, croyez-moi sur parole.

Elle m'a observé un long moment puis, comme satisfaite de ce qu'elle voyait, a répondu :

— Pardon. Ce n'était pas très poli. Andrew s'inquiète, rien de plus. Alice mérite d'être heureuse.

— Toi aussi, ai-je riposté sur un ton sans équivoque.

J'ai souri de nouveau, avec autant de grâce que possible vu les circonstances, puis je suis entré dans les toilettes, comptant bien l'avoir déstabilisée. Comment osait-elle ? Quel culot, de sa part, de celle d'Andrew, de porter des jugements sur l'homme que j'étais ou n'étais pas ! Ce que je faisais ne les regardait pas. Je n'avais aucune envie de blesser Alice, et quand bien même je l'aurais souhaité, elle s'en serait parfaitement remise. C'était elle qui avait une baraque, des amis, du fric. Moi, je n'avais *rien*.

J'ai boudé toute la soirée et, dans l'effervescence de mon indignation hypocrite, ai réussi à oublier que Tina pouvait avoir raison.

Chapitre six

À partir de là, la Grèce m'a obsédé, lancinante comme un mal de dents. Allongé sur mon lit étroit, chez ma mère, je bouillais de rancœur.

Dans le jardin des voisins, les enfants jouaient, et une balle rebondissait sourdement sur une batte en plastique ; deux portes plus loin, un yorkshire aboyait ; dans la radio maternelle, Simon Mayo s'égosillait. J'ai repensé à ce qui s'était passé, dix ans auparavant. Un séjour tout compris avec une nana appelée Saffron, un logement pas cher sur la rue principale, une ribambelle de discothèques (Éclate-toi au Zeus), de piscines avec bar dans le bassin, de pubs irlandais. Enseignes au néon devant la fenêtre, odeur de friture et de diesel, pétarades de mobylettes.

Nous nous étions offert une croisière, et je me souviens de la poigne du capitaine sur nos bras quand il nous avait aidés à embarquer, du roulis du pont, de la cohue générale, multitude de genoux et de fronts, et des décolletés brûlés par le soleil. La bouteille verte et fraîche sur mes lèvres, la musique de *Zorba le Grec* forte, métallique et discordante que nous avions emportée en mer, le bouzouki dont les notes accéléraient et, loin des hordes de touristes, l'eau, d'un bleu-vert extraordinaire. Des bandes de transparence entre deux rochers noirs, des instants où l'on distinguait le sable blanc à six mètres de profondeur et des bancs de petits poissons. Des adolescentes en deux-pièces, le goût de dissolvant du retsina au fond de ma gorge. Le sale après-midi, celui que j'avais essayé d'oublier, me revenait par fragments – picole et dispute, Saffron levant la main, une bouteille sur mon crâne, les jambes nues d'une autre femme.

J'ai ouvert les yeux, la pièce s'est recroquevillée sur moi : boîte de mouchoirs en papier que ma mère avait gentiment laissée sur la table de chevet, trois clichés du « Vieux Sheen » punaisés un peu trop haut sur le mur, poêle minuscule et hors d'usage avec son chlorophytum derrière la grille en fer forgé blanc brillant.

Pourquoi Alice ne m'associait-elle pas à ses projets ? Pourquoi ne me conviait-elle pas à Pyros ? J'étais son mec, tout de même. N'était-ce pas mon droit ?

Au déjeuner du dimanche, chez Michael, je n'ai pu parler que de ça.

— Je ne comprends pas pourquoi tu tiens tant à y aller, a-t-il objecté. Tu détestes les vacances, tu n'aimes pas quitter Londres.

Accoutré de son uniforme dominical – survêtement et pantoufles –, il avait cuisiné un poulet frit avec garniture traditionnelle et s'affairait à picorer les derniers morceaux directement dans le plat.

— Un répit serait le bienvenu. L'hiver n'a pas été facile. Surtout maintenant que j'habite chez ma mère. Une petite escapade me ferait le plus grand bien.

— Ce sont des vacances *en famille*, a lâché Ann, une femme bien charpentée et banale, directrice adjointe d'un lycée. Par définition, il y aura des enfants, a-t-elle ajouté en montrant le jardin où les siens se disputaient un tracteur en plastique. Je croyais que, pour toi, la vie de famille c'était l'enfer ?

— Ceux-là sont grands. Ados. Trois garçons, et deux filles de dix-sept ans.

Cessant de farfouiller dans les restes, Michael m'a dévisagé.

— Elles seront en maillot de bain, ai-je ajouté.

Il s'est marré avant de regarder son épouse d'un air penaud. Elle a marqué son irritation en se levant et en refermant le bouton de son jean qu'elle avait ouvert pendant le repas.

— C'est du pur orgueil, a-t-elle marmonné en chargeant le lave-vaisselle. Tu ne souhaites être invité que pour mieux refuser.

— Non. C'est l'affront d'avoir été invité une fois, sans qu'il en soit plus question depuis, alors que nous couchons ensemble. Je ne pige pas. Je me croyais plutôt doué, au pieu.

Michael m'a considéré avec indulgence.

— Viens donc avec nous au pays de Galles, a-t-il rigolé. Les jumeaux seront ravis de partager la même tente que leur tonton Paul.

Tous, nous nous prêtions au jeu consistant à prétendre que leurs garçons m'adoraient.

— Je sais que le camping n'est pas ta tasse de thé, a-t-il poursuivi, mais, d'après mon expérience, le logement en Grèce se révèle parfois assez rustique. Je songe notamment aux toilettes.

— Connaissant Alice, ce sera luxueux.

— Explique-moi, Paul Morris, ce qui t'a attiré chez cette multimillionnaire d'Alice... C'est quoi, son nom ?

J'ai mis un moment à m'en souvenir.

— Mackenzie.

Ann et Michael se sont regardés avec ce qui ressemblait à de la pitié.

— Elle ne s'est peut-être pas rendu compte que tu voulais y aller ? a suggéré la première. Tu sais à quel point je t'aime, Paul. (Je n'en savais rien, tant elle avait toujours paru exceptionnellement insensible à mon charme.) Mais tu n'es pas franchement du genre à t'engager.

— Elle est trop vieille pour toi ! a décrété Michael en se levant à son tour pour enlacer sa femme et enfouir son menton dans ses cheveux. Trouve-toi plutôt une nouvelle petite pouffe qui nous divertira.

Du coup, je l'ai bouclée, dépité d'être ainsi incompris et traité avec condescendance. J'avais sans doute trop longtemps joué les débauchés. Il n'empêche, j'étais furax, indigné même, qu'ils ne me prennent pas au sérieux. Résultat, je suis parti tôt, ce jour-là.

Des fois qu'Ann ait raison, je me suis donné pour mission de clarifier mon désir de Grèce. J'ai multiplié les allusions. Un soir de pluie, nous avons pris un verre dans un bar branché de Brixton. Les fleurs détrempées des arbres jonchaient le trottoir. L'auvent pliait sous le poids de l'eau et dégouttait.

— Foutu temps ! ai-je maugréé alors que nous retirions nos manteaux. Détestable ! Si les Anglais pouvaient passer un mois, ou ne serait-ce que deux semaines par an, au soleil, ils seraient plus heureux.

— La vitamine D, a répondu Alice.

— Tu as de la chance toi, ai-je continué avec des accents misérables. Tu as la Grèce. Je ne sais pas si je tiendrai le coup.

— Pauvre chou.

Raté ! Le samedi suivant, je l'ai rejointe dans Covent Garden pour un café. En quête d'un cadeau d'anniversaire pour Phoebe, elle m'a montré ses trouvailles – de minuscules bouts de tissu : un haut à fanfreluches et une jupe courte en jean, un short en velours côtelé à clous dorés, un gilet orange ridiculement petit et, en *pièce de résistance**, un bikini vert imprimé de palmiers jaunes et de parasols roses. Très années 1950, avec dos-nu et balconnets.

— Très joli, l'ai-je félicitée avec sincérité. Il est pour toi ?

— Ne dis pas d'âneries ! m'a-t-elle grondé en me donnant une tape sur la main.

— Pour Phoebe, alors ? Pyros ?

— Oui. Je profite de son anniversaire pour lui offrir des choses utiles. Je suis une mère indigne.

— Qui y aura-t-il, cette année ? ai-je demandé en la regardant droit dans les yeux.

— Yvonne et Karl préférant l'hôtel, il n'y aura que nous.

— Que vous.

— On va avoir du boulot. Il y a un sacré tri à faire.

La serveuse, une adorable petite chose en mini-jupe noire, a rappliqué, et Alice a réglé la note.

— Tu m'accompagnes à Clapham pour le déjeuner ? m'a-t-elle proposé avec une mine suggestive.

— Je suis en pleine inspiration, ai-je froidement décliné.

Là-dessus, je me suis tiré en vitesse. Ce que j'ai regretté plus tard. En guise de repas, j'ai dû me contenter d'un sandwich acheté au Subway. Pathétique.

Ce mouvement d'humeur m'avait fait perdre du terrain. S'emporter ne mène à rien de bon. Il fallait que je sois à la fois plus insistant et plus subtil. Quelques jours après, j'ai eu une idée. Ma mère avait descendu mes sacs-poubelle du grenier et les avait entreposés dans ma chambre. Je les ai fouillés jusqu'à ce que, emmêlé dans une serviette d'hôtel volée, je tombe sur le tee-shirt violet que j'avais rapporté d'Elconda. « Éclate-toi au Zeus ! » y était-il écrit en lettres noires irrégulières.

Lors de ma visite suivante chez Alice, je le portais sous mon gilet. Dans sa chambre, je lui ai offert un lent striptease avec déhanchements disco.

— Éclate-toi avec moi, lui ai-je susurré, une fois en slip et tee-shirt, en la plaquant contre la coiffeuse.

— Stop ! s'est-elle débattue. Arrête ! Je déteste ce machin. Il me rappelle cette nuit affreuse. Tu étais tellement ivre, tellement... atroce.

J'ai continué à virevolter sur moi-même.

— Tu dois être géante en maillot, ai-je rétorqué, mes mains courant sur son corps. J'en rêve !

— Oh, Paul ! Un peu de sérieux.

Ce n'est qu'aux premiers jours de juin que j'ai eu une illumination. Michael m'avait offert des invitations pour une représentation théâtrale à laquelle il ne pouvait assister. Le spectacle, une satire politique se déroulant dans l'ex-Yougoslavie, avait lieu au National, sur la rive sud de la Tamise, et c'est là que j'avais donné rendez-vous à Alice, juste après le boulot.

Je l'ai trouvée nerveuse et distraite. Un client était sur le point d'être reconduit à la frontière et, à mon arrivée, elle était au téléphone. Elle n'a obtenu le contact qu'elle espérait qu'à l'entracte. Nous étions assis sur une volée de marches. En attendant qu'elle en termine, je mangeais une glace au miel à l'aide d'une toute petite cuiller en plastique. Je n'arrêtais pas d'être dérangé par les gens qui passaient. Elle a raccroché et poussé un gros soupir.

— C'est pas la joie.

— Pauvre chérie. Tu as vraiment besoin de vacances.

— Ce n'est pas moi la plus à plaindre, dans cette affaire.

— Tu seras bientôt en Grèce. Ça te permettra peut-être d'oublier un peu tout ça.

Ma veste me tenait trop chaud. Je me souviens m'être dit que j'aurais dû la laisser sur mon siège.

— Je n'arriverai pas à oublier quoi que ce soit.

Elle feuilletait le programme. Du doigt, elle m'a montré l'acteur principal.

— Je savais bien que je le connaissais ! s'est-elle exclamée. Il joue dans *Casualty*.

— Connais pas. Et ce n'est pas demain la veille que je regarderai.

— Trop peu intellectuel pour toi, naturellement, a-t-elle maugréé. Paul Morris s'abaissant à regarder *Casualty* ? Même pas en rêve !

Elle a jeté le programme à côté d'elle.

— Excuse-moi, je suis crevée. De toute façon, j'aurai trop à faire, là-bas. Le déménagement est prévu en septembre, mais les armoires sont pleines de vêtements, et les placards débordent de nourriture. Pendant dix ans, nous avons laissé courir. (Elle a de nouveau soupiré.) Autant tout abandonner sur place. Ils comptent raser le jardin. Qu'ils rasent la maison avec. C'est sans doute très britannique, mais j'ai le sentiment qu'il faut que tout soit en ordre. Flûte ! Il va aussi falloir s'occuper d'Hermès.

— Hermès ?

— Une vieille camionnette à plateau qui allait avec la location. Hermès, le dieu de la vitesse. Si ce n'est pas ironique, ça ! Cette guimbarde ne roule plus depuis des années. Si je réussissais à la faire démarrer, je pourrais la revendre sur eBay.

La sonnerie a retenti, annonçant le deuxième acte. C'était maintenant ou jamais. J'en ai eu le vertige.

— Ce dont tu as besoin, ai-je susurré, c'est d'un mécanicien.

— Oui. Encore faut-il que j'en déniche un à Pyros. Remarque, ça doit bien exister.

— Ou d'un bel homme qui a su se salir les mains pendant ses vacances universitaires, en servant d'arpette chez McCoy & McCoy Motors Ltd, le meilleur garage de Mortlake, contrôles techniques et réparations en tout genre.

— Ah bon ?

— Il n'y a pas de sot métier. À vot' service, ma p'tite dame.

Un rire étranglé lui a échappé, plus authentique que tout ce dont elle m'avait gratifié depuis longtemps.

— C'est une blague. Dis-moi que c'est une blague.

— Non, ai-je répondu en me levant. TU (j'ai planté mon index dans son ventre) verras.

— Es-TU (elle a planté son index dans mon ventre) en train de proposer de réparer ma camionnette ?

Haussant les épaules, j'ai fourré mes mains dans les poches arrière de mon pantalon.

— Et si tu m'avais sous-estimé ? Je ne suis peut-être pas si cérébral que ça, au bout du compte.

Elle s'est mise debout à son tour, une marche au-dessus de la mienne, et nos yeux se sont croisés.

— Je sais que nous avons donné l'impression que ce séjour allait être idyllique, mais ce ne sera pas le cas. Pas vraiment. Je serai triste que ce soit le dernier. Et avec les dix ans de la disparition de Jasmine... Yvonne et Karl... Ça risque de ne pas être très gai tous les jours. D'être moins amusant que tu l'imagines.

La sonnerie s'est égrenée une seconde fois. Prenant Alice par le bras, je l'ai ramenée dans la salle. Je souriais jusqu'aux oreilles. Devant notre rangée de sièges, elle s'est tournée vers moi pour me dévisager. Un vieux type et deux femmes plus jeunes s'étaient levés en récupérant leurs affaires pour nous laisser passer. De dos, Alice ne les a pas vus. Elle n'a pas bougé.

— Je suis partant, ai-je dit.

Elle m'a observé pendant ce qui m'a semblé une éternité avant de se pencher vers moi.

— Comme je suis contente, a-t-elle chuchoté.

Elle m'a légèrement embrassé sur les lèvres. Puis elle a pivoté sur ses talons et s'est enfoncée dans l'allée devant moi à petits pas délicats, et je l'ai suivie en marchant de guingois. Quand j'ai trébuché sur un manteau, j'ai souri à l'une des femmes, ai chancelé encore, grimacé, me suis excusé. Je devais donner l'impression d'être un éléphant dans un magasin de porcelaine. En vérité, je planais. J'avais gagné.

Septembre 2015

Je n'ai pas beaucoup dormi, cette nuit. Les démangeaisons sont presque insoutenables, maintenant. Tout mon avant-bras est rouge, contrastant avec la zone de la morsure à l'origine de l'inflammation, livide et dure, le venin ayant été absorbé par les chairs alentour. L'endroit est insensible, comme si un noyau de pêche avait poussé sous la peau. Je me suis gratté au point d'avoir du sang sous les ongles. Le cycle qui alterne douleur vive et prurit me rend fou.

Un matin, on m'a autorisé à voir le médecin de la prison, un homme d'âge moyen aux grandes mains et aux rides marquées. Il ne parlait pas très bien anglais, mon grec ne vaut guère mieux, mais la compassion tangible qui émanait de lui a failli déclencher mes larmes. Il m'a donné une crème contre l'infection, antibiotique, j'imagine, et un baume contre le psoriasis qui a envahi mon visage et mes doigts. Il m'a montré comment procéder, tamponnements avec le bout de son index énorme puis massages circulaires qui ne sont pas sans évoquer le nettoyage d'un carreau. Malheureusement, j'ignore ce qu'il est advenu de ces remèdes.

Les choses n'arrêtent pas de disparaître, ici. J'ai retourné mon lit à la recherche de la crème, renversé le contenu de mon unique tiroir exigu sur le matelas. Tandis que je fouillais mes maigres effets, je me suis souvenu du jour où j'avais fait mes bagages pour les vacances, comment j'avais soigneusement choisi chaque vêtement – chemise blanche, pantalon de toile, paire de Vans achetées en solde. Je comptais emporter le tee-shirt violet du Zeus. Porté au bon moment, je me disais qu'il divertirait la compagnie. Malheureusement, je ne l'avais pas retrouvé.

Je repense souvent, non à l'appartement de célibataire de Bloomsbury, non à la maison familiale de Clapham, mais à celle de ma mère à East Sheen ; à la chambrette d'enfant avec vue sur le jardin, cheminée brillante, chlorophytum derrière sa grille.

Je pense à cette chambre, vide.

ENSUITE

Chapitre sept

C'est la chaleur qui m'a réveillé, le soleil incendiant mes paupières, transperçant mes vêtements jusqu'à la peau. La transpiration s'était accumulée au creux de mes reins. J'avais glissé mon sac sous ma tête et je sentais le curseur de la fermeture Éclair poignarder mon cuir chevelu, ainsi qu'un objet rigide – ma trousse de toilette – appuyer sur ma nuque.

Tendant les jambes, j'ai pivoté sur le flanc avec raideur et me suis assis, le temps que ma vision s'éclaircisse. Bien qu'il soit tôt, la lumière qui filtrait à travers les platanes était déjà intense et le ciel, d'un bleu indigo. Une odeur suffocante de pain chaud saturait l'air, mêlée à d'autres, eucalyptus, anis et, moins plaisante, urine. Au loin, j'ai distingué le raclement des volets métalliques que les propriétaires de boutiques relevaient, le rugissement d'une moto. De l'autre côté de la rue, une vieille me fixait.

Le car n'avait pas bougé. La veille au soir, il m'était apparu splendide, peint en bleu et blanc, aussi triomphant qu'une oriflamme. Maintenant que j'avais dessoûlé et qu'il faisait jour, j'ai distingué la rouille sur ses passages de roue, la crasse sur ses vitres. Tous les sièges étaient vides, y compris celui du chauffeur.

Je me suis frotté le visage pour tenter d'effacer les sillons que mon sac avait creusés dans mes joues.

J'avais mal à la tête, un goût acide dans ma bouche desséchée par l'anis et la nicotine. Je me suis demandé s'il était trop tôt pour un premier verre.

Le voyage avait été grotesque, un sommet d'absurdité. Alice m'avait conseillé un site de comparateur de prix et la compagnie Thomas Cook, dont l'avion décollait tôt le dimanche. La British Airways proposait un vol à un horaire plus raisonnable, mais il coûtait beaucoup plus cher. Par ailleurs, avec la première option, et malgré les deux heures de décalage, « nous serons dans la piscine avant la fin de l'après-midi ».

— Tu devrais en avoir pour cinq cents livres environ, m'avait-elle dit. Les prix ont un peu augmenté depuis que j'ai acheté mes billets mais, au moins, nous arriverons ensemble. Andrew a réservé un minibus pour nous conduire à la maison. On te fera une petite place, c'est sûr.

Nous étions au lit, après le théâtre, elle était couchée sous mon bras, sa bouche douce contre mon épaule, ses doigts légers sur ma poitrine.

— Alors c'est réglé, ai-je murmuré.

En vérité, j'étais heureux qu'elle ne puisse pas voir mon visage, sur lequel devait s'afficher ma stupeur. Je n'avais pas imaginé que le trajet serait aussi onéreux. J'avais pensé demander à Michael de me dépanner, mais même moi j'aurais été gêné de lui taper une telle somme.

Le lendemain, j'avais consulté le fameux site. Le Thomas Cook valait 682 livres, le BA, deux fois plus. En déroulant le menu, j'étais tombé sur une offre plus avantageuse. Au lieu de cinq heures dix comme le vol direct, il en prenait presque dix-huit, avec deux escales. Il partait d'Heathrow sept heures avant le Thomas Cook, à 22 heures le samedi soir, et arrivait cinq heures plus tard, à 17 h 40, le dimanche, dix minutes après l'atterrissage de l'avion de la BA. Je l'ai quand même acheté, et j'ai menti à Alice.

— La BA ? a-t-elle ronchonné.

— J'ai rendez-vous le matin avec une éditrice américaine. Son seul créneau. J'aurais pu refuser, mais…

— Non, bien sûr que non.

Elle a réfléchi un instant.

— Inutile de louer une voiture de ton côté, a-t-elle décidé. Le mieux est encore de venir en taxi. Le trajet dure deux bonnes heures, et ça te coûtera au minimum deux cents euros.

J'avais déjà regardé sur Google. J'arriverais à temps pour attraper le dernier car.

— Au diable l'avarice ! ai-je éludé. Je vous aurai rejoints dans la piscine en tout début de soirée.

D'abord, tout s'était déroulé comme prévu. J'avais quitté Londres par une soirée pluvieuse d'août, atterri à Munich à 0 h 50, passé la nuit sur un siège inconfortable du terminal, puis embarqué super tôt dans le vol pour Athènes, qui s'était posé à 12 h 50 heure locale. Ne restait plus qu'un changement. C'est là que les choses avaient dérapé. L'avion d'Aegean Airlines était resté cloué au sol à cause d'une avarie. Alors que j'étais censé arriver cinquante-cinq minutes plus tard à l'aéroport international Ionnasis Vikelas de Pyros, j'y avais débarqué à 22 h 15, presque cinq heures plus tard que prévu, et j'avais loupé le dernier bus.

Adossé à la vitrine fendue du bureau Avis, j'avais joint Alice. J'étais plutôt excité par la perspective de lui raconter un bobard. Je m'étais excusé à profusion de ne pas l'avoir contactée plus tôt. Pourtant, j'avais essayé à maintes reprises. Elle n'avait donc pas de réseau ? « En général, si », avait-elle répondu avec froideur. Je ne m'étais pas démonté. Bref, mes plans avaient légèrement changé. Je lui téléphonais du bureau de mon éditeur anglais, car l'Américaine m'avait fait poireauter jusqu'en début d'après-midi. Je n'avais eu d'autre choix que de déchirer mon billet de la BA. Je prendrais « le vol du matin » le lendemain.

— Ça en valait la peine. Je te raconterai tout quand je serai sur place.

Elle s'était radoucie quand elle avait compris que je ne me défilais pas. Elle était triste, mais comprenait.

— Tout le monde t'embrasse.

J'avais raccroché, des fourmis dans les jambes, en proie à une bouffée d'euphorie née de cette liberté aussi soudaine qu'inattendue, et c'était d'un pas allègre que j'avais longé l'aéroport jusqu'aux faubourgs de la ville de Pyros. Le ciel était d'un bleu sombre fluorescent sur lequel les arbres et les bâtiments se découpaient distinctement. L'air, même aussi près des pistes, était empli de senteurs d'origan et de menthe. Les lumières et les bruits, les grésillements et les odeurs de viande grillée m'avaient entraîné à travers un labyrinthe de rues jusqu'au centre. J'avais dépassé des rangées de tavernes pour touristes, où des femmes aux épaules brûlées par le soleil applaudissaient à grands cris des « danseurs folkloriques » qui claquaient des doigts. J'avais déniché un rade sombre, dénué d'enseigne, fréquenté par ce que je considérais comme des Grecs authentiques. Après, mes souvenirs sont flous. Je sais juste que j'avais bu beaucoup d'ouzo, dragué de jolies jeunes filles, puis que, quelque part au milieu de la nuit, l'un des Grecs authentiques, réel ou imaginaire, m'avait escorté jusqu'au car bleu et blanc et au banc puant l'urine sur lequel j'étais à présent assis.

Dès que le chauffeur est apparu, je me suis levé afin de m'octroyer un siège à l'avant du véhicule. La chaleur a augmenté peu à peu, tandis que les passagers arrivaient : une vieille aux jambes arquées et aux dents gâtées, un couple d'Australiens défoncés, un jeune au look impressionnant (jean couvert de fermetures Éclair). De l'autre côté de l'allée, il y avait un homme aux cheveux gras en costume noir et sandales de cuir ; ses ongles étaient épais et sales, incurvés à leur extrémité comme des chaussures grecques traditionnelles. J'ai décidé que j'en parlerais à Alice, ça l'amuserait. J'avais hâte de la revoir, surtout après mon escapade secrète. Bizarrement, elle me manquait.

Le bus est parti à 10 heures en pétaradant. Nous sommes sortis de la ville avec difficulté, dans un concert de gémissements mécaniques et de brimbalements ; gêné par la circulation et les touristes, notre chauffeur donnait de grands coups d'accélérateur et de frein, gesticulait et beuglait. Il s'arrêtait régulièrement pour charger d'autres voyageurs. À un moment, il est descendu insulter un automobiliste. Néanmoins, les ribambelles de fast-foods (« McChicken », « Kojax Burger ») et supérettes (« OK », « Super Buy ») à l'américaine ont fini par laisser place à de grands magasins de marbre et de bricolage, le moteur a adopté un ronronnement de croisière, et nous avons commencé à progresser pour de bon.

J'ignorais combien de temps exactement durait le trajet. Deux heures de taxi pouvaient signifier le double en transport en commun. Le Dickens que je m'étais acheté pour le voyage (*Barnabé Rudge*) m'ennuyait, et je ne me sentais pas d'attaque pour le *De sang-froid* de Truman Capote que j'avais eu le projet de lire au bord de la piscine. J'avais aussi un guide de Pyros, que Michael m'avait offert comme cadeau de départ. Je l'ai récupéré dans mon sac, rangé au-dessus de moi, sur le porte-bagages.

La seule fois où j'étais venu à Pyros, j'en connaissais si peu sur l'île qu'elle aurait pu se trouver en plein milieu de l'Atlantique. Ouvrant le livre, j'ai eu la surprise de découvrir qu'elle n'était pas au sud du continent, où je croyais que se situaient tous les archipels, mais à l'ouest. À l'intérieur, une carte montrait une terre aux allures de gourde allongée, et une liste d'« informations générales » m'a appris que, d'une superficie de huit cents kilomètres carrés, elle était la plus vaste des îles Ioniennes, plus peuplée que Céphalonie ou Corfou, sa voisine immédiate. Le tourisme se concentrait sur son rivage méridional, alors que le nord montagneux, avec ses « anses profondes, ses collines où paissent les chèvres et ses petits villages de pêcheurs » offrait un aperçu du « mode de vie plus traditionnel de Pyros ». L'endroit était réputé pour abriter des espèces en voie de disparition : la martre des pins et le phoque moine de Méditerranée, ou *Monachus monachus*, « qui vit dans les grottes éparpillées le long des côtes, notamment celles inaccessibles aux hommes ».

J'ai regardé par la fenêtre, en proie à un début de nausée. Nous étions à Elconda qui, j'avais payé assez cher pour le savoir, n'était que trop accessible aux hommes. Nous avons cahoté sur la rue principale bordée de salles de jeux crasseuses et de pubs irlandais. Délaissant le guide, j'ai collé mon nez au carreau : je ne reconnaissais rien. Le car a bifurqué dans un parking et s'est garé en tressautant. Le couple australien est descendu, de même que le garçon zippé de partout, et un type au crâne rasé portant un sac de plage est monté avec souplesse.

— Tu vas à Sunrise Beach, mon gars ? a-t-il demandé au chauffeur.

Il avait un accent du Nord, des environs de Newcastle, m'a-t-il semblé. L'interpellé a opiné.

— Génial. Ça bouge plus qu'à Pyros ? On y était hier soir, drôlement calme. Nous autres, on a envie de faire la fête.

— Très belle plage, a répondu le conducteur en haussant les épaules.

— On peut y camper ?

Le Grec a agité les mains, un couci-couça que l'Anglais a décidé de prendre pour un acquiescement.

— Génial, a-t-il répété.

Sur ce, il a invité ses amis à le rejoindre. Ils ont été six ou sept à investir le véhicule, chargés de cabas pleins de bouteilles de bière, leurs portables crachotant du rap. Une fille qui ressemblait à Rita Ora, avec ses lèvres rouge vif et ses cheveux platine tressés et roulés sur son crâne comme des cornes de bélier, s'est bruyamment récriée que sa claquette était cassée.

— Tu l'as fait exprès, gros con, tu as marché dessus. Tu as intérêt à m'en acheter une nouvelle paire.

— Assieds-toi, Laura, lui a ordonné le mec rasé.

Il l'a attirée sur ses genoux, et elle a couiné en se relevant prestement.

— Tu fais chier !

Je me dévissais le cou pour les regarder. Elle m'a remarqué.

— Salut ! m'a-t-elle lancé d'une voix bien trop familière. Ça va ?

Je me suis efforcé de lui adresser un clin d'œil amical, ai deviné que je ratais mon coup. L'homme aux ongles de pied sales marmonnait, mécontent de la musique et du vacarme. Je me suis retourné vers la fenêtre. Sur un lampadaire tout proche était scotchée une affiche plastifiée avec deux portraits : Jasmine à quatorze ans, tout sourire, et l'image de synthèse d'elle dix ans plus tard. « AVEZ-VOUS VU CETTE FEMME ? » La pancarte était récente. En lettres plus petites était écrit : « Jeune fille anglaise disparue en 2004. Cheveux châtains, yeux bleus. Marque particulière : cicatrice sur l'épaule droite. » La vague envie de vomir qui agitait mon estomac a viré à l'aigre. J'avais oublié Jasmine. Me revenaient à présent les avertissements d'Alice. L'anniversaire. Les parents… ils n'allaient pas franchement avoir la tête aux vacances. Ils étaient à plaindre, d'accord, mais après tous les efforts que j'avais déployés pour rappliquer, j'espérais bien qu'ils ne me gâcheraient pas mon séjour.

Nous nous sommes encore arrêtés à plusieurs reprises en cours de route. Les alentours sont devenus plus boisés et verdoyants. Le car se vidait à chaque stop. Je suis resté conscient de ces détails, bien que j'aie somnolé par à-coups, bercé par les ondulations du paysage et l'éclat du soleil. Quand j'ai fini par rouvrir les yeux, il ne restait plus que moi à bord. Nous descendions de la montagne, sur une route encadrée par des oliviers tordus ; le sol était couvert de rouleaux de filets de récolte noirs. On aurait dit des corps momifiés. On a fini par se garer, le chauffeur a quitté son siège et s'est étiré. Il a ouvert la porte en appuyant sur un bouton et m'a adressé un signe du menton.

— Agios Stefanos, a-t-il annoncé.

J'ai dû avoir l'air ahuri. Nous étions au milieu de nulle part, à un carrefour noyé sous toujours plus d'oliviers et un soleil accablant qui projetait des ombres mouchetées. Pas de port. Pas de barques. Pas de tavernes. Pas d'« Agio » – de saint – en vue non plus.

Récupérant mon manteau et mon sac, je suis sorti. Appuyé à son bus, le conducteur téléphonait. Sur le bord de la route se dressait un petit autel accueillant des cierges et des icônes. La photo d'un jeune homme était dressée contre un bocal rempli de fleurs fanées. En face, un virage arborait une grande pancarte : « Delfinos Beach Club », le complexe immobilier des promoteurs qui avaient racheté le terrain d'Alice.

Les indications pour gagner sa maison, qu'elle m'avait envoyées par texto, commençaient ici. Je n'étais pas pressé, toutefois. J'ai allumé une clope, salué de la main le chauffeur et me suis éloigné dans la direction opposée, vers le bas de la colline. Je voulais repérer les lieux par moi-même, connaître leur configuration, voir où acheter des cigarettes, éventuellement découvrir l'endroit idéal pour un dernier verre en douce.

Tenant à rester le plus longtemps possible à l'ombre, j'ai été obligé de marcher dans une rigole, le long d'un muret de pierres. Il n'y avait aucune circulation, ce qui m'a plu. Dormir m'avait ragaillardi. J'étais en congé, et rien n'y changerait, pas même une disparue. Les cigales stridulaient à qui mieux mieux. Des mues desséchées de serpents noirs jonchaient la route. Peu à peu, les oliviers ont cédé la place à des arbres plus variés et à des fourrés, à un bout de pré épineux dans lequel étaient enfermées quatre chèvres, puis à des bâtiments : quelques villas, des maisons de village, un méli-mélo d'édifices officiels en brique ou blanchis à la chaux, des potagers, des plantes en pots, des chats maigres noir et blanc, un chien qui, attaché par une corde à un poteau électrique, aboyait furieusement.

Je suis passé devant le cadavre d'un chaton, sur le bas-côté, et, plus loin, devant une vieille femme assise dans une chaise pliante en plastique, sur le pas de sa porte ouverte. Des poules picoraient dans une courette voisine. Je lui ai souri, l'ai saluée, persuadé d'offrir le spectacle d'un joyeux drille insouciant. Elle m'a toisé avec sévérité. Peu après, j'ai quitté la rue principale pour m'engouffrer dans une venelle piétonnière. J'ai trébuché sur des marches inégales, coincé entre des murs blancs sur lesquels rebondissait la touffeur, tandis que le soleil et des pans de mer bleue s'infiltraient dans les interstices séparant les maisons. Odeurs de pain chaud et de lait suri, d'ail tout juste grillé, d'agneau rôti ; d'autres greffiers, étendus sur les marches, pareils à des poissons qui se seraient prélassés. La ruelle s'est élargie, a bifurqué pour descendre, en une vingtaine de degrés, à un passage. Un fossé d'évacuation m'a mené entre deux immeubles, et j'ai débouché sur une explosion de lumière et de bruit – j'étais au bord de la mer.

C'était un joli port environné de boutiques et de tavernes. J'ai posé mon sac par terre. Y avait-il un détail qui me soit familier ? Notre bateau, dix années auparavant, s'était-il amarré à ce ponton ? Je me rappelais des planches espacées, l'eau huileuse dessous, les bernacles criblées de cratères pareilles à du corail en décomposition, les effluves légèrement salés de poisson. J'avais déjà vu ça : l'immobilité des flots, comme à moitié figés, et la masse de l'Albanie visible à l'horizon, au-delà du détroit. À quoi avions-nous consacré la journée, Saffron et moi ? Nous nous étions baignés, de cela j'étais certain. Mais où ? Avions-nous escaladé les rochers pour dénicher une anse secrète ?

Avions-nous pataugé depuis la plage salie de goudron ? Je me rappelais une dispute. Saffron élevant la voix, un problème d'engagement, une bouteille jetée. Une autre femme. Un corps nu dans une pièce en sous-sol aux volets clos.

À moins que cela ne se soit pas passé le même jour ?

Que des fragments d'images.

Ramassant mes affaires, j'ai longé une rangée de magasins pour gagner l'autre côté du port, où la rue s'agrandissait. Un homme vendait des poulets vivants à l'arrière d'une fourgonnette en hélant le chaland par haut-parleur. Deux femmes en short portant en bandoulière des paniers en raphia examinaient la vitrine d'une supérette.

— Quelle honte ! s'est exclamée l'une d'elles en anglais. J'ai toujours soupçonné la mère.

Je me suis avancé. Entre un matelas pneumatique arc-en-ciel et un requin noir gonflable, il y avait une autre affiche de Jasmine. M'ayant remarqué, l'une des commères m'a jeté un drôle de regard. J'ai reculé.

La taverne la plus proche, Nico, vantait ses « spécialités grecques, cuisine familiale. Petit déjeuner. Yaourt mielleux. Moussaka. Calamars. » Dans le prolongement de la salle à manger, une vaste terrasse avait été bâtie au-dessus de l'eau. Divers convives étaient assis à des tables carrées couvertes de nappes blanches, sous une pergola de vigne vierge. Le soleil s'infiltrait à travers le feuillage, tandis que la mer envoyait des signaux turquoise. J'ai atermoyé un moment, hésitant à m'arrêter pour un café et un « yaourt mielleux ». Une image d'Andrew me découvrant par hasard m'a retenu. Je l'entendais déjà se moquer : « Tu comptes *daigner* te joindre à nous ? »

Et puis, pourquoi dépenser de l'argent quand je pouvais l'éviter ?

Faisant demi-tour, je suis ressorti du village par la route principale, recroisant la vieille sur sa chaise en plastique, le malheureux chaton mort, les maisons éparses et leurs potagers, jusqu'à l'endroit où le bus m'avait déposé. De là partait le sentier qui menait à « Circé ».

Il était étroit, sale et chaud. Des mottes de terre l'envahissaient, et les broussailles qui le bordaient étaient écrasées et abîmées, comme si des engins de terrassement l'avaient emprunté. J'ai marché une bonne dizaine de minutes à travers les oliveraies, puis les arbres se sont raréfiés, les cigales ont chanté plus fort, le ciel a paru plus bleu, et le soleil plus brûlant. Des senteurs d'origan, riches et lourdes, embaumaient l'air. D'énormes abeilles bourdonnaient.

J'étais presque au sommet de la colline, quand s'est dressée une barrière avec, au-delà, un champ retourné, une excavatrice jaune et une grue rouge garées dans un coin, et au milieu, un rectangle de béton hérissé de pieux métalliques. Un chien enchaîné à un endroit que je n'apercevais pas s'époumonait avec insistance. Le chantier de construction, je ne devais plus être loin. Ici, le chemin tournait brutalement à droite et grimpait sur une pente encore plus raide en direction d'un groupe de bâtisses blotties les unes contre les autres. Un homme grand en tee-shirt et casquette orange était en train de tailler la haie. Je l'ai salué et, sa cisaille sur l'épaule, il m'a toisé sans un mot. Il avait les yeux bleus très pâles et une barbe blonde de trois jours. Je me suis efforcé de ne pas me retourner.

Je suis arrivé à une autre barrière ouverte sur une cour herbeuse foutraque cernée par des dépendances décrépites : une structure en brique qui tombait en ruine sous des masses de plantes grimpantes, un cabanon au toit en tôle ondulée crado et un long bungalow étroit et bas, couleur pêche, recroquevillé sous ses tuiles.

J'étais déçu. Je ne m'étais pas attendu à ça. Une drôle d'envie de rentrer chez moi m'a brutalement submergé, comme souvent quand j'arrive dans un endroit que je ne connais pas. (Certes, à l'époque, je n'avais pas de « chez-moi » à proprement parler, et donc pas de possibilité de rentrer où que ce soit.)

Les lieux étaient déserts. Aucune voiture. La porte d'entrée était verrouillée et les fenêtres fermées. J'ai farfouillé çà et là pour tenter d'entrer, puis j'ai repéré un étroit passage qui contournait la maison et conduisait à une grande terrasse divisée en sections par des meubles : bancs, fauteuils en osier et pots de lavande. Le soleil donnait en plein dessus, et la vue était à couper le souffle. La mer était plus proche que je ne l'aurais cru (j'avais sans doute escaladé et traversé un promontoire), et de larges bandes bleu-vert, cobalt et saphir s'entrelaçaient sous mes yeux, avec en pointillé une ligne de nuages blancs, le tout dans un cadre de cyprès verts. J'ai contemplé le tableau. C'était donc ça, l'atout de la maison, ce qui la rendait unique.

De ce côté-là, elle était mieux entretenue. Les murs étaient blancs, même si la peinture s'écaillait par endroits. Le nez collé à une fenêtre, j'ai découvert une chambre, puis un salon, une deuxième chambre. Les pièces étaient closes mais j'ai fini par pousser une porte bleue qui s'est ouverte.

Ma vision a mis un moment à s'ajuster à la pénombre. Je me trouvais dans une cuisine assez rustique, équipée d'un évier en pierre et d'un vieux réchaud à gaz. Des casseroles pendaient à un râtelier circulaire en fer. Sur un bloc de boucher en bois gisait un sac en tissu à motifs géométriques très années 1960, duquel avaient roulé un porte-monnaie et un paquet de mouchoirs en papier. J'ai distingué des empreintes humides sur les tomettes en terre cuite. Le réfrigérateur a vibré dans un bruit de ferraille.

— Il y a quelqu'un ? ai-je crié en me redressant.

Pas de réponse. Une nouvelle bouffée de déception m'a envahi, une vraie douche froide. J'avais espéré qu'Alice serait ravie de me revoir, qu'on aurait guetté mon arrivée. Or nulle trace de fête de bienvenue. Pas d'agitation ni d'empressement, pas de bon déjeuner ni de boisson fraîche. C'était comme si on ne m'attendait pas.

Je suis ressorti. La réverbération m'a presque aveuglé. Le jardin s'étageait sur la pente en une succession de terre-pleins caillouteux parsemés de bouquets d'hibiscus blancs et mauves, ainsi que de buissons d'une plante à fleurs roses. Plus bas, on plongeait dans une ombre émeraude, reflets turquoise et angle plus vif d'un parasol de couleur crème.

Abandonnant mon bagage devant la maison, j'ai suivi le sentier, mi-pierre, mi-ciment. Des CD se balançaient en cliquetant aux branches des arbres, pour chasser les oiseaux, j'imagine. Les cigales chantaient à l'unisson, vague sonore qui enflait, comme si elles savaient quelque chose que j'ignorais. De petites feuilles recroquevillées sur elles-mêmes crissaient sous mes pas. Le vent soufflait et agitait la végétation. Des mouches bourdonnaient, tout entières à leur mission. Mon souvenir le plus vivace est celui de ce *vacarme*, incessant, qui étouffait les autres bruits. Quelqu'un aurait pu surgir de nulle part sans qu'on le remarque, sans qu'on l'entende approcher.

Ainsi, aucun son n'avait signalé ma présence.

Au pied des marches, je me suis abrité à l'ombre d'un figuier afin d'observer la scène. Qui m'a évoqué une peinture de Hockney. La piscine était carrelée de losanges à motifs blancs. Des corps étaient allongés, immobiles. J'ai aperçu les deux adolescentes, dont la courbe étroite du dos allait en s'arrondissant sur leur derrière en maillot ; leur visage était dissimulé sous leurs cheveux, leurs cuisses roses exposées au regard. À l'écart, deux autres silhouettes. Andrew se vautrait sur une chaise longue, dans un caleçon de bain bleu marine, un panama sur le crâne, un livre à la main. Alice était perchée de biais sur le transat voisin, les épaules protégées par une serviette. Si les yeux d'Andrew étaient fixés sur son bouquin, son menton était incliné et, aujourd'hui encore, peut-être à cause des reflets de l'eau qui déformaient son visage, je pense qu'il ne lisait pas mais s'entretenait à mi-voix avec Alice.

Combien de minutes suis-je resté à les regarder ainsi ? Plus que la bienséance ne l'autorisait, sûrement. Sous l'effet de la brise, une feuille du figuier est tombée en bruissant dans les branches. J'ai avancé. Alice a relevé la tête. Le temps s'est arrêté. Ses lèvres ont bougé, Andrew a abaissé son bouquin. Les filles ont remué. Puis, durant une à deux secondes, personne n'a fait le moindre geste.

J'ai frotté mes mains l'une contre l'autre pour effacer les marques que l'anse de mon sac y avait laissées, puis lancé à la cantonade, comme si je m'accueillais moi-même :

— Salut !

Alice a sauté sur ses pieds, la serviette a glissé de ses épaules. Elle était en deux-pièces, celui-là même qu'elle m'avait montré au café et qui était destiné à Phoebe. Elle en a vivement tripoté les cordons au niveau de la nuque, son doigt a rajusté l'élastique sous sa poitrine. Derrière elle, Andrew, toujours assis, m'a adressé un signe de la main, paume dressée comme pour régler la circulation. Daisy s'est retournée sur le dos avant de s'asseoir. Elle ne portait pas de haut, et j'ai pu voir ses petits seins fermes aux tétons aussi roses que des framboises. J'ai détourné le regard.

— Te voilà enfin ! s'est écriée Alice en venant à moi, les bras tendus.

Je me suis alors rendu compte que les larmes me guettaient tant j'étais soulagé. Les endorphines se sont répandues dans mon corps, en un flot si puissant que j'ai eu l'impression qu'une vanne s'était ouverte. Elle m'avait attendu. Elle était contente de me voir. Un vaste sourire incontrôlable a éclairé mes traits.

— Tu as pris ton manteau, a-t-elle enchaîné. Tu es dingue !

Elle me l'a retiré des mains, l'a jeté sur une chaise longue, m'a enlacé. Hissant son visage au niveau du mien, elle m'a offert sa bouche, que j'ai embrassée longuement, conscient qu'Andrew m'observait, entrouvrant ses lèvres avec ma langue, tandis que ma main droite la plaquait sur mon aine, et que je pétrissais la bretelle de son bikini en repensant, peut-être, aux tétons de Daisy, mais en désirant Alice, en voulant la serrer de toutes mes forces contre moi. Elle a ri, m'a repoussé.

— Tu empestes !

Pas faux. Je mourais de chaleur, la sueur emperlait mon front, mon costume en lin était froissé, et mon polo affichait les traces du kebab que j'avais mangé la veille au soir.

— Merci, ai-je répondu en riant moi aussi.

— De rien.

— J'ai cru que vous n'étiez pas là. Je n'ai pas vu la voiture.

— Tina est au supermarché de Trigaki avec les garçons. Si tu avais prévenu, elle t'aurait récupéré quelque part. Tu as pu avoir un taxi sans difficulté ?

— Ça a été simple comme bonjour.

Andrew, qui s'était levé, approchait en se dandinant sur ses jambes arquées, les orteils écartés.

— Salut, salut, salut ! a-t-il lancé avec entrain. Génial que tu sois là, vieille branche. Je parie que tu as hâte de piquer une tête. L'eau est délicieuse. Qu'en dis-tu ?

Il m'a assené une claque dans le dos. Sa semi-nudité me déconcertait : mollets blêmes, avant-bras parsemés de taches de rousseur, bedaine qui pendait sur son caleçon, étonnamment proéminente pour un homme aussi court sur pattes.

— Un petit plongeon puis une bonne bière ? Tina va bientôt rentrer avec le déjeuner, a-t-il insisté.

— Plus tard peut-être, ai-je répondu.

— Si, si, crois-moi ! Tu vas voir, c'est super.

— Ça te détendra, a renchéri Alice. Ça effacera les heures d'avion.

Coincé, j'ai acquiescé, et ils m'ont raccompagné à la maison pour que je « m'installe ». Tout en sifflotant (mal), Andrew a disparu dans la cuisine, pendant qu'Alice me menait à notre chambre, tout au bout de la bâtisse. On y accédait directement depuis la terrasse. À cause des volets tirés, il y régnait une obscurité étouffante, mais j'ai quand même distingué une commode, une armoire ouvragée et un grand lit de style colonial avec moustiquaire.

— J'imagine que tu as envie de te doucher, m'a dit Alice.

Je l'ai emprisonnée dans une étreinte.

— Dis plutôt que *tu* as envie que je me douche.

Elle s'est écartée, toute guillerette.

— Vas-y.

Elle a poussé une porte, révélant une salle de bains miteuse, puis a filé en annonçant qu'elle m'attendait dehors. Je me suis déshabillé et lavé avec autant de minutie que possible. L'eau jaillissait par à-coups, tantôt brûlante, tantôt glaciale. De sales insectes bourdonnaient autour de mes chevilles. L'endroit empestait les égouts. Je me suis servi du gel douche de l'étagère, me suis séché avec le seul truc que j'ai dégoté, un essuie-main en coton ridiculement petit suspendu près du lavabo.

De retour dans la chambre, nu, j'ai fouillé mon sac pour m'apercevoir que j'avais oublié mon maillot. Bravo ! Pas du tout l'image de l'invité dégourdi, organisé et impeccable à laquelle j'aspirais. Exactement ce dont avait besoin Andrew pour se payer ma tête. J'ai cherché dans l'armoire, des fois qu'elle renferme un vieux maillot de Harry. Malheureusement non. Il n'y avait là que des robes légères et des hauts à fleurs, ainsi que des éléments de lingerie en vrac. J'ai caressé un slip d'Alice en dentelle noire fragile, me suis ragaillardi à la perspective de le lui retirer à l'occasion. Je l'ai reposé là où je l'avais pris. Le bas du meuble était encombré par des sacs bleus Ikea vides. Dessus, plusieurs épaisses liasses de dépliants retenues par des élastiques – encore du matériel pour Retrouvons Jasmine. J'ai refermé l'armoire.

Je n'avais pas le choix. Me dissimulant derrière la porte-fenêtre, j'ai glissé la tête dehors. Alice, Andrew et Daisy étaient installés à l'une des tables de la terrasse. Ils se sont retournés comme un seul homme.

— Petit problème, j'ai oublié mon maillot !

Andrew a eu un rire satisfait.

— C'est tout toi, ça ! Daisy, s'il te plaît, va lui chercher un des miens. Celui aux tortues roses, peut-être ? Il doit être dans notre chambre.

La gamine s'est levée et s'est dirigée vers l'autre bout de la maison. Elle avait noué un sarong à fleurs autour de son cou. Le tissu aux plis souples s'arrêtait en haut de ses jambes. J'ai suivi du regard les muscles de ses cuisses qui se contractaient.

— Quelle malchance, Paul ! a soupiré Alice.

— Tu pourras en acheter un sur le port, a dit Andrew. Ils ont de ravissants slips de bain moulants.

— Merci, ai-je marmonné.

Debout près du bassin, côté profond, orteils tendus, bras étirés, je suis resté pendant ce qui a semblé un long moment à observer le vent agiter l'onde avant d'en appeler à toute ma mémoire musculaire et de plonger tête la première. Si le résultat n'a pas été terrible (douleur aiguë sur mes cuisses, de l'eau plein les narines), il n'a toutefois pas été raté au point d'être embarrassant. J'ai plongé en remontant le caleçon d'Andrew, qui avait glissé, profitant du silence, de l'impression d'être seul dans ce monde tacheté de lumière. J'ai tendu mes bras, me suis propulsé en longeant le fond, admirant les rayons brisés de soleil qui y vacillaient, goûtant la caresse du carrelage sur mon torse. Quand j'ai réémergé, Alice me souriait depuis l'extrémité opposée de la piscine.

— Ça fait du bien, hein ?

Je me suis ébroué comme un chien, ai lissé mes cheveux puis, en quelques brasses, ai gagné le bord.

— Super !

Je me suis hissé hors de l'eau, biceps bandés, comptant sur Alice pour remarquer la différence entre mon corps et celui d'Andrew. Le maillot était trop large, il me descendait quasiment aux genoux. Me rajustant, je me suis assis sur une chaise longue, conscient que j'en trempais les coussins. Alice m'a apporté une serviette et l'a posée sur mes épaules avant de s'asseoir à mon côté.

— Alors ? Ce rendez-vous ?

J'étais en train d'essuyer l'eau qui m'était entrée dans les oreilles.

— Quel rendez-vous ?

— Celui avec l'éditrice américaine. Qu'a-t-elle dit ? Elle a aimé le livre ?

— Oui. Beaucoup, même.

— Elle t'a fait une offre ?

Alice déployait tant d'ardeur que je me suis senti obligé de mentir.

— Oui.

— Oh, Paul ! C'est formidable !

C'était là l'un de ces moments où, savourant son attention, je me laissais emporter.

— Elle a même proposé une avance extrêmement généreuse, ai-je donc continué. Assez élevée pour que mon agent arrête de proposer le manuscrit à la concurrence.

Elle a mis la paume devant sa bouche.

— Combien ?

Le bassin nous séparait d'Andrew. J'ignore s'il nous épiait. J'avais un excellent moyen de le découvrir.

— Un nombre à six chiffres, ai-je lâché.

Le mensonge a enflé avant de planer dans l'air. J'ai tenté de chasser la consternation qui s'emparait de moi. Andrew s'est redressé. Des gouttes de transpiration s'étaient accumulées dans les boucles clairsemées de sa poitrine.

— La prochaine tournée est pour toi ! a-t-il lancé.

Il agrippait avec force les accoudoirs de son siège.

Chapitre huit

Je n'ai pas entendu Tina et les garçons revenir mais, tout à coup, ils étaient là, près de la piscine. Se débarrassant lestement de leurs tee-shirts et chaussures, les deux plus jeunes, Archie et Frank, ont sauté à l'eau. Tina est arrivée avec plus de pondération, éclats de tissu bleu au milieu des buissons. Elle s'est approchée de moi, les bras tendus. Je me suis levé.

— Paul ! Tu es là ! Tu nous as trouvés ! Espèce de petit malin !

Elle m'a serré contre elle avant de s'écarter parce que j'étais mouillé, riant parce que la fougue de son étreinte avait renversé l'immense chapeau de paille sous lequel elle s'abritait. Elle était vêtue d'une volumineuse robe en lin qui la couvrait comme une tente. Je n'ai jamais compris pourquoi elle était si peu sensible à sa propre beauté. Elle passait son temps à se cacher, alors qu'elle était pourtant la seule d'entre nous à ne pas en avoir besoin.

— Tu as le même maillot qu'Andrew ! s'est-elle exclamée.

— C'est le sien.

— Eh bien, a-t-elle répondu, malicieuse et complice, il te va mieux qu'à lui.

— Merci pour ta loyauté, ô épouse aimante ! a lancé Andrew en délaissant son livre.

Elle avait préparé le déjeuner et même réussi à convaincre Frank et Archie de mettre le couvert avant de descendre.

— Louis a-t-il aidé ? a demandé Alice.

— Il avait chaud. Il était fatigué.

— Où est-il, maintenant ?

— Dans la maison.

— À jouer sur l'ordi ?

— Je crois, oui.

Elles ont échangé un regard empreint d'un chagrin pesant. Louis posait problème. Alice a secoué la tête, tandis que Tina la réconfortait d'un sourire contrit. Ce que voyant, Andrew a quitté sa chaise longue.

— Écoute, a-t-il proposé à Alice, je lui parlerai. Ça va s'arranger.

Il s'est agenouillé devant elle, le visage bien en face du sien. Beurk ! La suffisance de ce type ! Son arrogance ! Pour qui se prenait-il, à jouer ainsi le père d'un garçon qui n'était pas le sien ? M'est revenue en mémoire une expression d'Ann, la femme de Michael.

— La préservation de la morosité, l'ai-je citée.

— Comment ça ? a voulu savoir Alice en me fixant.

— Il semblerait qu'il faille toujours qu'un des membres d'une famille soit de mauvaise humeur. Sinon, ce serait trop simple.

— Joli, a-t-elle admis avec un rire sans joie, avant de se mettre debout, de contourner son chevalier servant et de venir m'enlacer. La préservation de la morosité, ça me plaît bien.

— En tant que parents, a commenté Tina, notre humeur dépend pour l'essentiel de celle de notre enfant le moins heureux.

— Louis, dans mon cas, a soupiré Alice. Toujours !

Se redressant, Andrew lui a frotté l'épaule d'un geste gauche qui hésitait entre la petite tape et le massage. Tina continuait de sourire. Rien dans le comportement ou les postures physiques de son mari ne paraissait l'inquiéter.

— Allez, vous tous, à table ! a-t-elle décrété. Tu dois mourir de faim, Paul. Ils ne servent plus rien à manger, dans les avions. Triste époque.

— Je dévorerais un bœuf, ai-je acquiescé.

Au pied du sentier, elle m'a serré le bras.

— Je suis contente que tu sois là.

— Un peu de sang neuf dans la bande ?

— Peut-être. Ou parce que j'apprécie ta compagnie.

Nous avons déjeuné à l'ombre des arbres. Tina avait concocté une salade de tomates, oignons et olives, accompagnée d'un assortiment de fromages et de feuilletés aux épinards achetés à la boulangerie de Trigaki. Si on était loin du festin (la cuisine ne faisait visiblement pas partie des multiples talents de Tina), le repas m'a permis de juger de la dynamique à l'œuvre au sein du groupe. Andrew trônait au bout de la longue table, preuve symbolique qu'il avait endossé le rôle du *pater familias*, qu'il « organisait les troupes », pour reprendre ses termes, indiquant à chacun sa place, veillant à ce que les femmes l'encadrent, telles des vestales. Pour mon plus grand dépit, j'ai failli me retrouver exilé à l'autre extrémité, sauvé par la prévenante Alice qui m'a indiqué le siège voisin du sien. Elle a posé les pieds sur le barreau de ma chaise, une main sur ma cuisse, avant de choquer son verre contre le mien et de me porter un toast.

— À Paul ! Au succès mérité qu'il obtient enfin.

Je n'ai pu dissimuler ma jubilation. *Prends ça, Andrew, et va te faire foutre !*

Malgré la beauté de la vue, l'atmosphère manquait de légèreté. La vie de famille, l'enfer sur terre à mon avis. Ce qu'avait souligné Ann, non sans raison. Les festivités sentaient le soufre. Les insectes nous harcelaient : cohortes de minuscules fourmis noires sur la moindre miette, fourmis rouges plus grosses qui escaladaient les pieds des sièges, guêpes. Qui aurait cru que la Grèce en était à ce point infestée ? Les filles boudaient (« pas faim »), tapotaient sur leur portable ou bondissaient de leur place avec des cris hystériques (« un frelon ! ») ; Frank et Archie, d'une identique pâleur malsaine dans leurs caleçons de bain bigarrés, tout en angles et énergie refoulée, réprimandés pour avoir bombardé les autres d'olives, n'arrêtaient pas de demander ce que serait le programme de l'après-midi : « On va à la plage ? Et si on faisait de la planche à voile ? Et si on allait au parc aquatique d'Elconda ? »

— Nom d'un chien ! a fini par s'emporter Tina. Profitez de l'instant au lieu de vous projeter sur la suite !

Toutefois, ça a été Louis le plus pénible. Il s'était brutalement développé, récemment, victime de ces poussées de croissance caractéristiques de l'adolescence. Sa mâchoire était plus proéminente, son front plus lourd. Assis face à Andrew, il engloutissait la nourriture, fourchette dans la main gauche, attifé d'un survêtement noir à capuche qu'il refusait d'enlever. Il causait du souci à Alice, notamment pour avoir harcelé ses pairs, au lycée. J'aurais peut-être dû être plus attentif, essayer d'apporter mon aide.

— Pourquoi je n'ai pas droit à une bière ? a-t-il grommelé. Lui en est déjà à sa troisième.

— Paul est un adulte ! s'est esclaffée Alice. Tu pourras en boire une ce soir. Mais au déjeuner ? Pas question.

— Complètement débile ! a-t-il explosé, les yeux au ciel. Tes règles sont idiotes. Irrationnelles. C'est n'importe quoi.

— Ne parle pas à ta mère sur ce ton !

Andrew avait été pontifiant. Le môme l'a fusillé d'un regard sombre avant de quitter brusquement la table pour se réfugier à l'intérieur.

— Tu veux que j'aille le chercher ? a demandé Andrew à Alice.

— Je ne sais pas, a-t-elle hésité, à la fois sur la défensive et penaude.

— Il est de nouveau sur la Xbox.

— Je m'en doute, oui… Il est très… Désolée, il est impoli.

— C'est un âge difficile, ai-je plaidé. On a beau dire que les années lycée sont les plus belles de la vie, avoir seize ans n'est pas marrant.

— Merci, m'a soufflé Alice.

Même si je considérais Louis comme un sale petit con, j'étais prêt à prendre sa défense si ça me permettait de renvoyer Andrew dans ses buts. J'en ai même ajouté une couche :

— Tu as donc oublié la colère que tu ressentais au même âge ? l'ai-je interpellé. Ta frustration ? Toutes ces hormones qui bouillonnaient en toi et dont tu ne savais te dépêtrer ?

— Non, tu as raison, a-t-il admis.

— C'est tellement plus simple après, une fois qu'on a découvert l'exutoire.

— L'exutoire ?

— Les premières relations sexuelles. C'est ce dont Louis a besoin, et le plus tôt sera le mieux.

Après le repas, Alice a regagné notre chambre. J'avais bien l'intention de l'y rejoindre mais, avant, j'ai aidé Tina à faire la vaisselle, puis j'en ai grillé une vite fait sur la méridienne de style indien installée dans un coin de la terrasse. Le calme régnait. Des hirondelles allaient et venaient autour d'un nid construit sous l'avant-toit, une multitude de petits papillons blancs tournoyaient autour d'un géranium, des fourmis marchaient en colonne à l'assaut d'un scarabée à demi mort. Bizarrement, j'éprouvais une certaine angoisse. Durant le déjeuner, j'avais eu des paroles justes, et d'autres un peu risquées. L'exercice se révélait plus difficile que prévu. J'étais moins indifférent, ce qui me déstabilisait. Du coup, j'étais mal luné, pas vraiment moi-même.

Allongée sur le lit, Alice lisait *Gatsby le Magnifique*. Les volets de la fenêtre principale étaient toujours fermés, mais elle avait ouvert une lucarne, et un triangle de lumière tombait sur son oreiller. La pièce était plongée dans la touffeur, l'air était épais, lourd de senteurs de jasmin et de coing. Les jambes nues et pâles d'Alice tranchaient sur le couvre-lit d'un gris soyeux. Elle se grattait la nuque d'un geste machinal. Je me suis glissé sous la moustiquaire, l'ai attirée à moi.

— Non, a-t-elle protesté. Il fait trop chaud. Tu ne trouves pas ?

— Il ne fait jamais trop chaud pour ça.

Mes mains se sont faufilées sous son caftan, ont goûté la tiédeur de son ventre, l'humidité de son haut de maillot de bain. J'en ai mordillé le cordon après avoir enfoui ma tête dans son cou.

— C'est toi qui es chaude, ai-je ronronné.

Rieuse, elle s'est légèrement écartée.

— Je n'en reviens pas de ta sortie à propos de Louis et du sexe.

— Je suis désolé. C'était horrible ?

— Un peu déplacé. Notamment devant les deux garçons.

— Oups ! Pardon, j'ai merdé.

— Tu es pardonné, a-t-elle marmonné. Je ne sais plus quoi faire de lui. Je l'ai encouragé. Je l'ai secoué. Je commence à être à court d'idées. Il rend dingue Andrew, qui ne le comprend pas. Archie est si différent…

— Il est surtout plus jeune, ai-je dit, estimant que c'était ce qu'elle voulait entendre. Et un tantinet cul-bénit, si je peux me permettre. Il ne serait pas un peu chiant ?

Elle a ri, s'est mordu les lèvres, comme si elle regrettait sa gaieté.

— Je pense que son père manque à Louis, a-t-elle repris. Ou, du moins, qu'il est en manque de père. Andrew est animé de bonnes intentions, mais…

— Tout finira par s'arranger. Il serait sans doute plus sage que tu arrêtes de t'en faire et que tu penses à toi.

— Tu crois ? a-t-elle murmuré, les paupières closes.

— Oui. Et dès maintenant.

Prenant ses yeux fermés pour une invitation, j'ai de nouveau baissé la tête, me suis mis à baisoter son cou, suis descendu peu à peu. Elle a oscillé des hanches, son bassin s'est soulevé pour accueillir le mien et, durant la demi-heure qui a suivi, aucun de nous deux n'a, selon moi, plus pensé à Andrew ou à Louis, occupés que nous étions à assouvir nos propres besoins. Les miens, en tout cas.

Alice s'est assoupie. J'ai essayé de dormir, en vain. Elle ronflotait tout doucettement, tandis que je m'agitais, en mal d'activité, comme souvent au début des vacances. Attentif à ne pas la réveiller, je me suis glissé hors du lit afin de regagner la piscine.

Sa robe-tente relevée sur les genoux, Tina peignait à l'ombre. Daisy et Phoebe somnolaient sur des transats. Frank et Archie se penchaient au-dessus d'un iPhone, près du barbecue. Nulle trace de Louis. Ni d'Andrew.

Je me suis couché sur le ventre, fixant les filles du regard, et ai procédé à un comparatif, rien que pour mon plaisir. Si Phoebe était plus voluptueuse que Daisy, elle était aussi un peu trop épilée et décolorée à mon goût. Elle ne m'appréciait pas, ce que j'avais saisi sans peine. Avec ses prunelles noisette et sa peau mate, Daisy avait une espèce de grâce enfantine. (Avais-je mes chances ? Une question sans pertinence mais agréable.) Pour l'essentiel, elles sont restées allongées, ne se levant que de temps à autre pour se rafraîchir dans l'eau – et des petites ombres inclinées dansaient à leurs pieds quand elles passaient près de moi –, puis se réenduire de crème après s'être trempées. La relation qu'elles entretenaient avec leur corps me fascinait. Cette façon qu'elles avaient d'examiner leur peau quand elles l'oignaient d'ambre solaire, l'expression intense d'amour ou de répulsion qui s'affichait sur leurs traits, mêlée à une vraie curiosité, à croire qu'elles découvraient des pans d'elles-mêmes pour la première fois de leur vie.

Alice nous a rejoints au bout d'une heure ou deux et s'est installée sur la chaise longue voisine de la mienne.

— Salut, toi, m'a-t-elle chuchoté avant d'ajouter, à la cantonade : Les travaux n'ont pas repris ?

— La sieste, a répondu Tina en jaugeant une longueur avec son pinceau tendu. Il fait encore trop chaud.

Personne n'était très enclin à bavarder – trop de langueur, de somnolence. Je me suis baigné à quelques reprises, quand la chaleur devenait insupportable, ai sauvé une énorme abeille de la noyade, ai lu quelques chapitres du Capote. Vers 17 heures, j'ai proposé d'aller chercher des boissons.

Sur la terrasse, Andrew avait mis ses lunettes et lisait des papiers tout en tapant sur une calculatrice.

— Ça va, vieille branche ? m'a-t-il apostrophé. La chaleur est torride, hein ?

Comme il n'avait pas l'air d'attendre de réponse particulière, j'ai poursuivi mon chemin. J'ai pris de la bière et des Coca dans le réfrigérateur, ai posé le tout sur un plateau et suis redescendu. Là, j'ai joué les serveurs, apportant à chacun son dû avec une courbette obséquieuse. À mon approche, Phoebe n'a pas daigné relever la tête. J'en ai profité pour poser la canette glacée dans le creux de ses reins. Se redressant d'un bond, elle a sauté sur ses pieds.

— Paul ! Espèce de con !

Le Coca avait roulé sur le sol. S'en emparant, elle l'a secoué pour m'asperger. J'ai vivement reculé. Daisy et les garçons riaient.

— Pousse-le à l'eau, Daisy ! a braillé Frank.

— Laissez-le tranquille ! m'a défendu Tina.

— Pauvre Paul ! s'est exclamée Alice.

Phoebe et moi luttions au corps-à-corps, maintenant. Elle a enroulé sa jambe droite autour de la mienne. J'étais tellement plus costaud que j'ai dû me retenir pour ne pas la balancer à la flotte.

— Tu n'es qu'un enculé de connard ! m'a-t-elle soufflé à l'oreille.

Je l'ai laissée prendre l'avantage, mes mains ont glissé le long de ses bras, j'ai perdu l'équilibre. J'ai alors poussé un cri de guerrier vaincu, tout en raffermissant ma prise sur elle et en crochetant ses pieds avec les miens. Imbriqués l'un dans l'autre, nous sommes tombés dans le bassin. Alors que l'eau se refermait sur moi et emplissait mes oreilles en bouillonnant, tandis que ses jambes, ses mains et son visage me frappaient ou m'effleuraient, une vague de pur bonheur m'a submergé. Quand j'ai refait surface,

Alice – riche, belle et baisable – se tenait sur le bord, prête à m'aider à sortir de la piscine.

Après cela, tout s'est déroulé à merveille. J'avais le vent en poupe, j'étais invincible. Personne n'aurait raison de moi.

Chapitre neuf

L'idée était de dîner au village. Comme la veille. (Ces gens-là n'avaient pas de soucis d'argent.)

Alice avait un coup de fil à donner. Une fois prêt, j'ai patienté dehors, près de la voiture. L'air étouffant me collait à la peau. Un pigeon ramier roucoulait dans l'obscurité d'un bosquet. Un étonnant lézard transparent a vivement escaladé le mur de la maison jusqu'au toit, aux poutres duquel il s'est suspendu, immobile. Je l'observais, guettant un mouvement, quand me sont parvenus des bruissements entrecoupés de cliquetis. Me retournant, j'ai aperçu un homme qui sortait du cabanon au toit en tôle ondulée. C'était le blond aux yeux clairs que j'avais croisé à mon arrivée. Il a traversé la cour sans me regarder, à longues enjambées régulières, tout en rajustant un sac sur son épaule. À cet instant, Tina est apparue au détour de la maison.

— Qui est-ce ? ai-je demandé, tandis que le type s'éloignait sur le sentier.

— Artan. Le jardinier et homme à tout faire. C'est lui qui s'occupe de la maison le reste de l'année.

— Il n'est pas très sympa.

— Il parle mal anglais. Il est albanais. Il travaille depuis des années pour Alice. Nous l'avons rencontré sur le port, le soir où Jasmine a disparu. Il venait de débarquer. Il a été adorable et serviable, a consacré des journées entières à fouiller les collines. Pour le remercier, Alice l'a embauché. Par pitié aussi. On nous a raconté que sa femme et son bébé étaient morts dans un incendie.

— Mon Dieu ! Je me sens coupable, maintenant.

— Comme il se doit.

La voiture était une sorte de van, argenté, avec sept places et des portières coulissantes sur les côtés. Même sans moi, ils auraient été à l'étroit.

— On va devoir se serrer, n'a pourtant pas pu s'empêcher de souligner Andrew. On est neuf, *avec Paul.*

J'ai proposé d'aller au village à pied, Alice n'a rien voulu savoir.

— Non, on va se débrouiller. Sois gentil, Louis, monte dans le coffre. Il n'y en a pas pour longtemps.

— Pourquoi moi ? Il n'a qu'à s'y coller, lui.

— Ne réponds pas à ta mère ! a lâché Andrew.

Si j'avais été Louis, cette façon qu'il avait de répéter « ta mère », comme si les enfants d'Alice avaient oublié quel lien de parenté les unissait, m'aurait tapé sur le système.

— Laisse tomber, a marmonné Alice, ce n'est pas grave.

Au bout de l'allée, près de la barrière du chantier de construction, le bas de caisse a heurté une pierre. Se penchant par la vitre, Tina a crié :

— C'est bon, je crois. Ça ne fume pas !

Se retournant depuis le siège passager, Alice a rigolé.

— Pour une fois que nous avons un vrai mécano à bord !

— Quoi ? a demandé Andrew.

— Paul s'y connaît en bagnoles. N'est-ce pas, Paul ? D'ailleurs, il va jeter un coup d'œil à Hermès. S'il arrive à le réparer, on pourra écumer la région avec. Ça va dépoter !

— Ah oui ! ai-je confirmé en comprenant de quoi elle parlait. Bien sûr.

— Vive toi, Paul ! a ironisé Phoebe.

— Tu vas retrouver les clés, après toutes ces années ? me suis-je enquis.

— Elles sont sur le contact. Depuis la nuit des temps.

— Formidable.

J'ai tambouriné sur mon genou avec mes index pour célébrer la bonne nouvelle.

Andrew s'est garé sur une aire de repos, non loin du centre d'Agios Stefanos. Le crépuscule était chaud. Des chauves-souris plongeaient de toit en toit, de minuscules insectes dansaient dans la lueur des réverbères. La perspective de vin et de bonne nourriture a déclenché en moi une nouvelle bouffée d'optimisme, de confiance et d'espoir, ces émotions qu'on ressent quand plusieurs jours de vacances s'étirent devant soi, telle une femme nue attendant qu'on l'explore.

Alice avait pris la tête du groupe, petite silhouette conquérante en robe moulante, perchée sur des espadrilles à talon qui bandaient les muscles de ses mollets. Le village s'était animé : badauds et lumières, musiques et odeurs de cuisine. Des chats émaciés blanc et roux miaulaient dans des recoins, les enfants couraient entre les jambes des passants. Alice s'arrêtait constamment pour distribuer ses prospectus – à un touriste, à un marchand qui fumait, à un homme qui vantait ses marrons grillés, à une vendeuse de bracelets fantaisie. Ce spectacle a éveillé chez moi des sentiments mitigés de tendresse, d'admiration et de pitié.

— Tu crois que c'est utile ? ai-je demandé à Tina, qui marchait à mon côté. Sincèrement ?

Elle a réfléchi, grimacé.

— Ça n'a pas d'importance, a-t-elle fini par répondre. Ce qui est génial, chez Alice, c'est que, utile ou inutile, elle ne renoncera pas. C'est le même cirque tous les ans.

— Elle a obtenu des résultats ?

— Quelques personnes l'ont contactée.

— Avec des informations exploitables ?

— Non. Des on-dit… ou… mais en gros, non, rien de concret. Alice est très décidée, cette année. Parce que c'est le dixième anniversaire, le dernier été à Circé, l'argent qu'elle a levé… On ne peut que s'émerveiller devant autant d'énergie et de conviction.

— Elle est bien décidée à la retrouver, est intervenu Andrew, qui nous avait rattrapés.

— À condition qu'elle soit trouvable, ai-je tempéré. En admettant qu'elle vive encore, elle aurait pu partir depuis belle lurette, non ? Si je voulais enlever une ado…

— Pardon ? m'a-t-il coupé en me dévisageant curieusement.

— Sois réaliste. On est dans un port.

— OK. Que ferais-tu ?

— Je chercherais un bateau. À moins que je n'en ai déjà un. Je filerais par la mer. Pas la peine d'être un génie pour le deviner.

Nous n'avons pas mangé chez Nico (ils y étaient allés la veille), mais chez Giorgio, la taverne mitoyenne. Une grande table nous attendait sur la terrasse qui surplombait l'eau, et nous avons été reçus comme des rois. Le propriétaire a étreint les femmes, ébouriffé les cheveux des garçons, embrassé la paume des filles et serré la main d'Andrew. Ce dernier m'a poussé en avant, alors que j'essayais de rester en retrait.

— Cette année, notre cher ami Paul Morris s'est joint à nous. C'est un écrivain célèbre. Si vous ne le connaissez pas encore, rappelez-vous ce nom, Giorgio. Il vient de vendre son dernier roman aux enchères. Un nombre à six chiffres ! Vous risquez d'entendre parler de lui.

— Ce n'était pas des enchères, ai-je maugréé, juste des droits de préemption.

Le patron, épaisse tignasse noire et moustache grise, a passé son bras autour de mes épaules.

— C'est votre première visite à Agios Stefanos ?

— Oui, ai-je opiné sans réfléchir.

— Mais non, a objecté Andrew. Tu es venu il y a dix ans. Dans cette taverne, justement, a-t-il ajouté à l'intention de Giorgio. Mais je ne suis pas sûr qu'il ait eu l'occasion de goûter à votre chère digne des dieux.

Chère : l'un des mots que j'exècre le plus.

Bien qu'ils se soient déjà assis, Andrew a obligé les autres à changer de place selon son bon vouloir. Cette fois, j'ai été promu chef de la tablée.

— Tu auras la plus belle vue, a-t-il prétendu.

Pourtant, je tournais le dos à la mer. J'avais l'impression d'être le point de mire et, pendant quelques instants pénibles, je me suis demandé si telle avait été son intention. Un jeune serveur avec une ombre de moustache s'est rapidement manifesté. On a commandé du vin et de la bière, du Coca et du Fanta, d'innombrables entrées – tarama, calamars, fromage grillé, courgettes rôties – puis de l'agneau, du poulet et du poisson. Cette débauche décontractée m'a estomaqué. Sans même consulter leur mère, Louis et

Frank ont pris un steak, ce qui doublait le montant de l'addition.

— Et toi, Paul ? m'a lancé Tina, qui avait remarqué mon silence.

— Je n'ai pas très faim.

Et je m'inquiétais de la part que j'aurais à payer. (Diviserions-nous la note en fonction de la consommation de chacun ou par le nombre de convives ? Si c'était le cas, j'étais mal.)

— Allez, a-t-elle insisté, force-toi un peu.

J'avais parcouru le menu d'un œil distrait. J'ai tenté de me rappeler quel plat était le moins onéreux.

— De l'houmous, peut-être ?

— Ils n'en servent pas, ici, s'est esbaudi Andrew à sa manière habituelle, trois petits hennissements d'affilée qui ne trahissaient aucun amusement. Voyons, Paul, on n'en mange pas, en Grèce.

— Si, ai-je contré, visualisant les lettres en cyrillique sur le pot en plastique du traiteur de Lamb's Conduit. C'est même une spécialité locale, ai-je ajouté avec une arrogance que je n'ai pas maîtrisée.

Il m'a observé. Mon ton péremptoire ne lui avait pas échappé. Pas plus qu'il ne lui avait plu. Attirant l'attention de la matrone qui tenait la caisse, il a crié en brandissant la carte :

— Sofia ? Il y a de l'houmous ? Je n'en vois nulle part, mais pour notre client si spécial, notre fameux auteur, vous en avez ?

Haussant les épaules, elle a lancé quelques mots en grec à l'adresse des cuisines. Giorgio est réapparu. Il s'essuyait délicatement les doigts sur une serviette.

— Ayez la bonté d'éclairer notre lanterne, mon cher, l'a bruyamment apostrophé Andrew. Mon excellent ami Paul soutient que l'houmous est grec. Que c'est une spécialité du pays.

Aux tables voisines, on me reluquait.

— Mon excellent ami se trompe, a dit le patron avec une courbette obséquieuse. L'houmous vient du Moyen-Orient. Mais s'il en veut, je peux lui apporter un plat très comparable et délicieux. Des favas.

— Je t'en prie, Andrew ! s'est interposée Alice.

— Inutile, merci, me suis-je dépêché de décliner, je prendrai du tzatziki.

— Nous avons commandé des tonnes de trucs, a-t-elle renchéri, nous n'aurons qu'à partager.

Je lui ai souri. Intérieurement, je fulminais. Si je regrettais d'avoir parlé de « spécialité », je ne m'étais pas trompé : l'houmous était grec. Andrew s'était amusé à m'humilier, impliquant Giorgio dans son petit jeu. Ça me renvoyait à des incidents de mon enfance, à l'école. Ainsi, je me souvenais d'avoir objecté à l'orthographe d'un mot avancée par un certain Jeremy de Beauvoir, qui s'était assuré contre moi le soutien de gosses de riches de son acabit, quand bien même le dictionnaire m'avait donné raison. Les privilégiés sont toujours persuadés de détenir la vérité.

Il était clair qu'Alice était gênée, ce qui m'a quelque peu consolé. Elle a déployé des tas d'efforts pour alléger l'ambiance, riant fort, rejetant la tête en arrière, exposant son cou laiteux à la lumière électrique. Sous la table, sa main dessinait des cercles tentateurs sur ma cuisse.

— Savais-tu que Paul est cruciverbiste ? a-t-elle demandé à Andrew.

— Perso, je préfère les sudokus, a-t-il répliqué.

— Paul, a-t-elle insisté, parle-leur de ton Kate Boxer. Il a un super tableau d'elle, chez lui.

Andrew a eu une moue de mépris. Alice se démenait pour que tout s'arrange. Pour que nous soyons amis. Elle n'imaginait pas à quel point j'avais commencé à le haïr.

— J'envisage de vendre l'appartement, ai-je lâché.

— Ah bon ? s'est-elle étonnée.

— J'ai besoin de changement.

Ma main est remontée le long de son dos, s'est glissée sous sa robe afin de caresser son épaule.

— J'aimerais vivre plus près de chez toi, ai-je murmuré à son oreille.

Un sourire complice a étiré ses lèvres. Elle m'a jeté un coup d'œil à la dérobée, les yeux étrécis comme ceux d'un chat.

— Nous en reparlerons après les vacances, a-t-elle chuchoté d'une voix lourde de promesses.

J'ai vérifié qu'Andrew nous observait.

Le bruit a forci, difficilement soutenable. Quelqu'un a monté la musique électro, et un groupe tapageur, quatre couples d'Anglais, les hommes en chemisette, les femmes en décolletés plongeants, s'est installé à une table voisine de la nôtre. (« Delfinos », a soufflé Alice à Andrew en levant les yeux au ciel.) Les gamins s'étaient éclipsés, Alice et Tina se partageaient une tranche de baklava, et je nourrissais en douce les chats qui s'étaient regroupés à nos pieds. Ils étaient d'une maigreur effrayante, les côtes saillantes. Deux avaient les yeux abîmés. Tina s'est plainte d'Archie, qui avait tendance à n'en faire qu'à sa tête.

— Même si je suis mal placée pour juger, a-t-elle précisé, vu que j'étais la cadette d'une fratrie de trois.

— Garçons ou filles ? ai-je rebondi.

J'ai laissé tomber un morceau d'agneau par terre, puis un second, et les félins se sont rués dessus.

— Filles. Le bébé. La petite dernière par excellence. Gâtée comme pas permis, à qui on pardonnait tout. Et toi ?

— Enfant unique. Comme Alice.

C'était là l'un de nos sujets de conversation de fin de soirée – pression des attentes parentales, difficultés relationnelles, réactivité à la critique –, de ceux dont je me servais pour accélérer l'instauration d'une intimité. Après m'être essuyé les mains sur une serviette, j'ai passé mon bras autour des épaules d'Alice. Ses doigts reposaient toujours sur ma cuisse, et j'ai légèrement bougé pour qu'ils soient plus près de mon aine.

— Toi et moi, a-t-elle réagi, aussi paumés l'un que l'autre.

— Prenez une chambre ! nous a lancé Louis avec aigreur.

S'emparant de la salière en verre, Andrew l'a renversée sur le triangle de peau séparant son pouce de son index. Il l'a secouée, la lèvre pendante, dans un bruit de grains de riz ; rien n'en est sorti. Il l'a reposée, a inspiré profondément, a tourné la tête en direction du port, le regard si intense que je l'ai imité. Sauf qu'il n'y avait rien à voir, si ce n'est le reflet des lumières sur l'eau sombre et immobile. Je l'ai de nouveau observé. Tina l'avait enlacé avec tendresse. Elle l'a embrassé sur la joue puis, sans cesser de l'étreindre, s'est reculée pour scruter son visage. Lui continuait à fixer le vide, la bouche pincée, l'air triste. Il essayait juste d'attirer l'attention. À la place de sa femme, je l'aurais ignoré. Alice a retiré sa main de ma cuisse pour se pencher vers lui.

— Pauvre Andrew, a-t-elle soufflé. Elle me manque à moi aussi, tu sais ?

— Excuse-moi, Al, ce n'est rien, comparé à la perte d'un conjoint. Mais, de temps en temps, ça revient de plein fouet, comme ça, sans prévenir. Ça réveille ma culpabilité. Elle aurait pu être ici, avec nous, mariée, mère. Elle aurait adoré Agios Stefanos.

— Pauvre Andrew, a répété Alice en prenant ses doigts entre les siens, tandis que, de son côté, Tina le lâchait. Ce n'est pas comparable. À bien des égards, c'est pire. Vous aviez toujours vécu ensemble. En tant qu'aîné, tu te sentais responsable d'elle. D'où ta culpabilité, certainement. Mais il ne faut pas, ce n'était pas ta faute. Ça a été une des vacheries de la vie. Une sacrée vacherie. Une injustice. Pourquoi ta sœur ? Pourquoi mon mari ? Tous deux sont partis si jeunes.

— C'est bête, a-t-il répondu en abattant son poing sur sa poitrine, mais elle est là, dans mon cœur. Elle y sera toujours.

Une image de sa sœur, Florrie, m'a traversé l'esprit. Enfin, je crois que c'était la sienne. Ça aurait pu tout aussi bien être Daisy, mêmes cheveux courts effilés autour du visage, bouche pleine, sourire craquant. Était-ce seulement Florrie qui était morte, d'ailleurs, ou une autre frangine ? Était-il concevable que ce soit Florrie ? Si oui, pourquoi personne ne m'en avait rien dit ? Son décès était-il récent, ou au contraire ancien ? Était-il normal qu'un détail de ce genre vous sorte de la tête ?

— Chère Florrie, a murmuré Alice en imitant le geste d'Andrew. Elle est dans mon cœur aussi.

Ainsi, c'était elle. Comment m'étais-je débrouillé pour ne pas être au courant ? Quand avait-elle disparu ? Comment ? Une maladie fulgurante – leucémie ou cancer du sein ? Une de ces saletés qui vous emportent précocement ? J'aurais aimé savoir, mais je ne voyais pas comment me renseigner sans passer pour un butor. Être dans le flou faisait mauvais effet ; avoir oublié était pire. J'étais plus que perturbé. Même si nous n'avions pas été si proches que ça. Un dimanche après-midi au bord de la Cam avec une bouteille de vin ; un concert de jazz ; une fête – un anniversaire (le sien ?). On avait couché ensemble, sans doute… Oui, je crois que oui. Sa peau teintée de bleu dans la lumière de sa chambre d'étudiante, sa chair de poule sous sa couette bien trop légère. Quelques rancards par-ci, par-là. Mon trouble ne venait pas d'elle, il était plus égoïste. La mort est déstabilisante, même quand on n'est pas un intime de la personne décédée. Elle vous renvoie à votre propre fin, au souffle du diable sur votre joue.

— Elle était géniale, et je suis heureux de l'avoir connue, ai-je commenté.

Les trois autres m'ont regardé comme si j'avais sorti une incongruité.

— Parce que tu l'as connue ? s'est enquise Tina avant de s'adresser à Andrew : Tu me l'avais dit ?

— Oui, ai-je acquiescé. À Cambridge. Elle était de la promo en dessous de la nôtre.

— On était deux années au-dessous, a rectifié Andrew.

— Bien sûr, oui.

— Tu l'as même très bien connue, a précisé Alice avec un sourire étrange. Vous êtes sortis ensemble.

— Ah bon ? a sursauté Tina.

— Tout dépend de ce que tu entends par « sortir », me suis-je défendu. Ce n'était rien de sérieux.

Une de nos voisines de table s'est bruyamment esclaffée.

— Tu m'avais caché ça, a reproché Tina à Andrew.

— Florrie, elle, trouvait ça sérieux, m'a-t-il lancé en haussant les sourcils, sans répondre à sa femme.

Un petit rire gêné m'a échappé.

— Ce que je veux dire, c'est que, pour reprendre le jargon actuel, nous étions un couple « ouvert ». Il n'empêche, c'était une fille super.

Une « fille super » ? Je n'employais jamais ce genre d'expression, normalement. Elle m'était peut-être venue parce que je ne m'étais pas donné la peine de la découvrir vraiment. Pour moi, cette relation n'avait été qu'une aventure sans lendemain, ce qu'il m'était difficile d'avouer, maintenant.

— Spéciale, ai-je enchaîné. Très marrante… Du genre qu'on n'oublie pas…

Ce que j'avais pourtant fait. Merde ! La mort vous rend nerveux, elle vous fait dire de drôles de trucs.

— Tu comptais beaucoup à ses yeux, a lâché Alice avec son habituelle expression indéchiffrable. Elle te mentionnait dans les lettres qu'elle m'écrivait, elle n'arrêtait pas de parler de toi.

— Pourquoi est-ce que j'ignore cette histoire ? a insisté Tina.

Alice s'était raidie, et j'ai brusquement songé qu'elle n'appréciait sans doute pas de m'imaginer avec une autre femme, qu'elle était jalouse. Je l'ai rassurée d'un sourire.

— Tout ça, c'est si vieux, ai-je dit.

Andrew a insisté pour régler.

— Non, non, non ! a-t-il décrété. C'est mon tour.

— Tu n'es pas chic, a répliqué Alice, alors qu'il éloignait l'addition de sa portée.

— Tu as payé hier.

Il a écarté le billet de dix euros que je lui tendais.

— Ma tournée, Paul. Toi, ce sera pour une autre fois.

Pardon ? Par pitié, je n'allais quand même pas être obligé de régaler toute la bande ! Armé de sa carte de crédit, il s'est rendu à la caisse. Daisy et Phoebe sont revenues des toilettes, où elles s'étaient remaquillées. La première était inchangée, mis à part ses lèvres plus rouges. La seconde, en revanche, avait passé la vitesse supérieure, fond de teint à la truelle et yeux noircis comme du charbon. Si elle avait visé le look déesse égyptienne, c'était raté. Elle avait tout d'une pute de Soho. Debout près de la table, elles ont commencé à négocier leur heure de retour à la maison.

— Allez ! a plaidé Daisy, ce sont les vacances. On est à Agios Stefanos, on ne risque rien.

— Minuit, a décrété Alice.

— Tu délires ? Pourquoi te mets-tu toujours dans des états de stress ridicules ?

— Je ne me mets dans rien du tout !

— Voyons, Alice, est intervenue Tina. Donne-leur jusqu'à 1 heure. Elles ont dix-huit ans, après tout.

— OK. Va pour 1 heure. Mais pas plus.

— Pareil pour moi ! a lancé Louis en surgissant sans crier gare. Je vais avec elles.

Il portait encore son survêtement noir à capuche, s'était vissé une casquette sur le crâne, visière en arrière (sur laquelle était inscrit le mot « Supreme »), et une grosse chaîne en argent pendouillait à sa ceinture.

— Tu délires ? l'a remballé sa sœur. On est obligées, m'man ? Dis-lui qu'il ne peut pas venir.

— Si ! a grondé Louis en avançant d'un pas.

Phoebe l'a repoussé d'une paume sur son torse, et il l'a bousculée. La chaîne a heurté la cuisse nue de son aînée.

— Aïe ! a-t-elle piaillé.

— Bien sûr, qu'il a le droit d'y aller, a répondu Alice en calmant le jeu. Mais tu me promets d'être raisonnable, Louis, d'accord ? Tu as déjà bu une bière, c'est fini pour ce soir.

— Je ne comprends même pas pourquoi il veut venir, a ronchonné Phoebe.

— Parce que j'en ai envie. On est en démocratie, non ?

— Pff ! Tu n'as même pas le droit de picoler, tu vas te faire chier.

— Qu'est-ce que tu en sais ?

— En tout cas, ne compte pas sur moi pour jouer les baby-sitters.

Le moment me semblant idéal pour fumer une cigarette, j'ai regagné la rue et me suis adossé à un mur, sous l'auvent du restaurant. Andrew discutait avec Sofia.

— Comment va votre petite-fille ? a-t-il demandé avec un intérêt feint, tout en entrant son code.

— Elle habite Elconda. Elle travaille à l'office du tourisme.

— C'est super ! a-t-il acquiescé en reprenant sa carte. Super !

J'ai détourné les yeux. À côté du supermarché, sur le trottoir d'en face, trois Anglais au cou tatoué chahutaient. Ils essayaient de fourrer leurs crèmes glacées dans le décolleté de leurs copines. « Gros con ! » a hurlé l'une d'elles.

— Tout est réglé.

Alice m'avait rejoint. J'ai balancé mon mégot, l'ai écrasé du talon. Phoebe et Daisy sont parties d'un pas vif vers l'extrémité opposée de la baie, d'où nous parvenaient des éclats de lumière et des bruits de basse. Louis les suivait à quelque distance, roulant des épaules, s'efforçant de jouer les durs. J'ai identifié la bosse dans la poche arrière de son pantalon comme étant un paquet de cigarettes.

— Vous êtes sûrs que tout ira bien ? a lâché Alice.

— Bien sûr, a répondu Tina. Ils ont promis de rester ensemble. Il ne leur arrivera rien, a-t-elle poursuivi en la fixant d'un air entendu. Ce n'est pas parce que… Il ne faut pas… Enfin, tu sais. Ça va aller.

Elle a serré son épaule en un geste qui se voulait rassurant.

— On peut rentrer, maintenant ? a lancé Andrew. Je meurs de sommeil. Où sont les garçons ?

— Sur la jetée. Ils essaient de trouver des crabes, a dit Alice. Attendez-moi, je vais les chercher.

Les chahuteurs avaient traversé la rue. Ils chantaient en agitant les bras. L'une de leurs compagnes m'a bousculé en passant devant moi.

— Salut ! On s'est déjà vus, non ?

Accent du Nord, bouche rouge pulpeuse et tresses. La passagère du car, le clone de Rita Ora à la tong cassée. Vu qu'elle était pieds nus, elle devait avoir renoncé à les porter. Je l'ai aidée à se rétablir, et elle a filé.

— Tu la connais ? m'a demandé Andrew, surpris.

— Si seulement.

Alice et les garçons revenaient, derrière plusieurs filles en talons d'une hauteur absurde, tops riquiqui, chevelures lissées, qui jacassaient en allemand. Quel âge pouvaient-elles avoir ? À la louche, je leur donnais entre quinze et seize ans, bien qu'elles fassent plus âgées. J'ai jeté un coup d'œil à Andrew. Il les reluquait d'un air inexpressif, pesant, léthargique. Quand il a vu que je le regardais, il a eu un haussement d'épaules penaud, puis a vérifié qu'Alice, et non Tina, n'avait rien remarqué.

J'avais prévu de faire l'amour à Alice, mais me suis endormi avant d'avoir eu le temps de retirer mes vêtements. À un moment, j'ai cru l'entendre s'affairer dans la salle de bains, clapotis et tintements contre le lavabo, mais mes yeux se fermaient malgré moi et, incapable de résister à la torpeur, j'ai été avalé par cette inconscience épaisse, lourde et visqueuse qui amène à se demander si on n'est pas drogué.

Qu'est-ce qui m'a réveillé, quelques heures plus tard ? La soif ? La chaleur ? Le bourdonnement d'un moustique à mes tympans ? J'étais couché tout habillé sur le drap. Le ventilateur du plafond vrombissait. Pas très loin, un chien a aboyé, s'est interrompu, est reparti de plus belle.

La chambre était étouffante et plongée dans une obscurité telle qu'on ne savait plus si on avait les paupières ouvertes ou closes. Alice ne bougeait pas. Je lui ai tourné le dos le plus doucement possible, ai trouvé un coin d'oreiller plus frais. J'avais été tiré du sommeil par un fait troublant qu'il m'a fallu un instant pour identifier. Quand il m'est revenu, il m'a frappé avec une force renouvelée. Florrie. L'annonce de sa mort.

En quête de réconfort charnel, j'ai roulé face à Alice et tendu une main exploratrice. J'avais recouvré tous mes sens, à présent, tous mes esprits. Je me suis rendu compte, le poing crispé, prêt à se déployer, le bas-ventre durci, que j'avais une érection. Mes doigts se sont repliés sur du vide. Je les ai déplacés, tâtonnant ici, tapotant là – un bout de drap froissé, la surface lisse d'un oreiller, l'endroit où son corps, ses cheveux, son visage avaient été il y a peu. Personne.

Je me suis redressé, ai scruté la pièce plongée dans le noir. J'étais pourtant sûr qu'Alice s'était allongée à mon côté. Était-il possible que je me sois assoupi quelques secondes, et qu'elle en ait profité pour filer ? Avais-je imaginé sa respiration ? S'était-elle seulement mise au lit ?

M'affalant à sa place, j'ai humé son oreiller. Il en émanait un parfum ténu de figue et de coing. J'ai pensé à l'intérieur de ses cuisses. Gémi. Cherché maladroitement l'interrupteur. En vain. Je me suis levé.

La porte-fenêtre donnant sur la terrasse était entrebâillée, et un filet d'air nocturne léchait le voilage agité par le ventilateur. J'ai traversé la chambre, me cognant la cheville contre un pied du lit, et j'ai tiré un des battants. Dehors, on y voyait très légèrement mieux, entre la lueur d'une rognure de lune et la masse plus sombre des buissons et des arbres. Le cabot continuait à s'égosiller, le vacarme de ces jappements désespérés était plus audible ici. Je ne comprenais pas comment une créature pouvait ainsi hurler sans se lasser.

J'ai tendu l'oreille, capté d'autres bruits. Un son argentin, une éclaboussure. Un rire. Était-elle en train de se baigner ? Si oui, avec qui ? Pieds nus, j'ai longé la terrasse, dépassé la porte de la cuisine et la longue table, contourné le grand arbre tordu auquel étaient suspendus les CD, me suis approché du sentier qui descendait à la piscine. Je l'ai emprunté ; il était inégal, caillouteux, et mon orteil a heurté une racine ou une pierre. J'ai dû lâcher un « ouille ». Sautillant sur place, j'ai levé la jambe et inspecté les dégâts. J'ai discerné du sang à la frontière entre la peau et l'ongle. Un nouveau rire est monté vers moi.

En bas des marches, je me suis immobilisé sous le figuier. Daisy et Phoebe étaient dans l'eau, les coudes appuyés sur le bord du bassin. Elles se partageaient une cigarette, dont le bout rougeoyait. À la lumière des projecteurs, leurs corps nus luisaient, blancs et déformés. Les bosquets alentour n'étaient que pénombre. J'ai perçu un crissement de feuilles. Y avait-il quelqu'un avec elles ? Non, c'était mon imagination. J'ai observé les muscles tendus de leurs dos, guettant l'instant où l'une d'elles se retournerait et m'offrirait le spectacle de ses seins. Elles étaient pompettes. Assez pour accepter ma présence ?

Mauvaise idée. Il ne fallait pas que j'oublie mes projets à plus long terme. Ignorant mon orteil douloureux, je suis remonté vers la maison à la recherche d'Alice.

Aucune lumière ne brillait à l'intérieur. J'ai regagné la chambre, m'y suis introduit sans bruit, m'attendant à la découvrir à moitié endormie. J'ai vérifié la salle de bains. Vide. J'ai profité de l'occasion pour pisser un coup. La petite fenêtre donnait sur la cour de devant. Le verre, mal fixé, branlait un peu dans l'encadrement. M'approchant pour regarder dehors, j'ai entendu le ronronnement d'un moteur qui se rapprochait, à l'assaut du chemin. Soudain, il s'est tu. Dans le silence qui lui a succédé, une portière s'est ouverte.

Je me suis hissé pour mieux voir.

Le minivan argenté était garé tout près de la bâtisse, la portière passager béait, et deux silhouettes – Alice et Andrew – s'inclinaient dans l'habitacle. Tous deux étaient habillés, lui de son polo, elle de la robe qu'elle avait mise ce soir-là pour dîner. Ils chuchotaient. Leur échange m'a échappé. À un moment, il s'est écarté, et elle s'est agenouillée par terre.

— Réveille-toi, mon chéri, a-t-elle murmuré un peu plus fort. Allez ! Il faut que tu ailles jusqu'à ton lit.

Il y a eu un grognement, suivi d'un borborygme – « Laisse-moi ! ». Un bras a jailli, Alice est tombée à la renverse. Andrew a pris le relais. Il a soufflé, s'est penché à l'intérieur du véhicule et en est ressorti en titubant sous le poids de sa charge.

Louis. À moitié inconscient. Malade ? Non. Ivre mort.

Ils se sont débattus un moment pour le prendre à deux, ont réussi à le hisser entre eux. Alice semblait minuscule, sous le fardeau. Le tirant, le poussant, ils l'ont entraîné hors de ma vue, au coin de la maison.

J'ai hésité. Je ne tenais pas spécialement à intervenir. J'avais toujours eu du mal, avec le vomi, l'odeur ayant tendance à me tourner le cœur. Par ailleurs, j'avais besoin de dormir, et cette plaisanterie était susceptible de durer toute la nuit. Sauf que… Sauf que… Ne risquais-je pas de louper une occasion de m'insinuer plus avant dans les bonnes grâces d'Alice ? Et d'humilier Andrew ?

Quittant la salle de bains, j'ai retraversé la pièce à pas de loup, ai rouvert la porte-fenêtre. La terrasse était déserte. J'ai capté quelques raclements, des murmures, un gémissement venant de l'autre bout du bâtiment. Ils avaient dû le porter dans sa chambre. J'ai tergiversé, mis un pied dehors avant de reculer. J'arriverais peut-être trop tard. Si ça se trouve, il dormait déjà.

— Paul ?

Alice a émergé de l'obscurité, ombre plus noire sur fond noir.

— Qu'est-ce que tu fiches ? a-t-elle continué.

— Je te cherchais. Je me suis réveillé, tu n'étais plus là.

— Eh bien, je suis là, maintenant.

Raide et immobile, elle rejetait ses épaules en arrière, dans cette posture de danseuse qui lui était coutumière.

— Je viens à peine de me réveiller, ai-je menti en m'efforçant d'adopter une voix pâteuse. J'ai cru entendre quelqu'un. Tout va bien ?

— Oui.

Je me suis avancé afin de mieux la distinguer. Elle fronçait les sourcils, comme si elle m'avait pris en flagrant délit de méfait.

— Pourquoi es-tu tout habillé ?

— Je me suis endormi comme ça. Et puis, il y a une minute, j'ai émergé, et tu avais disparu.

— Je vérifiais que Louis était bien rentré.

— C'est le cas ?

— Oui. Il dort. Je retourne me coucher, tu viens ?

Elle est passée devant moi, m'a attrapé par la main. Je l'ai suivie. Il était évident qu'elle ne souhaitait pas que je sois au courant, pour son fils. Elle était gênée. Ça ne pouvait qu'être de bon augure. Ça signifiait que l'opinion que j'avais de lui comptait plus à ses yeux que je ne l'avais cru.

Chapitre dix

Je me suis réveillé tard, Alice était déjà levée. Enfilant le caleçon de bain d'Andrew et un tee-shirt, j'ai attrapé mon livre et suis sorti sur la terrasse. Il faisait très chaud, le soleil filtrait à travers une vigne aux grappes pendantes d'une taille presque indécente. La table du petit déjeuner était mise, tasses et assiettes, cafetière, beurre et miel. Un verre avait été retourné afin de piéger un insecte. Je l'ai étudié attentivement. C'était une crevette ailée ; une cigale immobile et réduite au silence. Je l'ai libérée, elle n'a pas bronché. Avec une patte bizarrement tordue, elle avait l'air lugubre. Était-elle morte ? Avec la couverture du Capote en guise de brancard, je l'ai portée jusqu'à un pot de lavande, et je l'ai doucement déposée sur la terre. Elle n'a toujours pas bougé, cependant.

— Qu'est-ce que tu fais ?

C'était Tina, debout sur le seuil de la cuisine, enveloppée dans un peignoir en coton rose.

— Je sauvais une précieuse créature terrestre, ai-je répondu en m'asseyant et en dépliant une serviette sur mes genoux. Quel bonheur, ici ! Où est Alice ?

— Partie chercher le pain.

Elle est venue s'asseoir près de moi. Ses seins lourds ballaient sous le tissu fripé, son mascara avait bavé et, une fois n'est pas coutume, ses cheveux étaient détachés.

— Ce n'est pas le paradis, ça ? ai-je dit en montrant la vue, la table, la cafetière. Ne sommes-nous pas chanceux ?

— Tu es de bien belle humeur, a-t-elle ri. Mais oui, tu as raison, nous avons de la chance.

— Nous aurions dû nous tirer du lit plus tôt, histoire de mieux en profiter.

— J'ai failli. J'ai été réveillée à l'aube par un coq.

— Tu exagères, a lancé la voix d'Andrew, depuis la cuisine. Ce n'était pas l'aube.

J'ai grimacé, chuchoté d'un ton complice :

— Je suis sûr que si. Un coq… c'est son boulot, de chanter à cette heure indue.

Tina a rigolé et nous a servi à chacun une tasse de café. Andrew est apparu, concentré sur son BlackBerry. Il était en short de toile et polo bleu marine, neuf apparemment, car on voyait nettement les deux plis symétriques dus à l'emballage. Avec un soupir exagéré, il s'est mis à tapoter furieusement. Tina m'a proposé du lait, que j'ai décliné d'un revers de la main. C'était du stérilisé.

— La nuit a été bonne ? s'est-elle enquise.

— Oui, ai-je acquiescé, circonspect. Même si je me suis réveillé une ou deux fois.

Était-elle au courant, pour Louis ? Andrew nous a rejoints.

— Par le chien ? a-t-il demandé. J'ai l'impression qu'il n'a pas arrêté de brailler entre hier soir et ce matin.

— C'est toi qui exagères, là, a lâché sa femme.

— En tout cas, il y est allé de bon cœur.

La conversation s'est orientée sur la manière dont les Grecs traitaient les animaux, sur leur absence de sentimentalité à leur égard. Tina, qui affirmait ne pas avoir été dérangée par le clebs, s'inquiétait : était-il nourri ? Lui arrivait-il de fermer l'œil ? De mon côté, je me suis interrogé pour savoir s'il prenait son rôle de chien de garde avec un sérieux qui le poussait à aboyer au moindre bruit, ou s'il criait juste son désespoir, dans l'attente qu'on vienne à sa rescousse.

— Le problème, a commenté Tina, c'est que le boucan n'est pas seulement gênant, il est aussi navrant. D'où l'insomnie d'Andrew. Comme quand la fête de tes voisins s'éternise. Une fois qu'ils t'ont réveillé, c'est leur manque de considération qui te taraude et t'empêche de te rendormir.

— L'élément émotionnel du bruit, ai-je médité. Mouais…

Andrew a posé sa tasse et s'est levé. Brandissant son téléphone avec importance, il a annoncé qu'il allait tenter de découvrir qui était le propriétaire du chien, les promoteurs, peut-être, et régler le souci.

— Parce que, quand même, c'est intolérable ! Déjà qu'ils creusent notre jardin en pleine journée ! Ils ne sont pas obligés de nous pourrir les nuits aussi.

J'ai noté le « notre jardin », mais sans plus. Un rayon de soleil caressait mon bras, et j'en sentais la brûlure. La journée promettait d'être caniculaire. Me penchant pour gratter une piqûre sur ma cheville, je me suis rendu compte que j'avais été dévoré partout – cou, bras, visage.

— Merde ! ai-je juré en m'examinant du bout des doigts. Ils m'ont bouffé tout cru.

— Tu savais que seules les femelles piquent ? m'a informé Andrew. Les mâles se contentent de nectar. Ce sont les femelles qui te pompent le sang.

— À qui le dis-tu !

Une blague d'homme à homme. Il s'est esclaffé. Nous avons entendu la voiture, le moteur qui s'emballait pour grimper le dernier virage, puis ça a été le silence, la portière qui claquait, et Alice a surgi au coin de la maison, en short et débardeur sur son haut de maillot de bain. Elle paraissait renfrognée.

— Salut, ma belle ! ai-je lancé pour tenter de la dérider.

Elle n'a pas répondu, s'est approchée de nous à pas vifs. Elle a placé un sac en papier sur la table et s'est adressée à Andrew :

— Le port a été investi par la police. Il s'est passé un truc, hier. Une fille a été agressée.

Si elle agrippait le dossier de ma chaise, elle m'ignorait complètement.

— Où sont Phoebe et Daisy ? a-t-elle demandé à Tina.

— Au lit, a répondu cette dernière. Une agression ? Quelle horreur !

Elle vidait le sac, neuf nectarines et une miche plate et grisâtre.

— Assieds-toi, a-t-elle ordonné en tapotant la chaise à côté d'elle.

Avec réticence, Alice s'est juchée sur l'extrême rebord du siège. Debout, Andrew la scrutait, les bras croisés derrière la nuque.

— C'était une agression sexuelle ? a-t-il voulu savoir.

— Je n'ai pas les détails, a-t-elle dit avec un tic nerveux au niveau de la mâchoire mais d'une voix calme. En tout cas, les flics pullulent. D'après la dame de la boulangerie, ils ont été là toute la nuit. Elle n'en savait guère plus. Juste qu'il s'agit d'une jeune fille, qu'on l'a retrouvée dans l'eau, couverte de traces de coups, tenant des propos incohérents, choquée, ivre, les vêtements déchirés. Je penche pour un viol.

— La pauvre, ai-je marmonné. J'espère qu'ils vont choper ce salaud.

J'ai tendu la main vers le pain. Malgré son apparence peu alléchante, il s'en dégageait une délicieuse odeur de levure encore tiède. Le plus discrètement possible, j'en ai rompu un coin et l'ai gobé.

— Les filles ne t'ont rien dit ? a demandé Alice à Andrew. Elles n'ont rien vu ?

— Je ne leur ai pas parlé.

— Vont-elles devoir déposer ? s'est interrogée Tina.

— Et Louis ? ai-je suggéré après avoir dégluti.

— Quoi, Louis ? a répliqué sa mère en me couvant d'un regard contrarié.

— Il a peut-être vu quelque chose ?

Elle a secoué la tête, ses yeux ont fait la navette entre Andrew et moi.

— Impossible. Il est rentré plus tôt. Bien avant les filles.

C'est donc ainsi qu'elle récrivait l'histoire.

— Ah bon. Si tu le dis, OK.

Andrew tripotait son téléphone.

— Est-ce que j'appelle Gavras ? a-t-il proposé. Des fois qu'il ait des infos ?

Alice l'a dévisagé, s'est détournée. Elle agitait les doigts comme si elle les séchait.

— Aucune idée. Oui… Non. Il ne vaut mieux pas. Nous donnerions l'impression de nous mêler de ce qui ne nous concerne pas.

— Qui c'est, Gavras ? ai-je demandé.

— Le chef de la police de Pyros, m'a expliqué Andrew. Il était adjoint, à l'époque où Jasmine a disparu. Il parle bien anglais. Nous avons eu pas mal de contacts avec lui, au fil des ans.

J'ai attrapé la main d'Alice, l'ai immobilisée.

— À mon avis, tu as raison. Mieux vaut rester en dehors de ça. Après tout, Daisy et Phoebe sont saines et sauves.

Elle m'a adressé un sourire reconnaissant, a serré mes doigts.

— Je suis sûr que l'agitation sera retombée ce soir, ai-je poursuivi. La malheureuse connaît sûrement son agresseur. C'est le cas, en général, non ?

Un silence pesant s'est installé.

— Ils l'attraperont, ai-je insisté. Et le colleront en taule.

J'essayais seulement d'apaiser Alice, de la rassurer sur le sort de sa fille, mais j'avais commencé à m'écouter parler, et j'ai oublié de m'autocensurer.

— On devine facilement quel genre de nana se fourre dans ces ennuis, à traînasser en tenue trop légère dans un pays étranger, à trop picoler, à flirter, sans doute, à s'exposer.

— Bon sang, Paul ! a soufflé Tina. Es-tu en train de suggérer que cette petite l'a bien cherché ?

— Non, bien sûr que non !

Qu'est-ce qu'il était difficile d'évoquer ces sujets !

— Je dis juste que… les apparences sont parfois trompeuses. C'est plus compliqué. Moins compliqué. Nous sautons tous aux conclusions, là. A-t-elle vraiment été violée ? Hein, Andrew ? Tu les as vues, ces filles, qui paradaient dans la rue, hier soir.

Il m'a regardé en biais, comme quelqu'un qui serait confronté à un animal dangereux.

— Non, a-t-il répondu d'une voix lente.

— Tu déconnes ? Tu les as matées ! Celles en robes minuscules. Habillées comme des marie-couche-toi-là ! Même si elles ne sont pas comme ça, s'entend.

— Je ne vois pas.

— Si ! ai-je râlé en le toisant.

— Des marie-couche-toi-là ? Je n'emploierais pas ce mot-là. Tu… tu te trompes.

Sautant sur ses pieds, Alice est allée chercher une serviette posée sur le dossier d'une chaise avant d'emprunter le chemin de la piscine. Tina et Andrew évitaient de me regarder.

— Je vais réveiller les mômes, a annoncé Tina, puis je me préparerai. Il est presque 11 heures, et je suis encore en peignoir.

Andrew a parlé de prendre une douche. Après avoir débarrassé la table du petit déjeuner, j'ai emporté mon livre et mes cigarettes jusqu'à la méridienne que j'avais commencé à considérer comme la terre d'élection réservée à mes pauses clope. Le cabot s'était enfin tu. J'avais le front couvert de sueur. J'étais conscient d'avoir merdé. J'étais furax aussi qu'Andrew ne m'ait pas soutenu. Je savais avoir proféré des paroles qui dépassaient ma pensée, ou qui, du moins, étaient sujettes à une mauvaise interprétation. M'allongeant sur le canapé, j'ai fermé les yeux.

Quand je les ai rouverts, Alice était plantée devant moi. Je ne l'avais pas entendue approcher. Le bruit de ses pieds nus devait avoir été noyé sous le chant des cigales. Elle était en maillot une pièce bleu marine avec deux bandes sur le côté. Ses cheveux humides étaient tirés en arrière. Elle tenait mon manteau entre deux doigts, comme si c'était une vieille serpillière mouillée.

— Tu l'avais oublié près de la piscine, m'a-t-elle dit. Il est trempé. Artan l'a arrosé par mégarde.

— Flûte !

— Il séchera vite, au soleil.

Elle l'a étendu sur le bras de la méridienne, puis s'est installée à côté de moi. Tout en affichant une expression indéchiffrable, elle a écarté et refermé les genoux à plusieurs reprises. Geste que j'ai pris pour une tentative de réconciliation, comme sa décision de s'asseoir avec moi.

— Souhaitons qu'il ne rétrécisse pas, ai-je marmonné.

— Pourquoi l'as-tu emporté ? On frôle les trente-cinq degrés.

J'ai plongé mon regard dans le sien.

— Par sentiment d'insécurité.

Je lui ai raconté que, quand j'étais petit, les mômes du foyer local de la fondation caritative Barnardo's venaient passer une journée par an dans mon école et qu'ils gardaient toujours leur manteau.

— Je me sens comme eux, ici. Comme un des orphelins de Barnardo's.

Elle m'a observé avec sérieux.

— Je ne pige pas, a-t-elle murmuré. Tu n'es pas à l'aise ?

— D'où mon discours idiot de tout à l'heure. Oui, il se peut que, en votre compagnie, je me sente un peu dépassé.

— Tu as cette impression ? Toi ?

Une brutale envie de tout lui avouer m'a saisi : j'avais menti sur ma vie, mon roman, mon appartement ; je n'étais qu'un imposteur ; j'aspirais à m'amender, à changer. Si j'avais cédé à cette impulsion, mon sort aurait sans doute été différent. Nous aurions pu modifier le cap que nous avions pris. Malheureusement, la pulsion a été fugace, et j'ai loupé le coche.

Au loin derrière la tête d'Alice, la mer brillait, argentée. Quelques voiliers y voguaient. Je me suis étiré, j'ai bâillé, posé ma paume sur sa nuque. Je souhaitais dire quelque chose qui la rende heureuse.

— Je jetterai un coup d'œil à ta camionnette aujourd'hui, quand il fera moins chaud. Si tout se passe bien, j'arriverai peut-être même à la faire rouler dès ce soir.

— Merci, tu es gentil, a-t-elle murmuré en embrassant mon bras.

Attrapant sa main, je l'ai retournée afin d'y déposer un baiser. Deux égratignures rouges traversaient son poignet. Avaient-elles été provoquées par Louis, cette nuit, quand il s'était plus ou moins débattu ? J'y ai promené mon index. Se libérant, elle s'est levée d'un air déterminé.

— Je retourne me baigner. Tu viens ?

— Dans une minute.

Sur le point de partir, elle a soulevé une manche de mon manteau avant de la lâcher.

— Excuse-moi, Paul, mais ce truc est immonde. On dirait une fringue d'exhibitionniste.

— C'est du tweed, ai-je protesté avec des accents pathétiques.

Les travaux ont commencé peu après, vacarme de tombereaux de terre déplacés, d'énormes engins craquant et grinçant. Les vibrations étaient assez puissantes pour que le sol tremble. Toutefois, ce n'était ni elles ni le fracas le plus dérangeant, c'était cette impression qu'on *détruisait* au lieu de construire. On avait le sentiment d'être surveillé, envahi, ça vous mettait les nerfs à vif. J'ai délaissé ma méridienne, qui avait perdu tout son charme, et j'ai regagné la partie principale de la terrasse. Louis y était attablé, enveloppé dans une serviette de toilette, torse nu. Sa peau était blême et boutonneuse, des marques pourpres striaient son ventre, des coups de soleil rougissaient ses épaules. Le front en sueur, les cheveux humides, il soutenait sa tête d'une main. Il n'avait pas touché au bol de céréales devant lui.

— Tu n'as pas l'air en forme, lui ai-je dit.

Il avait les yeux vitreux, des cernes noirs. Sa bouche était ouverte, mais il n'a pas répondu. Même les mots représentaient un trop gros effort, apparemment.

— Tu t'es couché tard ?

Il a émis un son inintelligible, un grognement, a porté sa cuiller à ses lèvres avant de la reposer aussitôt.

En bas, près de la piscine, les filles dormaient sur des transats, bras croisés derrière la tête, leurs dos nus aussi incurvés que des instruments de musique – un violon, peut-être, ou une belle guitare. Armé d'un balai en caoutchouc, Artan nettoyait le bassin à grands gestes réguliers. Il n'arrêtait pas de reluquer Phoebe et Daisy. Cette dernière a soudain relevé la tête et l'a surpris.

— Tu veux bien me lancer ma crème solaire, Artan ?

Il l'a récupérée sur une table et la lui a apportée.

— Tu es un amour, lui a-t-elle dit.

Debout sur la terrasse inférieure, Alice et Andrew observaient la mer tout en discutant à voix basse.

— Louis s'est levé ! ai-je annoncé en m'approchant, et ils ont fait volte-face.

— Oui, a opiné Andrew, je l'ai réveillé. Ce qui était peut-être une erreur. Il est encore crevé.

— Il n'aura qu'à se coucher tôt ce soir, a grommelé Alice.

Andrew a consulté son portable.

— Je vais remonter voir où il en est, a-t-il décrété. Vérifier qu'il avale quelque chose.

— Bon courage ! ai-je ricané.

— Merci, lui a dit Alice. Tu penses réussir à le persuader de se doucher ?

— À vos ordres !

Sur un salut militaire, il s'est éloigné d'un pas pesant. Le tintamarre, qui s'était interrompu un instant, a repris avec autant de vigueur.

— Bon sang ! a maugréé Alice en se retournant vers le large. C'est horrible. Horrible ! Ils sont bien plus près qu'hier. Pratiquement chez nous, maintenant. Demain, ils auront atteint le bosquet.

— Ils auraient pu avoir la courtoisie d'attendre la fin de nos vacances, ai-je renchéri.

— Oui, a-t-elle acquiescé avec un sourire coincé.

J'ai tenté de l'amuser un peu.

— Entre le chien et le grutier, lequel est le pire, à ton avis ?

— Il n'y en a pas un pour rattraper l'autre.

— Pour moi, le grutier est mieux. Au moins, on ne se demande pas s'il a faim ou se sent abandonné. Il n'aboie pas à la lune.

Elle a souri, a retiré quelques cheveux qui s'étaient pris dans sa bouche, puis est allée s'asseoir sur un fauteuil en métal près du barbecue. Étirant une jambe, elle s'est penchée dessus afin d'examiner son mollet. Une piqûre de moustique ou un poil qui repoussait sous la peau. De mon côté, je me suis installé sur une chaise longue avec un soupir. Décidant d'ignorer le bruit, j'ai ouvert mon roman.

À un moment, Frank et Archie ont déboulé et ont sauté à l'eau en faisant la bombe avant de se pourchasser dans de grandes gerbes d'écume. Tina est apparue à son tour avec son matériel de peinture. Enfin, pas à pas, très lentement, Louis. Sans regarder personne, tête basse, il s'est traîné jusqu'à l'extrémité la plus éloignée de la piscine, jusqu'à un transat où il s'est couché sur le ventre, les bras ballants.

Je me suis assoupi. J'ignore combien de temps. À mon réveil, les engins de chantier continuaient de gronder, mais j'étais seul. Les sièges étaient déserts, la surface du bassin plate comme un miroir. J'ai aperçu Tina au pied du sentier.

— Paul ! m'appelait-elle. Paul !

Je me suis vivement levé, ma vision s'est troublée, j'ai trébuché, les oreilles bourdonnantes.

— Paul, a-t-elle répété en venant à moi, vêtue d'une nouvelle tente taillée dans un tissu délavé très années 1960 avec un imprimé de bateaux. Personne ne t'a averti qu'il fallait te préparer ?

— Pour quoi ?

— Nous allons louer des kayaks et pique-niquer. Nous l'avons promis aux enfants. Alice avait envie de fuir d'ici, d'échapper au bruit. Nous sommes tous dans la voiture à t'attendre.

— Pardon, pardon ! me suis-je excusé en tirant sur mes lèvres pour afficher la contrition. Personne ne m'a rien dit, non.

Enfilant mon tee-shirt, je l'ai suivie. Devant la maison, des visages étaient collés aux vitres du minivan, dont le moteur tournait. J'ai pensé qu'on m'avait oublié, que l'un d'eux ne s'était souvenu de mon existence que sur le point de partir. Non. Alice n'aurait pas fait ça. Ouvrant le coffre, Tina m'a dévisagé.

— Navrée, il n'y a plus que cette place.

J'ai grimpé, me suis tassé entre deux grands sacs de plage en toile. J'avais le nez dans les genoux, le cou déjà raide d'être ainsi cassé en deux.

— Excusez-moi de vous avoir fait poireauter ! ai-je lancé d'une voix pleine d'allant. Je m'étais endormi.

— Rien ne trouble ton sommeil, hein ? a commenté Alice en se retournant depuis la banquette arrière.

— Que veux-tu ? J'ai la conscience tranquille.

Tendant la main, elle a réussi à effleurer mon épaule.

— Ça, ça m'étonnerait, a-t-elle plaisanté avant d'articuler en silence : Désolée.

Andrew a regagné la petite route pour aussitôt bifurquer en direction du Delfinos Beach Club. Je n'y voyais pas grand-chose, dans ma position. Peu après, nous nous sommes garés sur un parking, au bout d'une longue allée goudronnée.

— N'est-ce pas là le territoire ennemi ? ai-je demandé. Les portes de l'enfer ?

Ils sont descendus les uns derrière les autres, et j'ai dû patienter pendant qu'ils s'étiraient, récupéraient leurs affaires, refermaient les portières coulissantes. Andrew a enfin daigné me libérer.

— Si, a-t-il dit pour répondre à ma question, mais c'est le seul endroit où louer des kayaks.

Dehors régnait une clarté aveuglante. Blancs les murs, blancs les trottoirs. L'hôtel, moderne, était tout en angles, d'inspiration aussi bien orientale que grecque, avec ses encadrements de fenêtres peints en turquoise et ses bambous en pots. De petits palmiers hérissés de piquants étaient plantés dans des parterres de gravier blanc. Une femme assez jeune est sortie par une porte, chargée d'un énorme ballot de draps, s'est s'engouffrée dans une autre. D'une chambre nous parvenaient les pleurs d'un bébé. À part ça, les lieux étaient étrangement déserts. Nulle trace des hordes sauvages qui provoquaient le dégoût d'Alice et d'Andrew.

Ce dernier s'est emparé d'un des sacs de plage, m'a tendu le second. Puis, telle une horde sauvage nous-mêmes, nous avons longé l'édifice, à l'extrémité duquel on apercevait un instantané de plage : eau étincelante agitée par des vaguelettes joyeuses, bande de sable jaune moutarde, parasols rustiques en palmes sèches tressées. C'était là que se trouvait la foule. On percevait des cris, ces sons propres aux plages, cet arrière-fond tapageur et pourtant berceur. Une flèche fixée sur la façade indiquait la réception. Andrew a ordonné aux jeunes d'attendre et a poussé le battant, qu'il a tenu ensuite à Alice et Tina. J'ai hésité, pas très certain, une fois encore, de pouvoir m'autoriser à rallier le clan des adultes ou de devoir rester avec leur progéniture. J'ai quand même suivi le mouvement.

Nous avons pénétré dans une petite pièce glaciale qui empestait la vanille artificielle. La bouche d'aération d'un climatiseur ronronnait dans le mur, et une bougie brûlait sur un long comptoir. Trois hommes ont relevé la tête à notre entrée : l'employé derrière sa réception, et deux qui étaient debout, en pantalon bleu marine épais et chemise blanche amidonnée aux manches retroussées. Des policiers. Des pistolets pendaient à leur ceinture. Alice s'est avancée.

— Lieutenant Gavras.

Sa voix était étranglée, comme si elle avait oublié de respirer avant de parler. Celui à qui elle s'était adressée, le plus âgé des deux flics, était grand et musculeux, avait de courts cheveux poivre et sel, de gros avant-bras bronzés et des yeux bleus cernés de rides.

— Madame Mackenzie. Monsieur Hopkins, madame Hopkins.

Il leur a poliment serré la main tour à tour, puis a rentré les pans de sa chemise dans son pantalon. Des taches de transpiration s'épanouissaient sous ses aisselles. Il a présenté son collègue, Angelo Dasios, d'une beauté trop parfaite d'acteur de cinéma, et Iannis, « le gérant de l'hôtel », qui se distinguait par son tour de taille, ses favoris et une veste à col Mao. Personne ne m'a prêté attention, coincé que j'étais contre un tableau d'affichage, et je n'ai pas jugé bon de me mettre en avant. Des plaisanteries ont été échangées sur la météo et l'activité florissante du village.

— Vous avez reçu les nouvelles affiches ? a demandé Alice.

— Oui, a acquiescé Gavras avec un sourire tendu. Nous les avons réparties dans les endroits clés de l'île.

— Je n'en ai vu aucune. C'est *moi* qui les ai accrochées et distribuées partout où j'en avais l'occasion.

— Je vous assure pourtant qu'elles l'ont été, a-t-il insisté, encore moins aimable.

J'ai deviné qu'il ne supportait plus Alice et Andrew. Cela faisait dix ans qu'il avait droit à tout ce cirque. Juste pour une gamine décédée.

— J'en ai aperçu une ! suis-je intervenu malgré moi. Sur un lampadaire, à Elconda.

Se penchant, Gavras m'a dévisagé, me confondant apparemment avec un simple client de l'hôtel.

— Là, vous voyez ? Nous avons un témoin impartial. Encore une fois, je vous assure que personne ne désire plus que moi retrouver Jasmine Hurley, madame Mackenzie.

Il prononçait le nom d'une façon particulière : *Yazaminer Urley*.

— Nous avons appris, pour l'agression de cette nuit à Agios Stefanos, a lancé Andrew après un bref silence. Un viol ? C'est affreux. Le genre d'incident dont personne ne veut.

Gavras a lissé l'un de ses sourcils avec son index.

— C'est ce qui nous amène ici, justement. L'affaire est délicate.

Iannis a exprimé son accord par un son dont l'origine se situait entre son nez et sa gorge.

— Que s'est-il passé ? s'est enquise Tina. Vous avez le droit d'en parler ?

— Un malheureux concours de circonstances. Une jeune femme a quitté ses amis pour aller respirer l'air frais. Il semble que, profitant de son état d'ébriété, son agresseur l'ait entraînée de force dans un lieu isolé et… ma foi, vous imaginez la suite.

— Nos filles étaient à la boîte de nuit, hier soir, a précisé Tina. Elles affirment n'avoir rien remarqué, mais si vous voulez vous entretenir avec elles, je suis sûre qu'elles répondront volontiers à vos questions.

— Merci, ça pourrait se révéler utile, a-t-il opiné en tirant un calepin de la poche de sa chemise. J'essaie de dresser la liste de toutes les personnes sur place au moment des faits. Vos filles s'appellent…

— Phoebe Mackenzie et Daisy Hopkins, a répondu Alice avant Tina. Vous n'aurez qu'à les contacter par mon intermédiaire.

J'ai attendu qu'elle mentionne Louis, ce dont elle s'est abstenue.

— C'est tout ? ai-je lancé.

— Oui, a-t-elle lâché.

Très droite, elle avait les mains dans le dos, les doigts étroitement noués.

— La victime a-t-elle pu identifier son violeur, lieutenant Gavras ?

— Je ne suis pas en droit de vous le révéler. Ce que je peux vous dire, en revanche, c'est que nous tenons un suspect que nous comptons interroger.

— Vraiment ? Quelqu'un qui réside ici ? Quelqu'un qu'elle connaissait, peut-être ?

— Mieux vaut que je me taise pour l'instant. Nous sommes ici d'ailleurs…

Gavras s'est interrompu. Son regard a croisé celui du réceptionniste. Les épaules d'Alice se sont légèrement, très légèrement, détendues.

— Laissons cela, a-t-elle décrété, comprenant le message informulé. Nous devons y aller, de toute façon.

— Oui, a opiné le flic avec une courbette. Je vous ai assez retenus comme ça.

Restait à payer pour les bateaux et « l'adhésion à la journée » qui y donnait accès. Gavras et son beau comparse ont été obligés de s'écarter, tandis qu'Andrew brandissait sa carte de crédit, et que Iannis tirait un terminal de sous son comptoir. Comme je n'avais pas pensé une seconde à prendre de l'argent sur moi, je me suis éclipsé sans un mot.

Dehors, Frank et Archie avaient disparu. Phoebe et Daisy s'étaient éloignées et discutaient avec des filles, juste à côté de la plage. Louis, en revanche, était affalé par terre, le dos au mur, les jambes étendues devant lui. Il avait les yeux injectés de sang, le teint verdâtre, et il avalait sa salive avec difficulté.

— Oh ! là ! ai-je murmuré. Tu veux un peu d'eau ?

— Non. Rien.

La porte s'est ouverte sur les autres. En découvrant son fils avachi sur le sol, Alice a poussé une exclamation consternée. Elle lui a tendu les mains, afin de l'aider à se relever.

— Désolé, désolé, désolé, a-t-il marmonné en titubant. Je crois que je vais vomir.

— OK, une seconde.

Elle a vivement regardé autour d'elle puis, ayant repéré une flèche indiquant « Boutique et Toilettes », a entrepris de le remorquer vers le parking.

— Attendez-nous ici ! a-t-elle crié par-dessus son épaule.

— Ne t'inquiète pas, a lancé Andrew, sûrement une insolation.

Elle a levé la main, histoire de signaler qu'elle avait entendu, avant de disparaître au détour d'un mur. Un demi-sourire las sur le visage, Tina et Andrew se sont plantés devant la mer. Indiquant que j'allais fumer, je me suis écarté de plusieurs mètres, quittant l'ombre pour le soleil. Après avoir allumé une cigarette, j'ai inspecté les alentours. Il est toujours étonnant de découvrir les vacances des autres à quelques mètres seulement des siennes. Ici, le cadre n'était pas une villa isolée dans les collines, mais une plage grouillante d'activité. Les odeurs d'huile de noix de coco et de crème Nivea indice 50 imprégnaient l'air. Des solitaires et des kayaks s'alignaient sur la grève, telles des baleines échouées. Une mère aidait son petit garçon à construire un château de sable. Deux gamines en bikini se lançaient un frisbee. D'une partie de volley-ball montaient des cris de joie ; des bruits d'eau venaient d'une piscine, quelque part sur la droite, de derrière cette rangée de palmiers, sans doute. *Les autres*. Les foules. Une bouffée de nostalgie m'a étreint, me renvoyant à l'appartement d'Alex à Bloomsbury ; aux voix des enfants de l'école primaire que, parfois, m'apportait le vent.

Me détournant, j'ai écrasé mon mégot dans le sable. J'étais presque à portée d'oreille de Phoebe et Daisy, qui conversaient toujours avec les deux inconnues – longs cheveux mouillés enroulés dans d'identiques serviettes rayées bleu et blanc. Je me suis rapproché.

— Elle était complètement bourrée, disait l'une d'elles. Elle avait picolé toute la journée. C'est pour ça que, après, elle est allée se baigner. Ce qui était idiot, parce que l'eau salée a effacé toutes les preuves.

— Je crois qu'elle n'a même pas compris ce qui lui arrivait, a renchéri sa copine.

— Et d'après vous, c'est qui, le coupable ? a demandé Phoebe.

— Tout le monde parle de Sam, le frère de Kylie. Il la kiffait, il l'a collée toute la soirée.

— Il ressemble à quoi ? a voulu savoir Daisy.

— À un bébé. Il a un peu d'acné, des cheveux bruns qui lui tombent sur les yeux.

Le gosse au château de sable s'est mis à pleurnicher en tapant sur son seau, et j'ai raté la réplique de Phoebe, puis leurs deux interlocutrices se sont brusquement éloignées. Andrew, Tina et Alice, avec Louis à la traîne, venaient de surgir. Les filles les ont croisés sans les regarder. Alice a suivi les gamines des yeux.

— Qui c'était ? a-t-elle demandé.

— Des amies du Club 19, a expliqué Phoebe en rejetant ses cheveux en arrière. On pense s'y retrouver ce soir.

— Oublie.

— Je ne pense pas qu'il ouvrira, s'en est mêlé Andrew. Et même si c'est le cas, tu feras comme ta mère l'a décidé.

— Mais c'est injuste ! s'est récriée Daisy. Leurs parents à elles, ils les laissent sortir ! En plus, elles connaissaient la nana qui a été violée. Sérieux. Elles lui ont parlé.

— Nous avons à cœur de faire ce qui est le mieux pour vous.

Qu'est-ce qu'il pouvait être pompeux, parfois !

— Ce n'est pas à nous que ça arriverait, s'est entêtée Phoebe. Personne ne nous violera parce que, et d'une, on n'est pas assez idiotes pour se séparer ; et de deux, on n'a pas l'intention de se soûler ; et de trois, contrairement à elle, on n'est pas du genre à draguer ni à allumer un cinglé.

Voilà qui m'a poussé à méditer un instant sur l'égocentrisme de l'adolescence. Daisy et Phoebe s'efforçaient de rejeter la faute sur la victime afin qu'on les autorise à sortir. Ce faisant, elles recouraient à beaucoup de mes arguments qui, le matin même, avaient choqué.

— C'est clair qu'elle le cherchait, a d'ailleurs renchéri Daisy. Elle portait les chaussures du gars, parce qu'elle avait cassé ses claquettes.

Je leur avais tourné le dos durant l'essentiel de cet échange, mais j'ai brutalement fait volte-face.

— Elle était d'où ?

— Newcastle, je crois.

J'ai pivoté de nouveau vers la mer. Des tongs brisées, Newcastle, ça m'avait tout l'air d'être l'inconnue du car, le sosie de Rita Ora. Mademoiselle « Gros con ! ». Comment s'appelait-elle, déjà ? Laura.

Jusqu'à présent, j'avais pris cette affaire à la légère, sans vraiment songer à la victime. Maintenant, elle paraissait horrible, tellement réelle. Les angoisses que j'avais refoulées sont remontées à la surface. Louis était-il impliqué ? Alice le couvrait-elle ?

— Pardon.

Je me suis retourné. Un flic chauve et costaud se tenait derrière moi. Son arme de service réfléchissait un rayon de soleil aveuglant. Il tenait un gamin par le coude. Une quinzaine d'années, un long short de surf et débardeur, pieds nus, bras longs et fins. La différence de taille entre les deux sautait aux yeux, il était facile d'imaginer les bleus que laisserait le battoir du policier sur la peau du gosse. Ce dernier avait le visage allongé et étroit, des prunelles enfoncées. Il se mordait la lèvre. Comme je leur barrais le passage, je me suis écarté. Ils se sont éloignés. Le gosse a regardé une fois derrière lui en se frottant maladroitement les yeux de la paume. Ils ont longé l'hôtel en direction de la réception.

Nous nous étions tous arrêtés pour regarder la scène. Il y a eu un silence, que Tina a fini par rompre d'une voix sinistre.

— C'est ça, leur suspect ? On dirait qu'il a douze ans !

— Oui, ai-je acquiescé. Pauvre gosse. Mais bon, j'imagine qu'ils connaissent leur boulot.

— Évidemment, a assené Alice.

Louis s'était une nouvelle fois affaissé sur le sol. Elle l'a secoué du bout de son pied.

— Allez, debout. Allons-y.

Elle semblait indifférente au sort du gosse arrêté. Elle semblait soulagée, même. M'adressant un sourire guilleret, elle a filé vers les kayaks comme si le reste du monde n'existait pas.

Chapitre onze

L'eau qui m'entourait n'était plus de ce bleu cobalt affiché depuis la rive, mais noire et menaçante, lourde de dangers – roches hérissées, amas déchiquetés de pierre ponce tout en creux et aspérités, larges espaces ténébreux. Redoutant de verser et de couler dans ces abysses, je me concentrais sur ma pagaie, sur l'angle selon lequel la plonger. Ce n'était pas facile, et j'étais hors d'haleine, j'avais la gorge en feu, pareille à du papier de verre. L'énorme gilet de sauvetage jaune qu'on m'avait obligé à enfiler m'irritait les aisselles.

L'hôtel s'était éloigné, formant à présent deux cubes blancs au-dessus de la houle. Sur ma gauche se dressait un îlot – le rocher de Serena ? Alice m'avait laissé me débrouiller : « Ça ne t'embête pas ? Si je n'avance pas, je chavire. » Elle était loin devant, côte à côte avec Andrew. Tina s'était portée volontaire pour amener la voiture – et Louis – à l'endroit où nous ferions notre pause déjeuner. Phoebe et Daisy, Frank et Archie n'arrêtaient pas de me narguer, de faire demi-tour pour mieux me dépasser de nouveau avant de filer à une vitesse provocante, histoire de me prouver à quel point l'exercice était aisé.

— Ça y est ? m'a hurlé Frank, à un moment. Tu as pigé le truc ?

Il a ajouté quelque chose, qui a provoqué l'hilarité d'Archie. Péniblement, j'ai atteint la ligne de cailloux qui marquaient l'entrée de la baie. Ça m'a paru prendre un siècle. J'avais une fâcheuse tendance à taper sur l'eau au lieu d'y enfoncer ma rame. Quand j'ai enfin contourné l'obstacle, ce qui m'a contraint à affronter un changement des courants, j'étais seul. Ceux de la bande que j'apercevais avaient gagné une crique et étaient en train de tirer leurs embarcations à sec. Au bord, Tina scrutait la mer, une main en visière au-dessus des yeux. Quand elle a agité le bras à mon adresse, j'ai vaguement répondu d'un geste du coude. Du sel incrusté à la commissure de mes lèvres me piquait désagréablement. J'ai poursuivi mes efforts. Alice et Andrew étaient penchés sur les kayaks, tout près l'un de l'autre. Assis à l'extrémité opposée de l'anse, Louis jetait des galets dans l'eau. Pourquoi sa mère n'avait-elle pas signalé au lieutenant sa présence dans la boîte ? Craignait-elle qu'il puisse être inquiété ? Pire, le savait-elle avec certitude ? Non… Il s'agissait sûrement d'un instinct maternel protecteur. Il n'empêche, Andrew aurait dû l'inciter à révéler la vérité. Quel que soit le degré d'implication de Louis, c'était la chose à faire. Cela dit, ça ne m'étonnait pas qu'il ne soit pas intervenu. Il émanait de ce type une sorte de crapulerie, un décalage peu ragoûtant entre son comportement et l'image qu'il voulait donner de lui-même. Je n'arrivais pas à oublier la manière dont il avait reluqué ces jeunes Allemandes, ni comment il s'en était défendu au petit déjeuner. Malgré tous mes défauts, j'étais honnête. C'est moi qu'Alice aurait dû écouter, pas lui. Une émotion peu familière s'est installée en moi, que j'ai fini par analyser comme ce qu'on ressent quand on se découvre d'une moralité plus élevée qu'un autre.

C'est sous les acclamations que je suis enfin arrivé à la crique. On avait dépêché Frank et Archie pour m'aider à me hisser hors de l'eau.

— Un, deux, trois ! a hurlé Frank en soulevant mon kayak avec des efforts feints.

Quand je me suis débarrassé de mon gilet, un petit sourire a étiré les lèvres de Phoebe.

— Oups, Paul ! Tu as de sacrées marques. À ta place, je mettrais de la crème.

Elle était allongée sur une serviette. J'ai effleuré son corps du regard.

— Tu me proposes de t'en charger, là ?

— Va te faire mettre.

Quittant Andrew, Alice s'est approchée de moi. Elle m'a enlacé, a brièvement posé sa tête contre mon épaule. Le renflement humide de son maillot sur mon torse m'a excité en dépit de mon épuisement.

— Pauvre Paul, a-t-elle murmuré avant d'embrasser mes épaules brûlées.

— Tu aurais dû nous prévenir que c'était une première ! m'a lancé Andrew. En même temps, je ne sais pas comment tu t'es débrouillé, à quarante-deux balais, pour n'avoir jamais fait de kayak !

Il a dissimulé la pique sous des éclats de rire. Il n'aimait rien tant que les coups de canif insidieux.

Agenouillée sur un vieux plaid, Tina s'affairait à sortir des petits pains et des tomates, à déballer des paquets de papier sulfurisé contenant du jambon et un fromage qui semblait en plastique. Pêchant une bière dans une glacière, elle me l'a fourrée entre les doigts.

— Tiens ! m'a-t-elle dit. Le remède à tous les maux.

Des taches de rousseur avaient fleuri sur son nez et ses joues, signe qu'elle avait pris le soleil. Je l'ai remerciée, ai fouillé dans les sacs posés par terre en quête de mes cigarettes. Perché sur un rocher, j'ai fumé, tandis que les autres s'éparpillaient alentour pour déjeuner sur des serviettes et des tapis de sol. Si la plage présentait l'inconvénient d'être exiguë et caillouteuse, nous y étions seuls. Un sentier traversait une butte raide plantée d'arbres jusqu'à un tronçon de route qui traçait un ruban argenté au milieu des collines. Les galets, blancs et ovales, étaient tachés de goudron, et une déplaisante odeur de soufre empuantissait l'air. Des ordures s'étaient accumulées dans une fissure rocheuse, parmi lesquelles une couche roulée en boule.

— Tout a meilleur goût, quand on pique-nique, a déclaré Tina au bout de quelques minutes.

Sa remarque n'a été relevée que par Alice qui, bien que n'ayant presque rien avalé, a émis un son de gorge ténu qui pouvait passer pour un assentiment.

— Tu ne manges rien, Paul, m'a apostrophé Tina.

J'ai agité ma clope, montré la bouteille coincée entre mes genoux.

— Tout à l'heure, merci.

— Ça explique que tu aies la ligne, a-t-elle soupiré avant de mordre salement dans son sandwich. Dès qu'on rentre, je m'attaque au régime 5.2.

— Il est plus efficace sur les hommes, a souligné Andrew.

— Es-tu en train de suggérer que je suis une cause perdue ?

— Je te trouve parfaite comme tu es, suis-je intervenu.

— Tu es un ange, Paul.

Les filles se doraient au soleil, en identiques maillots roses sans bretelles, tout en conversant à mi-voix. J'ai observé les mouvements de leurs bouches. Elles parlaient du frère de Kylie, Sam, le gamin qui avait été emmené par la police sous nos yeux, à l'hôtel Delfinos, s'interrogeaient sur son éventuelle culpabilité.

— Il n'a pas la tronche d'un violeur, a murmuré Phoebe.

— Parce qu'il en existe une ? s'est exclamée Tina qui, comme moi, les avait espionnées. Les apparences sont trompeuses, retenez bien ça, vous deux.

Je me suis intéressé à Alice, qui étudiait un galet.

— Si ça se trouve, ai-je dit, ils voulaient seulement l'interroger comme témoin, pas comme suspect.

Alice m'a jeté un coup d'œil, s'est aussitôt détournée. Après avoir jeté le caillou en l'air, elle s'est allongée sur le dos, paupières fermées.

— De toute façon, a annoncé Daisy en se mettant sur les coudes, je crois qu'il est parti tôt. Tu as bavardé avec lui, hein, Louis ? Il a quitté la boîte à peu près en même temps que toi, bien avant nous. L'idée n'était pas de faire le chemin ensemble ?

À l'ombre d'un arbre, Louis picorait un sandwich au jambon.

— Je ne sais plus, a-t-il marmonné. Je me suis perdu.

Alice n'a pas bronché.

— Je n'ai entendu aucun d'entre vous revenir, a fait remarquer Tina. Je dormais comme une bûche.

J'ai attendu. Alice ou Andrew allaient sûrement dire la vérité, non ? Comme aucun des deux n'a moufté, j'ai ouvert la bouche pour révéler en toute innocence ce que j'avais vu, puis me suis toutefois ravisé.

— La pauvre petite, a soupiré Tina. J'espère qu'elle a des amis pour la soutenir, qu'elle n'est pas toute seule à l'hôpital dans un pays étranger. Que ses parents ont pris le premier vol.

— Elle était avec tout un groupe, a dit Phoebe d'un ton insouciant. Inutile de s'inquiéter pour elle.

J'ai repensé à la compagnie au sein de laquelle avait évolué Laura, bouteilles de bière et crânes rasés.

— Ses amis ne m'ont pas semblé terribles, ai-je dit.

— Et d'où les connais-tu ? a demandé Alice en me regardant.

J'avais parlé sans réfléchir. Écrasant soigneusement ma cigarette, j'ai répondu :

— Si je ne me trompe pas de fille, elle s'appelle Laura. Elle était avec une bande de skinheads dans le car qui m'a amené ici, hier.

— Je croyais que tu étais venu en taxi ?

Je me suis senti rougir.

— Euh… J'ai pris un bus, finalement.

Elle m'a dévisagé avec une drôle d'expression.

— Mais tu as dit que…

— Oui, désolé. Je ne sais pas pourquoi j'ai menti.

Descendant de mon perchoir, j'ai attrapé une tomate. Le jus tiède a éclaboussé mon menton, et je l'ai essuyé d'un revers de la main. Je me suis assis près d'Alice, tâchant d'afficher la décontraction. Il ne m'a pas échappé qu'elle s'écartait discrètement et qu'Andrew nous fixait attentivement. Typique. C'étaient eux qui se comportaient mal, mais c'était moi qui avais l'impression d'avoir des ennuis.

J'allais récolter du goudron sur mon maillot. Ça m'était égal, il ne m'appartenait pas. Rien ici n'était à moi, d'ailleurs, me suis-je rendu compte avec amertume, et tous mes efforts pour prétendre le contraire étaient voués à l'échec.

Comme Louis avait repris du poil de la bête, nous avons échangé nos places, et c'est avec Tina que je suis rentré à Circé, laissant au gamin le soin de ramener le kayak au Delfinos. J'ai regardé les rameurs s'éloigner de la grève en les abreuvant de conseils et d'encouragements – « C'est ça ! De beaux coups de pagaie bien réguliers ! » –, dans une tentative pour reprendre le contrôle de la situation avec humour.

Pour regagner la voiture, il nous a fallu grimper à travers les arbres sur un sentier difficile plein de pierres et d'aiguilles de pin. Dans le ciel tournoyait un oiseau de proie, un faucon, peut-être, dont l'ombre dessinait des courbes et des angles. Tina m'a vite devancé, même si je l'entendais ahaner et pester devant la raideur de la pente. Chargé des sacs, je marchais d'un pas plus mesuré, heureux de me retrouver seul avec mes réflexions. Ce qui était loin d'être inutile.

Quand j'ai atteint la route, Tina s'éventait de la main, adossée au minivan.

— Hé bé ! a-t-elle marmonné. Ça donne chaud ! Si tu n'avais pas proposé d'être ma bête de somme, je serais morte.

Plusieurs quads conduits par des adolescents en marcel sont passés en pétaradant comme des tronçonneuses. J'ai attendu qu'ils disparaissent au détour d'un virage, dans un sillage de poussière.

— Pour une fois que je suis bon à quelque chose, ai-je alors répondu.

J'avais eu l'intention de flirter plus que de m'apitoyer sur moi-même.

— Ne prête pas attention à Andrew, m'a-t-elle cependant dit en s'approchant de moi.

Dans un élan étrange, elle a levé la main vers mon visage, l'a refermée en un poing et l'a furtivement appliquée contre mon menton. Si j'avais été un enfant, m'aurait-elle pincé la joue ? Aurait-elle collé son visage au mien ? Avait-elle cédé à unc impulsion compatissante pour mieux se raviser ensuite ? Écartant sa main, elle s'est assise près de moi sur la barrière.

— Il se considère comme responsable d'Alice, a-t-elle continué. Parfois, il se laisse emporter.

— Le problème, c'est que j'aimerais bien être responsable d'elle, moi aussi.

Là encore, j'avais dû mal évaluer mes intonations. Profitant du court trajet sur la butte, je m'étais demandé s'il fallait que je lui parle de la cuite de Louis, d'Andrew et Alice qui la dissimulaient. Là, j'ai compris que je m'en abstiendrais. Tina m'a longuement dévisagé. Gêné, j'ai rigolé, senti les larmes monter, mordillé ma lèvre, détourné les yeux.

— Tu es accro, hein ? a-t-elle fini par lâcher.

Ça a été un moment très particulier. Jusqu'alors, je ne m'étais jamais formulé la vérité qu'elle venait d'énoncer. Ma réaction, écorchée, devait peut-être au viol, ou à l'inquiétude que je nourrissais au sujet d'Alice. À moins que je ne réagisse avec un peu de retard au traumatisme de notre expédition en kayak, et que le soulagement qu'elle soit terminée ne se manifeste qu'en cet instant. Quoi qu'il en soit, j'étais si peu sûr de moi que j'ai préféré ne pas parler tout de suite, me bornant à hausser les épaules avec nonchalance.

— Je ne suis pas assez bien pour elle, ai-je enfin réussi à murmurer. C'est ça, le souci.

— Est-ce pour cela que tu as menti à propos du taxi ? Pour paraître à la hauteur ?

— Sans doute, oui.

Nous étions penchés face à la route. Soudain, elle s'est retournée vers la mer.

— Je suis convaincue que tu es assez bien. Que tu es celui dont elle a besoin. Il faut seulement qu'elle le voie, qu'elle se fasse à l'idée. Alice n'est pas entièrement elle-même, cette semaine. Elle se tracasse pour Louis. Et puis, perdre la maison n'est pas facile. La goutte de trop.

J'ai moi aussi pivoté vers le large. Le paysage qui s'offrait à nous consistait en arbres et en ciel avec, au loin, le profil imposant de l'Albanie. Sur un triangle d'eau bleue, quelques petites silhouettes se dirigeaient vers la terre en godillant lentement.

— La goutte de trop par rapport à quoi ? ai-je objecté. Ne sommes-nous pas censés être en *vacances* ?

— Tu ne peux pas comprendre, a-t-elle soupiré. Ici, ce ne sont jamais vraiment des vacances. Un devoir, plutôt. Alice a toujours assumé le fardeau de la disparition de Jasmine.

— Mais pourquoi ?

Nouveau soupir, plus profond.

— En partie, j'imagine, parce qu'elle était présente au moment des faits, qu'elle a vécu cette nuit-là et les jours qui ont suivi, les interrogatoires de la police, l'enquête… Comme nous tous, certes. Mais, parce que c'est dans sa nature, elle a subi ça avec plus d'intensité que nous. Et aujourd'hui, avec la fin du bail, le renoncement à la maison… Tu ne connais pas Alice aussi bien que moi. Elle a besoin de commander. Tout le temps. Elle n'a confiance en personne pour rien. Elle ne s'épanouit que si elle s'occupe de tout. Je l'aime énormément, bien sûr, mais elle est persuadée que, si elle n'est pas à la barre, rien ne va. Que, sans elle, tout fout le camp.

— Ça doit provoquer des tensions, non ?

— Elle est comme ça, c'est à prendre ou à laisser.

Pendant le retour en voiture, nous avons gardé le silence. J'étais accablé par la torpeur, par un mélange de fatigue physique et affective combiné aux effets soporifiques de la bière que j'avais bue. Tina a mis un CD dans le lecteur, une compilation qu'ils ne manquaient jamais d'apporter à Pyros, m'a-t-elle confié, une blague pour initiés sous forme de bande musicale. Les paupières mi-closes, je voyais, au gré des collines, défiler les oliviers, s'unir et se séparer la mer et le ciel. Quand la deuxième chanson a retenti, qui parlait de cruauté et de trahison, j'ai fredonné les paroles.

— Tu la connais ? m'a demandé Tina.

— Oui. On l'écoutait beaucoup, quand j'étais à la fac.

Son visage s'est brièvement tourné vers moi avant de revenir sur la route.

— « Charmless Callous Ways », des Everything But The Girl. La préférée de Florrie, apparemment.

Florrie. Rouvrant les yeux, je me suis redressé. Était-ce ce morceau qui avait ranimé le souvenir ? Le visage ovale avec ces dents très légèrement en avant qui, de l'autre côté de la table, face à moi, s'éclairait par intermittence au rythme des oscillations de la flamme d'une bougie. Le Maharajah Tandoori. Une séance de danse échevelée lors d'une fête, un baiser aviné au coin de King's Passage, l'ondulation de ses draps, la rugosité d'une couverture en nid d'abeille trop souvent lavée.

— Je ne savais pas que vous étiez sortis ensemble, a marmonné Tina.

— Ça n'a pas duré. Je voulais dire que… (J'ai essayé d'adopter le bon ton, compassion et tendresse, une once de mortification.) Je suis vraiment désolé qu'elle soit morte.

Tina a lentement cligné des yeux. Il est aussi possible qu'elle ait secoué la tête, mais je ne le jurerais pas.

— Oui, a-t-elle acquiescé, c'est affreux.

— Elle était malade ?

— Andrew a tendance à éviter le sujet. C'est tabou.

— Un accident ?

— Oui, j'imagine qu'on peut dire ça.

Nous étions arrivés au sentier menant à la maison, elle a changé de vitesse, a mis son clignotant, a regardé dans ses rétroviseurs. J'allais insister quand j'ai constaté qu'elle paraissait au bord des larmes.

— Pardon, ai-je soufflé.

Je n'avais pas voulu la bouleverser. J'avais d'autres moyens de découvrir la vérité.

Chapitre douze

La maison était écrasée d'un tel soleil que ses murs ondulaient dans la chaleur. Un maillot de bain noir pendait à la branche d'un olivier, pareil à une chauve-souris ; un flacon d'ambre solaire était appuyé au pied d'une chaise ; c'étaient les seuls signes de vie. Le silence régnait – le chantier s'était interrompu. La clarté était aveuglante.

Tina a mis les serviettes à sécher avant de s'asseoir à table, tandis que je nous préparais du thé (en sachet) dans la cuisine. Des mouches bourdonnaient à hauteur de tête. Les assiettes sales du petit déjeuner s'entassaient dans l'évier, traces de beurre et traînées de miettes. Quelqu'un avait laissé une poignée de monnaie roulée dans un billet de cinq euros sur le plan de travail. Le caleçon d'Andrew n'ayant qu'une piètre poche, j'ai raflé le tout et l'ai glissé dans mon paquet de cigarettes, que je portais à la James Dean, coincé dans l'épaule de mon tee-shirt. Puis je suis ressorti avec le plateau.

— Super ! s'est exclamée Tina. Tu fais le service ?

Je me suis exécuté.

— Exactement ce dont j'avais besoin, a-t-elle commenté après la première gorgée. Incroyable, à quel point une boisson chaude peut être rafraîchissante !

Ces temps-ci, je repense souvent à Tina. C'était une femme chaleureuse et intéressante ; qui soutenait son mari. Si elle avait suivi son instinct, si elle avait tenté d'échapper à sa domination, elle aurait été capable de beaucoup. Elle m'a toujours plu. Aurais-je épousé une femme comme elle, j'aurais sans doute connu un destin très différent.

Elle a dénoué le foulard qui retenait ses cheveux. Libérés, ces derniers ont jailli en un halo auburn qui a auréolé son visage. Avec un rire gêné, elle y a passé ses doigts, les a lissés derrière ses oreilles.

— Tu devrais les laisser pousser, ai-je dit.

Durant une seconde, je me suis autorisé à imaginer son corps nu au-dessus du mien, ses yeux noisette mi-clos, sa poitrine généreuse qu'elle aimait tant cacher s'épanchant librement. Elle a rougi, à croire qu'elle déchiffrait mes pensées.

— Andrew les préfère courts, a-t-elle murmuré. Ils sont plus faciles à entretenir. Et puis, à mon âge…

— Quel âge ? ai-je roucoulé, charmeur.

— Oh, Paul, inutile de jouer les séducteurs. J'ai renoncé à ces choses-là après ma ménopause.

J'ai haussé les sourcils.

— Elle a été précoce, a-t-elle concédé avec un mince sourire. Tu vois ? Je suis assez vaniteuse pour te le préciser.

J'ai souri à mon tour. Au bout de quelques instants, je l'ai interrogée sur sa peinture. Aurait-elle voulu s'y consacrer plus ? Elle a réfléchi.

— Mes talents sont limités.

— Les tableaux de ta cuisine sont magnifiques, ai-je menti.

— Plus jeune, avant les enfants, j'avais plus de temps…

Nous avons évoqué ses différents emplois, sa démission de la City pour préserver un meilleur équilibre entre sa vie professionnelle et personnelle, la pression qu'elle s'était mise pour élever les gosses, pour être une bonne mère. Elle s'inquiétait pour eux… évidemment, qu'elle s'inquiétait. Le magasin était un bon compromis, il lui avait permis de se réaliser. Elle adorait recevoir une nouvelle livraison de laine, prenait un plaisir presque sensuel à ranger les pelotes par couleur ou texture, trouvait l'exercice de la comptabilité étrangement satisfaisant, rendait grâce à l'acheteuse qui, parfois, donnait toute sa saveur à une journée morose.

L'écouter était un régal. La joie qu'elle puisait dans son métier m'émouvait. À ma grande surprise, je me rendais compte que ce qu'elle avait à dire m'intéressait, et les questions me venaient spontanément.

Faisait-elle de la publicité ? Comment s'y prenait-elle pour attirer les clients ?

— Le bouche à oreille.

— Et ça marche ?

— D'ordinaire, oui. Sinon, j'alpague les passants avec des lassos en cachemire d'Aran directement dans la rue.

Qui s'occupait de la boutique, en son absence ? Elle se contentait de coller une affichette indiquant ses dates de congé. Non, ça n'avait pas de véritable impact sur ses ventes, la laine étant un achat saisonnier.

— Les gens tricotent en hiver et jouent au tennis en été.

— J'ai l'impression que toi et moi évoluons dans des cercles différents, me suis-je esclaffé.

Elle m'a dévisagé avec ce qui, une fois encore, ressemblait à de la tendresse.

— Oui, a-t-elle acquiescé. Je pense que oui.

Comme nous avions parlé boulot, elle s'est mise à réfléchir à haute voix aux multiples tâches qui l'attendaient à son retour : les réassorts, les concepteurs de son site Internet à secouer, les formations à élaborer. Cette année, elle comptait organiser deux cours pour débutantes, un de tricot et un de crochet, ainsi qu'une initiation au jacquard pour pratiquantes expérimentées.

— D'ailleurs, a-t-elle décrété en claquant des mains d'un air décidé après avoir vidé sa tasse, je devrais profiter de ce moment de calme pour consulter mes courriels.

Sur ce, elle m'a abandonné pour se réfugier à l'intérieur. Les sacs de plage que nous avions rapportés de notre expédition étaient par terre. Je les ai fouillés jusqu'à ce que j'y déniche mon téléphone portable. Le réseau étant mauvais sur la terrasse, j'ai contourné la maison. De ce côté-là, la réception était meilleure – trois barres. M'adossant à la porte d'une dépendance, j'ai rédigé le message que j'avais mentalement préparé à l'intention d'Alex pendant le trajet en voiture.

C'était un peu gênant. Je ne l'avais vu qu'une fois depuis son retour de New York. Avec son copain, Zach, il m'avait invité à dîner. Une expérience traumatisante. Il avait préparé un risotto d'épeautre au kale étonnamment bon. Ils n'avaient cessé de me rebattre les oreilles avec le nouveau travail d'Alex au London Symphony Orchestra, ou les cours de yoga Bikram qu'organisait Zach, et avec leur projet de rénovation de salle de bains. Moi qui avais espéré que leur séjour ne serait que temporaire, j'avais compris, assis comme un invité sur le canapé où Perséphone me pétrissait les genoux, que je m'étais leurré.

Par la suite, Alex m'avait proposé de prendre un café quelque part, puis invité à un concert. Je n'avais pu me libérer pour aucune des deux occasions. À y repenser aujourd'hui, je soupçonne que, comme garder son appartement n'était plus d'actualité, j'avais perdu tout intérêt pour son amitié. Mais il restait mon unique lien avec une certaine période de mon passé. Je lui ai écrit le texto suivant : *Salut. Désolé pour mon silence – suis surbooké. J'ai une question : te souviens-tu de la sœur d'Andrew Hopkins, Florrie ? Deux ans plus jeune que nous ? Savais-tu qu'elle est morte ?*

Je l'ai envoyé. Au bout d'un moment, comme je n'avais toujours pas de réponse, histoire de m'occuper, j'ai regardé par la fenêtre crasseuse qui surmontait la porte à double battant de l'édifice près duquel j'étais. Au-delà d'un enchevêtrement de toiles d'araignée, j'ai aperçu la forme massive d'un véhicule. Hermès. J'ai réfléchi une minute avant de tourner la poignée du garage. Je m'attendais qu'elle soit grippée par la corrosion, au lieu de quoi elle a fonctionné sans résister.

Je suis entré. Le vantail, manœuvré par un ressort sournois, a claqué derrière moi. À l'intérieur flottait une odeur d'huile, de plastique chauffé à blanc et de terre en décomposition. La lumière, qui ne pénétrait que par une lucarne sale, était grise et chiche. Sur le mur du fond, des étagères supportaient de vieux sacs de ciment, des pots de peinture usagés et quelques rebuts. La camionnette, un Toyota blanc, était un tas de boue piqué de rouille. Impossible de comprendre pourquoi Alice s'embêtait avec. Garé capot contre le mur, le véhicule donnait l'impression de se cacher, d'avoir honte de lui-même. Personne ne semblait s'être assis derrière le volant depuis des lustres.

Une idée a germé dans mon esprit. Le problème était peut-être tout simple ? Une histoire d'eau ou d'huile. J'avais suffisamment vu mon père changer les filtres de son antique Morris Marina pour savoir comment m'y prendre. Dévisser, vidanger, revisser. Plonger, essuyer, replonger. J'ai caressé le fantasme de ma crédibilité de macho restaurée : Alice, ravie, se jetant à mon cou, les autres marmonnant leur respect.

Pour ça, j'allais devoir m'enfoncer plus avant. Il n'y avait guère d'espace entre la camionnette et le mur, et mes vêtements n'en sortiraient pas indemnes. J'ai marqué un temps d'arrêt, rebuté par cette perspective. À cet instant, mon téléphone a vibré : Alex. *Salut, bel étranger. Bien sûr je me rappelle Florrie. Pauvre chérie. Une de tes conquêtes, non ? Très proche de Gillian. Je pensais que tu savais. Une vraie tragédie.*

Comment ? me suis-je empressé de taper.

Cette fois, la réponse a été instantanée : *Suicide. Overdose, je crois.*

Je me suis laissé aller contre la paroi, sans souci pour ma tenue. Les grains du parpaing ont frotté contre mon cuir chevelu. Une overdose. Un suicide. J'avais envisagé des horreurs comme une leucémie ou un accident de la circulation. Or, à mes yeux, ce n'étaient pas réellement des horreurs. J'en avais intégré l'éventualité dans l'histoire de la vie de Florrie sans authentique chagrin. Le suicide, en revanche… c'était différent. Je ne pouvais pas m'empêcher d'imaginer Florrie dans cette perspective, ses réflexions, ses émotions, son état d'esprit, ses difficultés professionnelles, tout ce qui avait constitué son existence.

Merde, ai-je réagi. *Je regrette de ne pas avoir su.*

Il va de soi que j'étais parfaitement lucide sur les raisons de mon ignorance. Je n'avais plus aucune relation avec qui que ce soit susceptible de m'annoncer la triste nouvelle, à l'exception d'Alex qui, en général, était à l'étranger. Gillian avait été une de mes amies également. Alex et elle avaient partagé une colocation en deuxième année. Mais avec elle aussi, j'avais perdu le contact, comme avec tout le monde ou presque, à moins que, à l'instar d'Alex, la personne me soit d'une utilité quelconque. Je me comportais ainsi. J'étais ainsi fait. À ma décharge, le succès de mon premier roman, de la folie des enchères jusqu'à ma brève période de prétendue célébrité, rythmée par les foires aux livres, les remises de prix, les photos de presse (« Dix jeunes auteurs à surveiller »)…, tout cela m'avait encouragé dans cette voie. Pourquoi me serais-je traîné jusqu'à Peckham pour voir Gillian alors que je pouvais boire des cocktails au Bibendum avec le critique artistique du *Sunday Times* ?

Debout dans ce garage lugubre, j'ai eu un pincement au cœur. Des remords. Mon doigt a tergiversé au-dessus du bouton d'appel. Parler à Alex aurait été sympa, rien que pour le plaisir de bavarder. Apprendre comment ça se passait à l'orchestre, demander des nouvelles de Perséphone. J'ai renoncé : cet appel allait me coûter une blinde. J'ai expédié un dernier *Merci* avant de rempocher mon mobile.

Indifférent désormais à la camionnette, j'ai quitté les lieux pour regagner la terrasse. J'ai erré un moment dans la maison – chambres abandonnées, vêtements et écouteurs éparpillés un peu partout. Seuls les gamins utilisaient le salon, et des tasses avaient été oubliées par terre, ainsi qu'un verre renversé et un bout d'emballage de biscuits. La pièce donnait sur la chambre de Tina et d'Andrew. La porte étant entrebâillée, j'ai jeté un coup d'œil. Tina dormait sur le lit, blottie contre son ordinateur portable. Elle avait un bras levé, révélant le creux sombre de son aisselle, et sa robe s'était entortillée autour d'un de ses seins.

M'éloignant sans bruit, j'ai attrapé une serviette qui séchait et suis descendu à la piscine.

Artan était dans l'eau, côté profond. Il en sortait des insectes à l'aide d'une perche. La lumière se reflétait par intermittence sur ses traits, ses pommettes formaient des ombres. J'ai été très surpris en le voyant. Était-il ici depuis longtemps ? Qu'est-ce qu'il était discret ! Je l'ai salué, et il a levé la main, doigts écartés.

— Encore cinq minutes.

— Pas de souci. Inutile de vous dépêcher.

Sauf que, maintenant, je ne savais plus où me mettre. Comment m'allonger sur un transat comme un fainéant, alors qu'il bossait ? J'ai donc laissé ma serviette sur une chaise, comme si telle avait été mon intention première, et me suis enfoncé dans la zone boisée et broussailleuse qui s'étirait au-delà de la piscine : eucalyptus et pins, de jeunes arbres pour la plupart, minuscules feuilles mortes sous mes pieds. Le soleil transperçait la pénombre. J'étais à l'extrémité du jardin – de l'autre côté de ce bosquet se trouvait le champ où avaient débuté les travaux.

Un muret blanc marquait la séparation des deux propriétés. Histoire de permettre à Artan de finir son travail, j'ai décidé de faire une boucle : je traverserais le terrain, marcherais jusqu'à la première barrière, puis reviendrais par l'allée et le second portail. Au bout de deux pas seulement, j'ai trébuché. J'ai baissé les yeux et découvert la margelle d'un vieux puits, trop étroit pour qu'on y tombe, obstrué par des amas de feuilles. Je m'étais cogné l'os de la cheville, et j'ai dû la frotter avec vigueur pour que la douleur s'estompe.

La promenade a été agréable. Si l'air était encore chaud, le soleil avait cessé de brûler. Des abeilles butinaient de hautes fleurs jaunes, les cigales stridulaient. Au loin, une rangée de grands cyprès fins, symboles de mort, dessinait des plumes vert sombre sur le paysage. Les pelleteuses avaient le nez dans la terre, comme si elles paissaient. Le chien de garde n'émettait pas un son, ce qui ne m'a pas empêché de rester à la lisière du jardin d'Alice et de marcher le plus doucement possible. J'ai vaguement distingué, sous un abri en fer-blanc temporaire, une silhouette noire et brune couchée par terre, la queue sur le côté. Plus petit que ce que j'avais imaginé, étant donné ses aboiements, et d'une maigreur effrayante – on voyait ses côtes.

— Pauvre corniaud, ai-je murmuré en enjambant la barrière avec précaution.

Quand je suis retombé de l'autre côté, elle a cliqueté. Le chien a bondi et s'est rué vers moi en tirant sur sa chaîne. Il s'est mis à aboyer sans interruption. Ses jappements m'ont poursuivi jusqu'à la maison.

J'étais endormi sur une chaise longue près de la piscine quand je me suis réveillé en sursaut. L'air était lourd et grouillait d'insectes. Le soleil s'était depuis longtemps couché derrière la colline et l'eau était presque noire.

Dès que je suis arrivé sur la terrasse, j'ai pressenti un incident. Tous étaient rentrés. Andrew et Tina paraissaient mal à l'aise, debout de chaque côté de la chaise où Alice était assise, pâle, les lèvres exsangues. Son maillot de bain avait laissé des traces humides sur la robe.

— Qu'est-ce qui ne va pas ? me suis-je inquiété à l'instant où je l'ai vue. Tu es malade ?

Je me suis avancé, Andrew m'a retenu d'une main sur mon bras.

— Elle va bien, a-t-il lâché. On s'en occupe.

— Pardon ?

— Ce n'est rien, je te dis. Elle est sous le choc, c'est tout.

Il s'exprimait d'une voix lente et calme. Condescendante. J'ai d'abord cru que j'étais l'objet de cette morgue, puis me suis demandé si ce n'était pas plutôt Alice. Une sorte de tension régnait entre sa femme et lui, comme s'ils avaient peur pour elle, comme s'ils redoutaient de la briser. Chaque mot, chaque acte, était choisi avec soin. Se détournant de moi, il a mis sa paume sur l'épaule d'Alice.

— Respire à fond. Plusieurs fois. Là. C'est bien. Il faut que tu te calmes.

— Je sais, a-t-elle soufflé en tapotant la main d'Andrew, et la sienne s'est attardée dessus.

Tina se tenait dans l'encadrement de la porte de la cuisine, auréolée de lumière, enveloppée par une nuée de moustiques.

— Mon Dieu, Alice… a-t-elle soupiré. Je vais préparer du thé. Ça nous fera du bien à tous.

Quand elle a pivoté sur ses talons, Alice a très légèrement relevé la tête pour embrasser la main d'Andrew. Le geste à échappé à Tina. Pas à moi. Il ne m'a pas plu. J'ai eu envie de frapper Andrew.

— Pourriez-vous m'expliquer ce qui se passe ? ai-je marmonné au lieu de céder à ma pulsion.

Andrew a reculé d'un pas.

— Alice a vu quelqu'un. Qui ressemblait à Jasmine.

— Toi aussi ! a-t-elle aussitôt rectifié en le regardant. Cette fois, nous sommes deux à l'avoir vue.

— Oui.

Elle s'est renversée sur sa chaise en agrippant avec force le rebord de la table.

— À la supérette. Il y avait un monde fou. Et ce type qui se comportait bizarrement, hein, Andrew ?

Il a opiné.

— Il n'arrêtait pas d'arpenter les rayons, de filer puis de rentrer à nouveau. C'était curieux. J'ai laissé Andrew faire la queue, et je suis sortie vérifier ce qu'il fichait. Dehors, il y avait une voiture. Quel modèle, déjà ?

— Une Peugeot 205, bleu clair, à deux portes.

— Elle était garée devant le magasin, le moteur au ralenti, attendant le gars, qui arrivait en courant de la boutique et jetait ce qu'il y avait piqué par la vitre baissée. C'était une fille qui conduisait. Je l'ai vue. Elle… c'était elle.

Elle s'est de nouveau penchée en avant.

— Tu lui as parlé ?

— Je me suis approchée, je l'ai interpellée. J'étais calme, hein, Andrew ? J'étais calme, tu es d'accord ? J'étais calme.

Il a de nouveau hoché la tête.

— Je lui ai demandé son nom, mais elle n'a pas répondu. Elle a klaxonné, l'homme est revenu au pas de charge, m'a bousculée, et ils ont filé.

— Ils ont dû avoir peur que tu alertes la police.

— Oui, parce que je l'avais reconnue.

— Plutôt parce qu'ils étaient en train de chaparder dans le magasin.

— Non, Paul. Aucun rapport.

Elle m'a dévisagé, émue. J'étais partagé. Il était possible qu'il se soit agi de Jasmine. Ou pas. En tout cas, personne ne pouvait contester l'envie d'Alice de la retrouver. Un élan de tendresse m'a envahi, de même qu'un désir violent de déboutonner sa robe, de lui ôter son maillot humide et de la porter jusqu'au lit.

— Qu'est-ce qu'il y a ? m'a-t-elle lancé. À quoi tu penses ?

— À rien. Tu as relevé le numéro d'immatriculation ?

— Oui.

— Contacte les flics, alors.

— Je ne sais pas…

— Gavras ne prend pas toujours Alice au sérieux, est intervenu Andrew.

— Ça ne l'empêche pas d'identifier le propriétaire de la bagnole.

— Inutile. Il y a de fortes chances pour qu'elle ait été volée. Ces gens donnaient l'impression d'être des paumés. Des camés, genre. Des hippies.

— Tu ne m'as pas dit qu'une communauté vivait sur l'île ? ai-je demandé à Alice. Que tu pensais qu'ils pouvaient avoir accueilli Jasmine ?

— Si, a-t-elle admis, dubitative.

— Ça vaudrait peut-être la peine d'aller jeter un coup d'œil, non ?

— C'est assez loin d'ici.

— D'accord, mais si jamais ?

Il était évident pour moi que la femme entraperçue n'était pas Jasmine. Mais j'avais besoin de cela, d'une journée seul avec Alice. Je voulais l'éloigner d'Andrew. Ce serait une occasion de nous rapprocher. Je pourrais lui parler de Louis, pourrais l'aider à agir comme il le fallait, et faire en sorte qu'elle soit enfin à moi, bordel !

— Et si on y allait demain, tous les deux, pour enquêter ?

Elle a serré ses tempes entre ses doigts.

— S'il te plaît, Andrew, remontre-moi la photo.

— Parce que vous en avez une ? Je peux la voir ?

Andrew a tapoté sur son téléphone, qu'il m'a tendu. Je me suis assis pour scruter le cliché. De qualité médiocre, pris à travers le pare-brise. Bien que le visage soit flou, j'ai tout de suite deviné que ce n'était pas Jasmine. Pour commencer, elle était trop âgée, plutôt proche de la trentaine, le visage ovale encadré par des cheveux châtains. Elle avait un piercing noir sur une narine, un autre sous la lèvre. Ses bras étaient tendus sur le volant, révélant la faille caverneuse séparant son haut sans manches de son aisselle. J'ai zoomé sur ses traits. Il émanait d'elle la même bravade et la même vulnérabilité que chez la gamine de quatorze ans en foulard fleuri du portrait de famille. C'était sans doute cela qu'Alice avait cru reconnaître.

— Tu vois ? m'a-t-elle d'ailleurs apostrophé. Tu vois ?

— Oui, ai-je acquiescé. Ça pourrait être utile. On n'aura qu'à l'emporter demain.

J'ai fait défiler l'écran. Le cliché suivant montrait encore la fille, mais juste sa nuque ; celui d'après était un gros plan d'une aile de la voiture ; le quatrième, du véhicule qui s'éloignait. Je suis revenu en arrière : aile, nuque, visage flou. J'ai continué. Le sujet de la photo précédente n'était pas la nana de la supérette. C'était moi.

J'ai regardé de plus près. Elle datait du même jour, avait été prise sur la plage. Debout sur les galets, de grands arbres sur ma droite, la mer devant moi, où le reste de la bande remettait les kayaks à l'eau, je fixais Daisy, plus précisément le triangle rose vif de son maillot de bain, alors qu'elle s'inclinait.

Merde ! Pris en flagrant délit.

— OK, a dit Andrew soudain derrière moi. Je vais récupérer mon mobile, si ça ne te dérange pas.

Dieu soit loué, il me l'a retiré des mains avant qu'Alice ait pu voir la photo.

Le dîner s'est déroulé dans une ambiance tendue. Alice et Tina ne pipaient mot, Andrew tyrannisait tout le monde, et les mômes étaient grognons. Phoebe, furieuse de ne pas pouvoir aller en boîte, s'est disputée avec Louis à cause de ses mauvaises manières à table. Archie a émis un commentaire légèrement critique sur les spaghettis bolognaise, ce qui a plongé son père dans une rage noire inattendue. Sautant sur ses pieds, il a brutalement tiré le gamin de sa chaise.

— File dans ta chambre et restes-y ! a-t-il grondé.

— Ne t'énerve pas, s'est interposée Tina, avec prudence.

— Il faut qu'il apprenne.

— Ce n'est pas le moment.

— J'essaie de rendre service, là !

Heureux que le repas s'achève, je me suis empressé de débarrasser et de proposer de laver la vaisselle.

— Personne ne bouge ! ai-je pris soin de claironner. Je me charge de tout. C'est mon tour.

— Tu es gentil, merci, a commenté Alice. Je ne crois pas que j'aurais eu l'énergie, ce soir.

Planté devant l'évier, j'ai capté des bribes de conversation. Ils en étaient revenus au même thème.

— C'est différent, cette fois, Tina, a dit Alice, au bord des larmes.

— Je sais. Fais attention… C'est à ta santé que je pense.

Tina m'a apporté des verres sales.

— J'imagine que c'est déjà arrivé, ai-je murmuré.

— Oui. Pauvre Alice. On ne sait jamais comment réagir. Surtout que, à chaque coup, elle pourrait avoir raison…

Elle s'est emparée d'un torchon pour essuyer les assiettes. Je le lui ai arraché.

— Laisse ça. Je m'en occupe.

Quand je suis ressorti, Alice avait disparu. Les ados jouaient aux cartes sur ma méridienne attitrée. Seuls Tina et Andrew étaient encore attablés avec leurs verres de vin. Ils discutaient à mi-voix, se sont interrompus en me voyant. Au loin, le chien aboyait.

— Tout va bien ? me suis-je enquis.

— Oui. Même si le temps est à l'humidité, ce soir, non ? a répondu Andrew. Et puis, ce foutu clebs…

Il s'est levé, mâchoires serrées.

— Je n'en peux plus ! a-t-il hurlé.

— Où est Alice ? ai-je demandé à Tina.

— Au lit, je crois.

Elle était couchée sur le ventre, tout habillée, en larmes, accommodante. J'avais bien manœuvré, ce soir, finalement – faire la vaisselle, rester à l'écart des tensions. Parfois, semble-t-il, garder profil bas suffit pour parvenir à ses fins. Je l'ai retournée face à moi, ai embrassé les marques de sel sur ses joues. Elle n'a pas fait d'objection quand j'ai retiré sa robe par-dessus sa tête, que j'ai roulé son maillot sous ses seins, que j'ai plaqué ma bouche sur la ligne de son bronzage. Elle a étiré les bras, a incliné le visage sur le côté.

— Tina pense que je me trompe. Il n'est peut-être pas nécessaire d'aller à Epitara. C'est sûrement idiot.

Je me suis redressé.

— Si. Ça vaut le coup. Tu as promis à Yvonne que tu ferais tout ce qui était en ton pouvoir pour la retrouver. Imagine un instant que cette femme soit Jasmine. Ce serait extraordinaire.

Elle m'a attrapé par la tête, m'a hissé jusqu'à elle pour me fixer avec une intensité particulière.

— Andrew a proposé de m'accompagner. Pourquoi insistes-tu pour venir ?

— Si c'est bien elle, je veux être présent quand tu le découvriras.

— Pourquoi ? a-t-elle demandé avec une ombre de sourire.

— Parce que je tiens à toi sans trop comprendre pourquoi.

Longtemps, elle m'a dévisagé.

— J'aimerais que tu sois plus sûr de toi, a-t-elle fini par chuchoter.

— Personne n'est jamais sûr de rien.

J'ai plaqué ma bouche sur ses lèvres pour l'empêcher de parler plus avant. Par miracle, ça a fonctionné.

Je me suis, une fois encore, réveillé au petit matin. À cause du chien, bien sûr, de ses jappements incessants et pitoyables, intolérables aussi, qui déchiraient le silence de la nuit. Les piqûres de moustique semblaient doter ma peau d'une vie autonome. J'ai cru que j'avais entendu un bruit, Alice quittant la chambre, par exemple. Mais, quand j'ai vérifié, elle dormait à mon côté, boule de chaleur et de cheveux.

Chapitre treize

J'ai émergé avant Alice, me suis rapidement douché en m'efforçant de ne pas la déranger, ai enfilé un pantalon long et une chemise, vêtements que je jugeais appropriés à une excursion dans un village situé à l'autre bout de l'île avec pour mission de confondre des hippies chapardeurs.

Alice dormait, ses cheveux humides répandus sur l'oreiller, la bouche entrouverte.

Dehors, dans la chaleur, les ouvriers avaient repris leur tapage. Les mômes avaient commencé à bouger. Assise en sarong sur la première marche du sentier, Phoebe mâchonnait un bout de pain. À ses pieds, des fourmis récoltaient lentement les miettes. Dans la cuisine, Frank tapait comme un forcené sur un gros insecte orange avec un torchon, tandis que Louis inspectait le réfrigérateur. Il avait meilleure mine aujourd'hui, à moins qu'il soit seulement plus boutonneux, difficile à dire. Il s'est emparé d'un bocal de beurre de cacahuète, en a dévissé le couvercle. Il était sur le point d'y plonger l'index quand il m'a vu. En rougissant, il a filé chercher une cuiller. Quand on y réfléchissait, ce n'était qu'un gosse. Gauche, perturbé, en colère. C'était le fils d'Alice, pas un violeur.

Lorsque je suis ressorti sur la terrasse avec une tasse de café, Alice s'entretenait avec Andrew sur le seuil de notre chambre. Elle s'était habillée, robe dos nu, espadrilles à talons et chapeau de paille souple. Lui était en court peignoir de bain, sans chaussures.

— Non, l'ai-je entendue protester. Il est catégorique.

Son expression a changé quand elle m'a vu.

— Tiens, le voici, justement. Tu tiens vraiment à venir, hein, Paul ? Andrew se porte volontaire, et je lui expliquais que ce n'est pas nécessaire.

— Tu peux compter sur moi, ai-je répondu en posant mon café sur la table avec un geste définitif.

Andrew s'est approché en carrant les épaules et en bombant le torse. Il ne s'était pas rasé, et son menton était barbu, mais comme celui d'un vieillard, par plaques éparses.

— Ça fait beaucoup de voiture, pour elle, m'a-t-il agressé.

Alice s'était détournée afin de parler à sa fille.

— Ce n'est plus une enfant, ai-je riposté.

— Elle est fragile.

Il s'était tellement avancé que j'ai pu sentir son haleine fétide aux relents de chicorée. Dans mon dos, mes poings se sont serrés.

— Tu sais quoi ? Donne-moi les papiers, et j'appelle l'agence de location. Je suis sûr qu'ils accepteront de m'ajouter sur la liste des assurés.

Les engins de chantier ont marqué une pause bienvenue.

— Excellente idée ! a lancé Alice.

J'ai cru qu'Andrew allait vomir.

— Tout est arrangé, ai-je conclu.

On a perdu encore un peu de temps, Andrew à trouver le numéro de téléphone, moi à me rendre à l'avant de la maison pour soi-disant fournir mes numéros de permis de conduire et de carte de crédit à un employé que je n'ai évidemment pas contacté.

Ça a été un trajet de deux heures sur des routes défoncées. Nous avons traversé de rares villages où des vieux jouaient aux dés sous les arbres, puis nous avons commencé à grimper de façon continue, dans un paysage de plus en plus aride, moins cultivé, plein d'affleurements rocheux qui dominaient çà et là des échappées de verdure inattendues. Nous avons écouté la compilation – Pulp, Oasis et The Beautiful South – en chantonnant de temps à autre. J'ai baissé les vitres électriques.

— Andrew refuse toujours de les ouvrir à cause de la clim, a-t-elle dit en exposant son visage au souffle tiède, qui l'a ébouriffée. Mais j'aime bien.

J'ai opiné, en rythme avec la musique.

La voiture était imposante, la lunette arrière n'offrait qu'une visibilité réduite, et je devais me concentrer, notamment sur ces chemins de montagne aux virages en épingle à cheveux et aux déclivités vertigineuses. À un moment, comme sorti de nulle part, un camion a foncé sur nous, et j'ai freiné si brutalement qu'Alice a été projetée en avant.

— Désolé. Je tiens à rester en vie.

— Moi aussi.

Elle était plus calme, de bien meilleure humeur que les jours précédents. Pleine d'espoir, soulagée de reprendre les rênes, j'imagine. Son affection pour moi était palpable. Avais-je réussi une sorte d'examen ? J'avais songé aborder le problème de Louis mais, à présent que nous étions seuls, j'ai changé d'avis. Je tenais à ce qu'elle soit heureuse, et elle paraissait accepter à l'avance l'éventualité que notre aventure se solde par une déception.

— Tu n'es venu que pour me faire plaisir, a-t-elle déclaré. Vous êtes tous comme ça. Mais je tiens tellement à ce qu'on découvre la vérité, à ce qu'Yvonne puisse tourner définitivement la page. Sinon, elle ne s'en remettra jamais. Rien qu'à l'idée d'aller la chercher demain à l'aéroport sans avoir du neuf, de voir son regard vide… j'en suis malade.

— Raconte-moi la nuit où Jasmine a disparu. Si tu t'en sens capable, bien sûr.

— Ça a été affreux. Tout bonnement affreux. Nous étions arrivés le jour même. C'étaient Tina et Andrew qui avaient préparé le voyage. Ils s'étaient chargés de tout, m'avaient prise sous leur aile, se démenaient. Harry était mort deux mois plus tôt, je n'étais bonne à rien.

Elle a secoué la tête et a repris :

— Je rapporte tout à moi, excuse-moi. Ça n'a rien à voir avec mon histoire.

— Si, si. Continue. Ça m'intéresse.

— Le chagrin et l'angoisse se ressemblent, a-t-elle soupiré. Tu as besoin d'être entouré, et puis quand tu l'es, tu éprouves soudain le besoin irrépressible de fuir, d'être seul. Si je te dis ça, c'est parce que ça a un rapport. J'étais dans tous mes états. La soirée s'annonçait mal. Nous avions déposé nos affaires à la maison, sommes revenus chez Giorgio pour dîner. Nous avons trop bu. Enfin, pas Tina. Elle a su se tenir et ramener les enfants, encore petits alors, là-haut. Andrew et moi avons lié conversation avec un couple de Français assis à la table voisine. C'est là que tu as déboulé…

Elle s'est interrompue, m'a jeté un coup d'œil.

— Ah… oui.

— Tu étais encore plus pété que nous, tu braillais et chantais. Bref, plutôt désagréable.

— Nous vivions tous nos drames personnels, ce soir-là.

— Andrew s'est débarrassé de toi, mais j'ai craqué. Il fallait que je m'éloigne, que je m'isole. Bref, je me suis tirée avec la voiture, j'ai laissé Andrew se débrouiller. Et puis, à mi-chemin, je me suis aperçue que j'avais oublié mon gilet sur le dossier de ma chaise. Du coup, j'ai fait demi-tour. Résultat, j'ai bu un autre verre avec Andrew et les Français. Ce n'est que bien plus tard qu'Yvonne est sortie dans la rue en criant que sa fille avait disparu. Des tas de gens, Grecs et touristes confondus, se sont attroupés, mais aucun ne parlait l'anglais. C'est comme ça que je me suis retrouvée impliquée. J'ai essayé de la calmer, je lui ai juré que tout allait s'arranger. La police est arrivée, des équipes de recherche ont été mises en place...

Sa voix s'est brisée.

— Tu as fait tout ton possible, ai-je fini par la réconforter.

— Non. Puisque nous ne l'avons pas retrouvée. À croire qu'elle s'était volatilisée. Elle s'était enfuie de l'appartement après s'être disputée avec Karl – il lui avait interdit de sortir habillée comme elle l'était. À ce moment-là, Yvonne prenait une douche. Dès qu'elle a appris ce qui s'était passé, elle s'est ruée dehors afin de la ramener à la maison. Ils louaient dans une résidence, là où ils ont construit le Delfinos depuis. Avec Karl, ils ont écumé la plage, la route, le port, la boîte de nuit, les bars. Ils ont vraiment cherché *partout*. Ce sentiment atroce... Un jour, j'ai perdu Phoebe dans un grand magasin. Elle marchait à peine. Dans ces cas-là, la raison cède le pas à la panique, tu es complètement démuni.

— La police a présumé qu'elle avait fugué avec son petit ami et qu'elle rentrerait au matin, j'imagine ?

— Oui. Sauf qu'aucun gamin ne s'est présenté et que Jasmine n'est jamais réapparue.

— Peut-être qu'aujourd'hui on la retrouvera.

— Oui, a-t-elle acquiescé en regardant par la fenêtre.

Peu après, le paysage s'est adouci, nous avons réintégré la plaine. Visiblement désireuse de changer de sujet, Alice m'a demandé pourquoi je n'appréciais pas Andrew. Les yeux fixés sur la route, j'ai répondu que, à mon avis, il avait des vues sur elle. Elle a éclaté de rire.

— Je me trompe ? ai-je insisté en m'efforçant d'avoir l'air décontracté et détaché. Parce que j'ai vraiment l'impression qu'il y a quelque chose entre vous deux.

— Serais-tu jaloux ?

— Ben… oui. Je crois.

— T'es bête.

Elle m'a assené une pichenette sur l'épaule, s'est détournée de moi. J'ai tenté de cacher ma gêne, ma vulnérabilité, en disant que j'aimais beaucoup Tina.

— La perfection incarnée, oui.

Elle a voulu connaître mon opinion sur les enfants Hopkins, et j'ai assuré comme un dieu, soutenant que je trouvais les siens bien plus vivants et intéressants, affirmant qu'Archie était insipide, et que la beauté et la grâce de Phoebe faisaient de l'ombre à Daisy.

— Pourtant, elle réussit tellement mieux à l'école, m'a-t-elle provoqué.

— C'est l'intelligence émotionnelle qui compte.

— C'est vrai, a-t-elle acquiescé avec satisfaction. Daisy peut parfois se montrer un peu chipie.

— Et prétentieuse.

Du coin de l'œil, j'ai constaté qu'elle souriait. Je suis toujours surpris par l'esprit de compétition des parents, le plaisir qu'ils prennent à entendre dénigrer les gosses de leurs amis. J'ai jugé le moment opportun.

— À propos de Louis…

— Oui ?

— L'autre nuit, je vous ai vus le ramener. Il est rentré plus tard que ce que tu as raconté aux flics.

Elle s'est esclaffée.

— Pauvre Louis ! Il ne tenait plus debout. Je lui ai promis de garder le secret. Si les filles l'apprennent, sa vie sera un enfer. De toute façon, il était relativement tôt. Tu ne te souviens pas ? On t'a réveillé pourtant. Phoebe et Daisy n'étaient pas encore revenues.

— Ah bon ? Je les croyais…

Je me suis tu. Il m'était impossible de lui signifier que je n'étais pas dupe, car ça aurait été reconnaître que j'avais espionné les filles dans la piscine.

— Non, rien, ai-je marmonné.

— C'est intéressant, ce que tu viens de dire à propos de l'intelligence émotionnelle, a-t-elle repris après une très brève pause. Florrie avait toujours été plus douée que moi. C'est pourquoi elle a étudié à Cambridge, alors que je me contentais de Bristol. Mais elle n'avait aucun sens pratique. Elle se perdait tout le temps, se cognait partout. Je devais constamment lui prêter des objets ou l'aider à chercher ses affaires. Pour elle, c'était plus dur, de nouer des amitiés.

Je me suis raidi. D'autres souvenirs de Florrie m'étaient revenus. Comme le fait qu'elle m'avait écrit, un jour. Quoi ? Aucune idée. J'avais juste parcouru sa lettre avant de la balancer à la poubelle.

— La malheureuse, ai-je marmonné. Elle était hypersensible, si ma mémoire est bonne.

— Oui.

— Elle ne s'est jamais mariée ? N'a pas eu d'enfants ?

Alice m'a regardé en fronçant les sourcils.

— Non.

— Elle travaillait, au moment de sa mort ?

— Non. Elle était rentrée chez ses parents.

— C'est triste, ai-je commenté tout en songeant : *Merde, c'est tout moi, ça. Pas de femme ni de gosses, pas de boulot, je vis chez ma vieille mère.* Je suis navré. Le suicide, c'est une horreur, pour ceux qui restent.

— Oui.

De nouveau, elle a observé le paysage. En silence. Je me suis creusé la cervelle en quête de propos plus légers, mais délaisser complètement Florrie risquait d'être interprété comme de l'indifférence.

— Tu étais venue à sa fête d'anniversaire ? ai-je donc demandé après quelques instants de réflexion. C'était au Fellows' Garden de Trinity.

— Oui.

— Nous nous sommes peut-être croisés, alors ? ai-je insisté en la dévisageant.

— Et comment !

Les pneus ont dérapé sur une bande de gravillons, et je me suis empressé de reporter les yeux sur la route.

— Tu es sûre ? Je m'en souviendrais, quand même.

— S'il y a une chose que j'ai apprise à ton sujet, Paul Morris, c'est que ne te souviens que de ce dont tu as envie de te souvenir.

Son ton n'était pas dénué d'affection.

Epitara était situé sur la côte ouest, plus venteuse. La mer, ici, était différente : les vagues se brisaient au large avant de venir mourir sur la grève. Le sable était plus sombre, presque gris.

Village étendu et morcelé, il consistait en un alignement d'immeubles et de tavernes le long d'une plage broussailleuse. C'était plus un lieu de passage que de villégiature, avec des pancartes proclamant : « Rooms, Chambres, Zimmer ». L'une des extrémités de la plage, où aboutissait la rue principale, était dédiée au tourisme conventionnel, avec rangées de transats pliants et de parasols jaunes défraîchis ; le bout opposé, en revanche, accueillait un camping sauvage aux tentes dépareillées et aux poubelles dégueulant leur trop-plein. Quelques combis équipés d'auvents étaient regroupés sous un bouquet d'arbres. Il émanait de l'endroit une impression de touffeur et de saleté. De petits enfants jouaient dans l'eau, des corps nus bronzés étaient avachis çà et là, pareils à des phoques se prélassant au soleil. Des femmes vendaient des bijoux et des tresses de cheveux sur des serviettes.

Nous nous sommes garés sur un modeste parking avant de nous diriger vers un restaurant dont Alice affirmait connaître la propriétaire, une Anglaise qui habitait Pyros depuis les années 1980. Pendant qu'elle partait à sa recherche de l'autre côté de l'édifice, je me suis assis à l'ombre d'une véranda étroite qui donnait sur le bord de mer et j'ai commandé un café à un jeune serveur aux cheveux noirs gominés en arrière et à la moustache bien taillée. Le vent soufflait fort, et la nappe en plastique n'arrêtait pas d'échapper aux pinces métalliques censées la maintenir en place.

Alice est réapparue par la porte, flanquée d'une quinquagénaire blonde.

— Paul ? Je te présente Niki Stenhouse. Elle vivait à Agios Stefanos, avant. Elle était la représentante sur place de CV Travel, quand nous nous sommes rencontrées. Ensuite, elle a épousé Theo, et ils ont déménagé ici pour lancer leur affaire.

Me levant, j'ai échangé une poignée de main avec la femme, tout en la jaugeant : c'était un mélange de bobo et de hippie, coupe au carré sage et robe chemisier d'une part, longs pendants d'oreilles, bracelets qui tintinnabulaient et collier de coquillages de l'autre. L'excès de soleil avait fripé sa peau, mais la nonchalance de ses mouvements et de sa posture, jambes légèrement écartées, suggérait qu'elle devait être plutôt douée au pieu.

— Je vous félicite d'être venu jusqu'ici, m'a-t-elle salué avec un accent plus neutre que ce à quoi je m'étais attendu. Je devine à quel point Alice doit vous en être reconnaissante.

Elle ne lâchait pas ma main et me scrutait avec intensité.

— Niki pense savoir qui est la fille que j'ai vue, a enchaîné Alice. C'est une nouvelle, apparemment. Elle ne serait arrivée que cet été.

Me libérant, la blonde l'a regardée.

— J'avoue que je la prenais pour une Allemande.

— Comment ça ?

— Elle s'est mise à la colle avec Gunter, qui habite ici depuis une paye. La voiture ne lui appartient pas. Quelqu'un l'a abandonnée l'an dernier, et l'un des résidents à plein temps l'a réparée. Ils se la partagent, je crois.

— Bois ton café, m'a ordonné Alice, qui ne s'était pas assise. Ils logent dans la dernière camionnette. Allons jeter un coup d'œil.

J'ai obtempéré et me suis vivement levé en me déhanchant et en claquant des doigts pour montrer que sa proposition m'enthousiasmait. C'était un peu trop frivole, déplacé. Parfois, je me laissais emporter.

Les senteurs d'herbe et de paraffine, d'huile de cuisine et de feu de bois sont devenues plus puissantes au fur et à mesure que nous nous rapprochions du camp. Une femme aux dreadlocks blanches et à l'accent de Manchester a quitté la plage pour demander à Alice si elle voulait un massage des pieds.

— Non, merci, a-t-elle décliné.

Elle regardait droit devant elle, tendue, mal à l'aise. Le véhicule que nous visions était moins rétro que les autres, il s'apparentait plus à un camping-car. Blanc et carré, il avait un auvent sous lequel trois chaises en plastique entouraient une table. Des boules d'essuie-tout froissé étaient éparpillées autour d'un gril, par terre. Deux chats maigrelets étaient allongés près des roues. À l'abri du vent, une lourde odeur de dope et de végétation en décomposition flottait dans l'air. Bien que la porte soit ouverte, Alice a frappé.

— Bonjour ! Il y a quelqu'un ?

Le camping-car a légèrement oscillé, nous avons entendu des piétinements, et une femme est apparue. Elle portait un long tee-shirt sans manches d'un marron fané en guise de robe, sans soutien-gorge. Ses jambes et ses aisselles n'étaient pas épilées. Ses cheveux tirés en arrière et nattés exposaient ses deux piercings noirs, l'un sur une narine, l'autre sous la bouche. Il s'agissait probablement de la personne qu'Andrew avait photographiée, mais je n'en aurais pas juré. Elle nous a salués.

— Bonjour.

Alice l'a contemplée en déglutissant.

— Jasmine ?

L'autre a reculé d'un pas. Son visage s'est renfrogné, sa bouche affaissée.

— Qu'est-ce que vous voulez ?

— Je suis là pour vous aider, a plaidé Alice en tendant les bras. Savez-vous qui vous êtes ? Comment vous vous appelez ?

— Je n'ai pas besoin de votre aide, a rigolé la femme. Quant à mon nom, ce ne sont pas vos oignons.

Son accent n'était pas anglais. J'ai distingué de fines ridules sur son front et autour de ses lèvres. Je ne m'étais pas trompé. Elle avait plus de vingt-quatre ans, avait peut-être même dépassé la trentaine.

— Je vous ai vue à la supérette, hier. De l'autre côté de l'île. À Stefanos.

Aussitôt, notre interlocutrice a repoussé la porte pour la fermer. Alice a eu un petit gémissement contrit, et j'ai saisi cette occasion de montrer mon courage, de prouver que je m'impliquais. M'avançant vivement, j'ai atteint le battant au moment où la femme nous le claquait à la figure, et j'y ai abattu ma paume. Il s'est violemment rouvert, et un cri a retenti.

L'inconnue était tombée et se tenait le front. Du sang coulait de son nez.

— Mon Dieu ! s'est exclamée Alice. Elle va bien ?

Je me suis penché pour tenter de toucher la blessée, de la rassurer, mais elle s'est écartée avec une expression à la fois révulsée et apeurée. Elle nous a insultés, en anglais et en allemand ou en néerlandais, tout en me bourrant de coups de pied. Un homme est alors accouru de la plage. Grand, élancé, torse nu ; son short laissait voir des genoux légèrement cagneux. Il a accéléré en arrivant à notre portée.

— Greta !

Il s'est mis à me marteler de ses poings.

— Qu'est-ce que vous foutez, merde ?

J'ai tenté de me protéger, de le repousser.

— Désolée ! piaillait Alice. Désolée ! C'est un accident. Il n'avait pas l'intention de lui faire du mal. C'est la porte. Nous voulions juste poser quelques questions.

— Je ne l'ai pas fait exprès, ai-je renchéri.

Greta s'est relevée, a tiré sur son tee-shirt, a attrapé un torchon et l'a plaqué sur son nez.

— Vous êtes malade ? a-t-elle aboyé.

— Non, ai-je répondu en levant les mains dans un geste d'apaisement. Nous cherchons une Anglaise appelée Jasmine. Nous pensions qu'il pouvait s'agir de vous. Nous voulions discuter. Pardon. Pardon.

M'écartant, l'homme est monté dans le véhicule. Passant un bras autour des épaules de sa compagne, il a soulevé le torchon pour inspecter les dégâts.

— J'appelle la police. Espèce de sauvage !

— Vous ne ferez rien de tel, a répliqué Alice. Parce que vous êtes des voleurs.

— Il n'y a pas de Jasmine, ici. Partez.

Alice s'éloignait déjà, mais il me restait une chance de l'impressionner. Me rappelant un détail que j'avais lu sur l'affiche d'Elconda, je suis remonté sur le marchepied du camping-car.

— Puis-je voir votre épaule ? Avez-vous une cicatrice à ce niveau-là ? Jasmine en avait une.

La femme s'est contentée de me toiser. Sans réfléchir, j'ai avancé la main vers son encolure. Aussitôt, deux bras solides se sont noués autour de ma poitrine, et l'homme en short m'a jeté sur le côté. En voulant amortir ma chute, je me suis éraflé la paume.

— Cinglé ! a craché Greta en refermant violemment la porte.

Un véhicule de police était garé devant la maison quand nous sommes arrivés. Pendant le trajet, Alice s'était endormie, la tête contre la vitre, une main sur ma cuisse. Je m'étais efforcé de ne pas la secouer, de ralentir dans les virages, d'éviter les nids-de-poule. Elle s'était réveillée quand nous avions bifurqué dans le sentier cahoteux. J'étais sur le point de rentabiliser l'intimité que j'avais sentie s'installer entre nous en suggérant de sortir dîner en tête à tête. Malheureusement, elle est descendue de voiture sans m'en laisser le loisir.

Je l'ai suivie jusqu'à la terrasse, où Gavras était installé à la table, entre Andrew et Tina. Les deux filles étaient également présentes, en maillot. Pieds ramenés sur l'assise de leur siège, elles tripotaient leurs orteils. Aucun signe des garçons, si ce n'est les bruits étouffés de bagarre et d'explosions typiques de la Xbox qui nous parvenaient de l'intérieur de la maison.

— Ne vous levez pas, a lancé Alice au lieutenant.

Il l'a quand même fait, s'est incliné. Ce jour-là, il portait une chemise gris foncé dont il avait roulé les manches jusqu'aux coudes.

— Madame Mackenzie. J'apprends que vous êtes partie pour une longue balade, aujourd'hui.

— Oui. Nous sommes allés rendre visite à une vieille amie, à Epitara… Je… Nous…

Elle a bafouillé, embarrassée de s'être embarquée dans une énième quête vouée à l'échec, de s'être une fois encore fourvoyée. Je me suis interposé, rassurant, protecteur.

— Alice a eu la gentillesse de me montrer un autre coin de l'île, ai-je dit en tendant la main. Paul. Paul Morris. Nous n'avons pas été présentés, me semble-t-il.

Il m'a serré la main, un sourcil arqué.

— J'ai pourtant l'impression de vous avoir déjà vu.

— Oui, à l'hôtel, hier.

— Ah, en effet. Ce qui nous ramène à ma présence ici, d'ailleurs. Vous avez eu l'obligeance de me signaler que des membres de votre groupe étaient au night-club la nuit du viol, madame Mackenzie, et je poursuis mon enquête. J'étais en train de demander à Phoebe et à Daisy si elles se souvenaient de quelque chose.

Alice a promené des doigts nerveux dans ses cheveux.

— Oui, oui, bien sûr. Vous avez obtenu des éléments intéressants ?

— Pas vraiment, non, a répondu Andrew, qui triturait son BlackBerry.

Phoebe a bâillé.

— On est parties trop tôt. Mais on est sûres que ce n'est pas Sam.

— Louis lui a parlé, a renchéri Daisy. Vous devriez lui poser la question.

Gavras a eu un geste impatient.

— Le garçon que vous mentionnez a été libéré. Il a un alibi. Sa sœur. C'est elle qui l'a raccompagné chez eux. Ce n'était qu'un malentendu. Quant à ce Louis… ?

— Le frère de Phoebe.

— Oh ! a sursauté le lieutenant. Il était là-bas lui aussi ?

Alice a jeté un coup d'œil à la maison, où le fracas des armes retentissait toujours. Andrew a réagi le premier.

— Il a quitté les lieux avant les filles. Je n'ai aucune objection à l'arracher à son jeu vidéo pour que vous vous entreteniez avec lui, mais ça me semble inutile. Nous ne l'avons autorisé à sortir que pour prendre un verre en début de soirée et l'avons ramené ici bien avant minuit.

Il a ri, a baissé la voix pour enchaîner :

— Il n'a que seize ans. Il ne s'est pas beaucoup amusé. Il a passé l'essentiel de son temps seul dans un coin à jouer à Candy Crush sur son téléphone.

Mes yeux ont fait la navette entre Alice et lui. Cette dernière s'était légèrement empourprée. Que son comparse s'enferre dans le mensonge la satisfaisait-il ? Cela avait-il de l'importance, au demeurant ? Louis ayant été ivre, il n'était pas un témoin très fiable. Ni même un suspect plausible, d'ailleurs. Il n'empêche. Il aurait mieux valu révéler la vérité.

— Je vois, a marmonné Gavras. Dans ce cas, ne détournons pas ce gamin de sa machine à tuer.

Tout le monde a ri, sauf moi.

— Comment va-t-elle ? ai-je demandé.

— Qui ? a répliqué le flic, perdu.

— Laura. La fille agressée. Elle va bien ?

Il a plissé les paupières, soupçonneux.

— Vous connaissez Laura Cratchet ? C'est une de vos amies ?

— Non. Quelqu'un a prononcé son prénom devant moi par hasard, rien de plus.

— Vous êtes très aimable de vous inquiéter de son sort, monsieur Morris.

— Notre invité est toujours attentif aux détails, concernant les jeunes demoiselles, a lâché Andrew avec un sourire.

Gavras a salué cette déclaration d'un signe de tête.

— Elle reçoit tout le soutien et toute l'assistance possibles, a-t-il dit. Monsieur Morris, étiez-vous au club, la nuit où elle a été attaquée ?

— Non, me suis-je esclaffé. Je suis bien trop vieux.

— Je vois, a-t-il répété.

— Qu'entendez-vous par « assistance » ? s'est enquise Alice. A-t-elle vu son agresseur ?

— Non.

— Était-ce un acte ce prémédité ou impulsif ? a demandé Andrew.

— Pas de commentaires.

— La victime a-t-elle une idée de l'âge de son agresseur ? ai-je ajouté.

Ça m'a valu un regard perçant du policier.

— Assez de questions, a-t-il décrété en roulant des épaules pour détendre ses muscles. Soyez tranquilles. Le violeur ne nous échappera pas.

Après ça, ce n'était même plus la peine de penser à un dîner *à deux**. Tina a encore préparé des pâtes, avec du thon en boîte, cette fois, pour un résultat largement pire que tout ce que j'avais pu manger durant mes études. La recette supposait qu'on ajoute des olives, mais Alice n'avait pas acheté les bonnes. Celles-ci étaient crues, non marinées, dures comme du bois.

— Ce n'est pas grave, a-t-elle décrété en refermant le bocal. On leur trouvera un autre usage.

Nous nous sommes tous attablés sur la terrasse. L'atmosphère était lourde. J'aurais parié qu'Andrew et Tina s'étaient chamaillés, et Alice redoutait l'arrivée imminente d'Yvonne et de Karl. Louis me troublait, créature maladroite entre l'homme et l'enfant, au corps trop grand pour son esprit en pleine mutation, le visage ravagé par les bouleversements de l'adolescence. Il engouffrait d'énormes fourchetées de nourriture, comme s'il cherchait à prouver que les bonnes manières ne le concernaient pas, qu'il était un mec, un vrai. Pourtant, quand Daisy l'a prié de lui verser un verre d'eau, il s'est exécuté avec gaucherie, a éclaboussé la table et rougi, aussi timide qu'un petit garçon.

La touffeur humide ne cédant pas un pouce de terrain, on a évoqué l'éventualité d'un « bain de minuit ». Alice a tenu à laver la vaisselle.

— Descends, m'a-t-elle dit en caressant mon épaule, tu en as assez fait pour aujourd'hui.

Andrew s'est porté volontaire pour la corvée d'essuyage, et nous sommes allés à la piscine sans eux. J'ai allumé les projecteurs du bassin. Tina était ronchonne.

— Désolée qu'Epitara se soit révélé décevant. Même si c'était couru d'avance.

— Oui, dommage. Enfin, ça valait la peine de tenter le coup.

— Vous nous avez manqué tous les deux. Bon. À Andrew, en tout cas.

Elle a expédié une feuille d'arbre vers la piscine. Daisy y nageait tranquillement, les cheveux épais, son corps nubile scintillant dans la lumière blanche de l'éclairage. Pour une fois, ce spectacle m'a laissé froid.

— Que fichent Andrew et Alice ? ai-je demandé.

— Ils ne vont pas tarder, j'en suis sûre.

Je n'en pouvais plus d'attendre, cependant. Prétextant avoir oublié mes cigarettes, je suis remonté vers la maison. Se croyant sans doute à l'abri, hors de vue, ils s'étaient installés sur ma méridienne. Andrew avait passé un bras autour des épaules d'Alice, ses doigts crochetaient son bras, son menton était posé sur sa tête. La seule pensée de sa barbe de deux jours frottant les cheveux soyeux d'Alice m'a hérissé.

Ils ne se sont pas aperçus de ma présence. Alice baissait les yeux, et lui avait fermé les siens. Ils discutaient tout doucement ; leurs lèvres bougeaient. Ils ne m'avaient pas entendu approcher – pour être honnête, je m'étais efforcé d'être discret. J'avais surpris un moment volé ; non pas une intimité entre deux amis, mais quelque chose de plus ténébreux, de plus dangereux.

J'ai serré les dents et les poings.

Ainsi, j'étais « bête » d'être jaloux ?

J'avais l'impression d'avoir reçu un coup de pied dans les parties. J'étais désarçonné. J'aurais voulu hurler, me battre. Pour finir, j'ai rebroussé chemin sans un bruit.

Chapitre quatorze

J'ai à peine fermé l'œil, entre le chien, la chaleur et le douloureux désir que j'avais d'Alice. Si je n'avais pas été aussi loin de mon environnement, si j'avais été à Londres où j'aurais pu parler à Michael, j'aurais peut-être été capable de relativiser. Sauf que j'étais ici, ballotté entre une jalousie féroce et une humilité pathétique. J'oscillais entre mon envie de sentir la peau d'Alice contre la mienne, de tendre les mains par-dessus le drap froissé étouffant, de caresser son torse, et un fantasme où je me levais, chopais Andrew et lui bottais le cul à travers toute la maison.

Avec le jour, ma raison est revenue : mon imagination avait dû me jouer un tour. Quand je suis sorti de la douche, Alice était encore au lit. Elle m'a attiré à elle.

— Merci, pour hier, a-t-elle murmuré.

Elle a glissé ses doigts sous le bord humide de ma serviette. J'ai scruté son visage.

— De rien. Ça m'a fait plaisir.

Elle a embrassé mon nez, ma bouche, sa langue a cherché la mienne.

— Reviens te coucher, a-t-elle soufflé en plaquant ses paumes sur mes fesses nues.

La veille au soir, je lui avais tourné le dos pour lire – faire semblant, en tout cas ; voici que je succombais. Bien sûr, que je succombais. J'ai écarté ses cuisses avec un peu plus de brutalité que nécessaire, mordu ses lèvres, immobilisé ses bras au-dessus de sa tête. J'essayais de la posséder, de dominer – mes émotions, pour le moins. Elle a gémi de désir, même si elle n'a pas joui. Avais-je mal interprété la situation de la veille ? Si elle avait été amoureuse d'Andrew, aurait-elle pris cette initiative, aurait-elle eu du plaisir ?

Nous sommes arrivés en retard au petit déjeuner. Le chantier était reparti de plus belle. Dans son peignoir rose, à l'écart d'Andrew, Tina peignait la vue, ses peintures et un bol d'eau à ses pieds. Déjà habillé, Andrew s'était juché sur la table.

— Tu es à la bourre, a-t-il lancé d'une voix irritée à Alice.

Yvonne et Karl étaient attendus à midi. La veille au dîner, il avait été question de l'heure à laquelle Alice et lui devraient partir les récupérer.

— On a le temps, a-t-elle tempéré. Il faut qu'ils franchissent la sécurité. D'ailleurs, je suis prête.

Elle a rompu un morceau de pain, l'a humé en fermant les paupières. Je me suis assis et versé du café.

— Maintenant que je suis assuré, ai-je dit, je peux conduire.

Reposant la cafetière, je les ai observés tous les deux avec attention. Alice m'a semblé réfléchir à ma proposition.

— Ma foi, pourquoi pas ? a-t-elle répondu. Qu'en penses-tu, Andrew ?

— L'aéroport n'est pas facile à trouver.

À l'autre bout de la terrasse, Tina a baissé son carnet à dessin.

— Je fais confiance à Paul pour se débrouiller, a-t-elle déclaré.

— Non, ce n'est vraiment pas simple, a repris Alice.

Se penchant par-dessus mon épaule, elle a tartiné son pain de beurre.

— On s'en tient à ce qu'on avait prévu, a-t-elle conclu, la bouche pleine.

J'ai attendu que les bruits de la voiture qui s'éloignait se soient tus, qu'elle ait tourné dans le chemin, puis j'ai rejoint Tina dans la cuisine. Ayant renoncé à son tableau, elle s'était habillée – un autre sac en lin d'un vert délavé légèrement plus court derrière que devant, qui révélait le creux blanc bleuté de ses genoux. Elle avait les yeux rougis, réseau de petits vaisseaux éclatés. Avait-elle pleuré ?

— Tout va bien ?

— Ouais.

J'ai inspiré à fond. Fallait-il que je l'interroge sur ce qu'elle pensait de la relation entre Andrew et Alice ? Oserais-je formuler la question à voix haute ?

— J'ai l'intention d'aller pique-niquer à Stefanos, a-t-elle enchaîné. On marchera, ça nous fera le plus grand bien. Et ça nous épargnera le vacarme.

Passant devant moi, elle est sortie ramasser les serviettes éparpillées sur les sièges de la terrasse afin de les fourrer dans un grand sac de toile.

— On achètera des friands au village et on les mangera sur la plage. Plongée, baignade... Je prendrai ma peinture. Les enfants ? On y va ! Pressez-vous ! Ça te dit ? On pourra même écrire des cartes.

Je l'ai arrêtée sur le seuil en lui barrant le passage de mon bras. Elle était agitée. Savoir que j'étais de son côté la rassérénerait.

— Tu as envie que je vienne ? ai-je demandé d'un ton lourd de sens.

— Tu n'es pas forcé, tu sais.

— Je sais. Veux-tu que je vienne ?

Merde. Quand j'y repense, je l'admets, je donnais sûrement l'impression d'être en manque d'affection. Ce n'était pas le cas, pourtant. J'essayais juste d'être gentil. Elle a contemplé ma main, puis mon visage.

— Tu n'es pas forcé, a-t-elle répété d'une voix égale.

Quelque chose dans son expression m'a agacé. J'ai retiré mon bras.

— Dans ce cas, ai-je rétorqué, je reste ici.

Je suis allé fumer sur la terrasse, observant les autres se démener, aller et venir, chercher, trouver puis reperdre leurs affaires (maillots, ballons, nattes), rassembler les accessoires inutiles de leurs vaines existences. Je me suis apitoyé sur mon sort : personne ne voulait de moi ; personne n'avait besoin de moi.

— Tu ne viens pas ? m'a apostrophé Frank au moment de partir.

— Non.

— Tu ne vas pas t'ennuyer ?

— Je trouverai de quoi m'occuper.

— Comme réparer Hermès ?

Phoebe a éclaté de rire.

Une fois certain qu'ils étaient définitivement partis, je suis retourné dans la maison. La chambre d'Andrew et de Tina avait deux entrées : la porte-fenêtre de la terrasse – fermée – et l'accès au salon qui, lui, était ouvert. Je m'y suis introduit sans hésiter et j'ai inspecté les lieux. Il y régnait un ordre scrupuleux allié à un foutoir sans nom, comme si un sergent-major avait partagé sa carrée avec une souillon. Si la commode disparaissait sous les produits de beauté et les bijoux en tas, le lit était parfaitement fait. Le côté qu'occupait Andrew était vide, mais un roman d'amour à succès était posé à plat, certaines pages cornées, à la place de Tina. Un verre d'eau à moitié plein trônait sur le petit tabouret en bois qui flanquait le lit, ainsi que des cachets sous blister. En les examinant de plus près, j'ai constaté qu'il s'agissait de somnifères. Ça expliquait pourquoi elle dormait aussi profondément. J'en ai raflé quelques-uns. On ne sait jamais, une bonne nuit de sommeil est toujours utile.

Dans l'armoire, j'ai inspecté les vêtements d'Andrew. Je lui ai fait les poches, sans rien découvrir. Sur l'étagère du bas, j'ai trouvé, sous une serviette, une trousse de toilette en cuir. Je l'ai vidée par terre : un tube de crème à raser Kiehl, un flacon du parfum Noir signé Tom Ford et un pot de vitamines Macho-man MAX, pour « contribuer à votre santé et à votre vitalité, et améliorer vos performances mentales ». J'étais sur le point de tout ranger quand je me suis rendu compte que la trousse avait un compartiment interne. J'en ai sorti trois paquets dorés. Des capotes. Je les ai soupesées, mal à l'aise. Pourquoi en avait-il besoin ? Tina avait mentionné une ménopause précoce. Il ne les mettait sûrement pas pour coucher avec sa femme.

J'ai tout remis en place, repositionné la trousse sous la serviette, mais j'ai fourré les préservatifs dans mon portefeuille. Andrew croirait peut-être que c'était Tina qui les avait dénichés. J'espérais bien me débrouiller pour qu'il comprenne que c'était moi.

De retour dehors, j'ai tendu l'oreille en retenant mon souffle. Par-dessus le bruit des engins, j'entendais des voix, un rire féminin. Ça venait de la piscine. En douce, je suis descendu me poster sous le figuier. Deux personnes s'enlaçaient dans l'eau.

L'une était Daisy, l'autre un blond aux épaules larges. Il s'est retourné et m'a vu. Merde ! Artan. J'ai agité la main. Daisy s'est dépêchée de sortir du bassin et s'est emparée d'une serviette.

— Je te croyais avec les autres, m'a-t-elle apostrophé.

— Et réciproquement.

— Ne leur dis rien. Ça n'est pas ce que tu penses. On est juste amis.

Artan s'était hissé hors de l'eau et, dos tourné, remettait son pantalon.

— Il est un peu vieux pour toi, ai-je commenté.

Elle m'a gratifié d'un sourire ironique.

— Tu as vraiment envie de te lancer dans cette voie-là ?

Je l'ai dévisagée, soupesant mes options. Étais-je censé être scandalisé ? La ramener à la maison par la peau du cou ? *Attends un peu que j'en parle à ta mère, jeune fille.* Est-ce ainsi qu'un être plus moral que moi aurait réagi ? Franchement, je m'en souciais comme d'une guigne. J'avais trop de soucis par ailleurs pour m'inquiéter de ce que cette gamine fabriquait. Elle était adulte. Presque.

— OK, ai-je opiné. Ça marche. Je serai là-haut si tu as besoin de moi.

— Et tu comptes faire quoi ? a-t-elle demandé, suspicieuse.

— Réparer la camionnette, ai-je rétorqué en haussant les épaules.

Cette fois, j'ai coincé la porte du garage avec un grand bidon en plastique entreposé près du mur. Bien que l'étiquette soit rédigée en grec, elle s'accompagnait d'une tête de mort, pictogramme international avertissant de la toxicité du produit. Le couvercle était hermétique mais, pour plus de sécurité, j'ai frotté ma main sur mon short après l'avoir déplacé. Un rayon de lumière a envahi les lieux, et j'ai repéré une grande et large trace incurvée sur le mur, comme si on avait essuyé avec une serviette la poussière qui le recouvrait deux jours auparavant ; ou comme si quelqu'un s'était faufilé par là.

Les étagères du fond ne contenant que des machins hors d'usage, je ne comprenais pas ce qui pouvait avoir attiré quelqu'un ici. Puis je me suis souvenu d'avoir vu Artan sortir de l'abri en refermant la porte derrière lui. Il y stockait peut-être ses outils, bien que je n'en aperçoive aucun. Ou alors, il s'y changeait. À moins que ce soit ici qu'il baise Daisy. La baisait-il seulement ? Aucune importance.

L'espace entre l'avant du Toyota et les rayonnages était tout juste suffisant pour que je m'y glisse. Après avoir tâtonné, j'ai déniché le crochet maintenant le capot, puis soulevé sans difficulté ce dernier avant de l'appuyer sur sa tige métallique. Rien de bien compliqué jusque-là. En revanche, j'ai eu un mouvement de recul en découvrant le moteur. C'était comme si j'avais regardé des entrailles, des intestins entortillés et sales. J'étais en plein brouillard. Je n'ai même pas réussi à localiser le réservoir à eau, encore moins la jauge d'huile. Une vieille clé à molette traînait sur ce qui avait été, peut-être, la courroie d'entraînement du ventilateur du circuit de refroidissement. Je l'ai prise et soupesée. Elle était lourde, rouillée, et sa mâchoire évoquait un bec de perroquet. Ensuite, j'ai gagné la portière conducteur. J'ai réussi à l'entrouvrir, pas entièrement à cause du mur, mais assez pour que je me contorsionne jusqu'au volant.

Je suis resté assis quelques minutes dans la pénombre, avec le capot béant. Je me suis imaginé en mécanicien, ou ne serait-ce qu'en bouseux banal du Midwest américain qui s'y connaissait, en homme qu'Alice respecterait. Allumant une cigarette, j'ai baissé la vitre afin d'y appuyer mon coude. Je me suis adossé. Le siège consistait en un banc plat équipé d'un coussin matelassé en plastique – pas très confortable. Mais l'habitacle était propre, mis à part quelques brindilles, des graviers et un vieux chiffon froissé sur le plancher. J'ai eu un sourire amer : si Alice me quittait pour Andrew, je pourrais toujours m'installer ici.

Ma clope finie, je l'ai écrasée sous ma semelle. Comme l'avait dit Alice, la clé était sur le contact. Elle était étonnamment petite pour un engin aussi puissant. Pas électronique, en tout cas. Démarrer une voiture dans un espace confiné ne semblait guère avisé. Les fumées d'échappement, toutes ces bouteilles contenant des liquides dangereux. Néanmoins, je me suis penché pour tourner la clé. Elle était coincée. J'ai tenté de la retirer, en vain. Mes doigts moites glissaient et m'empêchaient d'assurer ma prise. Je les ai essuyés sur mon tee-shirt avant de réessayer. Toujours rien. La tige ne pouvait pas avoir entièrement rouillé, il me fallait juste de quoi m'aider à la manœuvrer. Mes yeux sont tombés sur le chiffon en coton délavé. Ça irait. Je l'ai ramassé et enroulé autour de mes doigts. Cette fois, ça l'a fait. La clé a cédé. Le moteur a toussé, puis s'est tu. Deuxième essai, même résultat. Allez, dernière tentative – j'avais déjà mal à la main : le métal s'était imprimé dans le gras de mon index, malgré le bout de tissu. Un bruit de ferraille puis un vrombissement guttural, et le monstre s'est mis à vibrer, tandis que le capot tressaillait sur sa tige. Me redressant, j'en suis resté comme deux ronds de flan. J'avais réparé ce truc. Tout simplement, peut-être, parce que j'avais retiré la clé à molette du moteur.

J'ai coupé le contact, le silence est revenu.

J'avais l'impression d'avoir réalisé un exploit. J'avais soudain une bien meilleure opinion de moi-même. Qu'est-ce qu'Alice trouvait à Andrew qui me manquait ? Certes, il était un soutien moral et affectif. Mais avaient-ils une liaison ? Les capotes dataient-elles ? Les avait-il confisquées à son fils ? J'ai allumé une nouvelle cigarette, ai longuement tiré dessus. S'ils couchaient réellement ensemble, Andrew représentait-il un concurrent sérieux ? Je n'avais plus qu'à prouver ma valeur. Trouver comment me débarrasser de lui.

Je me souviens très bien de ces réflexions. En revanche, je ne sais plus ce que j'ai fait de la clé à molette. J'ignore si je l'ai laissée tomber sur le sol du garage, sauf qu'elle pesait son poids et qu'elle aurait sûrement provoqué un sacré boucan, or je ne me rappelle pas avoir entendu un bruit. Ni si je l'ai emportée avec moi à l'intérieur du véhicule, où je l'aurais laissée.

Chapitre quinze

Alice et Andrew sont revenus vers 17 heures, bien après le reste de la bande. Allongé sur le lit, je faisais mine de lire quand elle entrée d'un pas vif dans la chambre, comme si de rien n'était. L'avion avait eu du retard, la voiture avait été coincée derrière un troupeau de chèvres – « on a dû couper le contact en attendant que le berger les chasse dans un champ » –, et ils s'étaient arrêtés prendre un verre avant de déposer Yvonne et Karl à l'hôtel.

— Enfin, ils sont là ! a-t-elle dit en retirant ses chaussures et en se laissant tomber sur le matelas.

— Ils vont bien ? Revenir ici ne doit pas être évident.

Je cherchais à ranimer la complicité qui nous avait unis la veille, mais elle était d'une humeur très différente. Ses gestes étaient excessifs. Quand, la bouche humide, elle s'est penchée pour m'embrasser, son haleine sentait l'ouzo.

— Oui, très bien. Tous les deux. Vu les circonstances. Je ne suis pas certaine qu'ils réalisent vraiment.

Son élocution était un peu laborieuse.

— Et toi, a-t-elle ajouté, qu'est-ce que tu as fait ?

Je me suis hissé sur un coude.

— J'ai eu une journée très intéressante, ma foi.

Je m'apprêtais à moucharder Daisy et Artan, à fanfaronner sur la camionnette réparée, comptant sur ces deux informations pour nous rapprocher, chacune à sa manière. Sauf qu'elle s'était déjà relevée et se déshabillait.

— Tu me raconteras plus tard, a-t-elle décrété, toute nue. Nous retrouvons Yvonne et Karl chez Nico dans une demi-heure, et je meurs d'envie de me doucher.

Le restaurant était plus modeste et joli que celui de Giorgio, avec ses nappes en vichy et sa vigne qui cascadait sur la terrasse. À notre arrivée, Yvonne et Karl étaient assis à une longue table au bord de l'eau. Alice s'est faufilée entre les chaises en me remorquant par la main et m'a poussé en avant quand Yvonne s'est levée.

— Chère Yvonne, je vous présente mon ami Paul, dont je vous ai parlé dans la voiture. Il est avec nous pour la semaine.

La mère de Jasmine m'a tendu la main, et je suis resté un instant à la fixer comme un imbécile. Petite et mince, elle avait un visage étroit et de longs cheveux. L'épiderme sous ses yeux semblait aussi rêche que du papier de verre. Elle portait une robe fleurie à mancherons qui avait appartenu à Alice (je l'avais vue sur une photo) et qui bâillait au niveau de l'encolure. Elle m'a souri, dévoilant des dents tachées. Je me suis penché pour l'étreindre, et le crucifix qui pendait à son cou a très légèrement griffé ma peau. Son rouge à lèvres poisseux a effleuré ma joue.

— En fait, je suis ici pour quinze jours, à moins qu'Alice ait oublié, ai-je plaisanté.

La sourire d'Yvonne s'est élargi, tandis qu'Alice riait.

— Pardon. Quinze jours. Et voici Karl.

Plus petit que sa compagne, c'était un mauvais garçon sur le retour, ombre de barbe grise, joues creuses et un lézard tarabiscoté tatoué derrière une de ses oreilles. Quand il m'a serré la main, la chevalière en or de son index a failli m'écorcher le pouce.

— Enchanté, a-t-il marmonné.

Autour de nous, les autres s'agitaient et saluaient les nouveaux venus – Tina embrassait Yvonne, Louis renversait une chaise, Daisy s'asseyait le plus loin possible de moi. J'ai tiré le siège vide à côté de Karl. Le garçon a apporté les menus. Andrew a commandé du vin.

— À moins que vous préfériez une bière, Karl ? a-t-il lancé.

— Ouais, j'aimerais mieux.

— Et une bière pour mon très cher ami !

Alice, qui s'était installée en bout de table, parlait avec animation à Yvonne, l'interrogeant sur leur chambre d'hôtel – la climatisation était-elle bien réglée, avaient-ils une moustiquaire, les oreillers étaient-ils moelleux ? J'ai eu l'impression que la mère de Jasmine commençait à s'agacer.

— C'est très bien, a-t-elle coupé court. Comme on pouvait s'y attendre.

Karl s'est incliné vers moi.

— Alice veut que tout soit parfait, m'a-t-il confié. C'est chaque fois pareil, même si ça ne change rien.

— Où êtes-vous ?

— Quelque part là-haut, a-t-il répondu avec un geste du menton. Il y a une chouette piscine, certaines chambres ont vue sur la mer, mais pas la nôtre. La première année, celle où on a perdu Jasmine, on était aux Barbati Beach Apartments. Après, ils nous faisaient une ristourne. Mais ils ont tout rasé pour construire ce gros hôtel snobinard…

— Le Delfinos.

— Ça a beau être le même gérant…

— Les gens oublient.

— Ouais. Ils oublient beaucoup, même.

Les gamins étaient assis à l'autre bout de la table. J'ai regardé dans cette direction à l'instant où Daisy relevait la tête. Elle a rougi. J'ai souri, lui ai adressé un tout petit signe de tête. Je n'étais pas mécontent d'avoir un moyen de pression, finalement.

— Alors, elle a raison ? me demandait Karl.

— Pardon ?

— En route, Alice nous a dit que vous étiez en vacances à Pyros, à Agios Stefanos, le soir où Jasmine a disparu, mais que vous ne vous souveniez de rien, et que ce n'était pas la peine de vous poser de questions.

— En effet. Cette nuit-là est très floue. Désolé.

— Un verre de trop ?

Je commençais à me sentir confus.

— Largement plus d'un, oui.

Il a plissé les yeux, s'est mordillé la lèvre.

— Je crois que je vous reconnais, pourtant. Oui, oui, je vous remets. Je vous ai vu dans la rue.

— Vous vous trompez. Je devais déjà être dans les vapes.

— Vous êtes sûr ? a-t-il objecté en se frappant le front du doigt. J'ai la mémoire des visages.

Je me suis creusé la cervelle pour tenter de revenir en arrière, pour raviver mes conversations avec Alice. D'après elle, me semblait-il, j'avais quitté le village en taxi bien avant qu'on s'aperçoive que la gosse avait fugué. Malheureusement, aucun souvenir personnel n'a refait surface.

— Vous vous trompez, ai-je répété. Je m'en voudrais de ne pas me rappeler ce genre de choses.

Alice racontait à Tina et à Yvonne l'incident des chèvres, avec force gestes, comme si elle tentait de donner vie à l'histoire, de la gonfler d'air pour qu'elle décolle. Une image s'est imposée à moi, celle de son récit s'affaissant par terre, mou et informe, sans les efforts qu'elle déployait, et une bouffée de compassion m'a submergé. Continuer à prétendre que Jasmine était vivante, qu'il y avait encore de l'espoir, était un véritable pacte avec le diable. Je me rendais compte que la femme pour laquelle j'étais le plus désolé, c'était elle, étrangement, et non Yvonne. Karl m'a tapoté le bras pour attirer mon attention.

— Vous êtes écrivain, nous a expliqué Andrew.

— Oui. Romancier.

— Je ne suis pas grand lecteur, mais un de mes copains du pub a fait un bouquin sur la philatélie. Je dis « fait », parce qu'il a payé l'impression. Ah, merci.

On venait de lui apporter sa bière, il en a avalé une grande gorgée.

— Et vous ? ai-je demandé. Vous faites quoi ?

Il a reposé sa chope.

— Je bosse pour les magasins de bricolage B&Q, au service réassort. Mais avant, j'étais roadie. Big Tallulah ? Steve and the Sunshine Boys ? The Krooks ? Aucun de ces groupes ne vous dit rien ?

J'ai secoué le menton d'un air contrit.

— C'est comme ça qu'on s'est rencontrés, avec Yvonne. En 1995. C'était une super chanteuse, un rossignol. Elle a renoncé à sa carrière. Elle n'a pas rechanté depuis que Jasmine nous a quittés.

Il s'est interrompu, a contemplé sa femme. Alice était en train de lui montrer les plats du menu.

— Vous devriez prendre la moussaka, disait-elle. Vous allez aimer ça, je pense.

— Heureusement que vous êtes là pour me rappeler ce que j'aime.

Yvonne a reposé la carte. Elle paraissait épuisée. Elle avait les bras ballants, comme si elle ne savait qu'en faire.

— Ce jour fatal a sûrement chamboulé les choses, ai-je répondu à Karl.

— Le monde est cul par-dessus tête, ouais. Vous n'avez pas idée du vide qu'elle a laissé derrière elle. Ça rend teigneux, des fois.

— Comment était-elle ? ai-je demandé après un instant de silence.

Il pliait sa serviette en carrés de plus en plus petits.

— Inutile de mentir, elle avait le diable au corps. Comme elle avait eu pas mal d'angines, elle avait souvent manqué l'école, elle avait redoublé. Elle adorait ses lapins, même si Yvonne devait sans cesse lui répéter de nettoyer leur cage. Elles se chamaillaient tout le temps, ces deux chipies. Mais bon, à cet âge, hein ? Jas venait de s'enticher d'Eminem, elle découvrait les garçons, elle se débrouillait toujours pour faire suer sa mère. La poudrière, quoi.

J'ai fixé le bout de la tablée, où les jeunes avaient tous le nez plongé dans leur portable.

— Les ados, c'est délicat, ai-je opiné. Je commence à m'en rendre compte.

Karl a sorti son portefeuille de sa poche arrière. Il en a tiré une photo. Celle que j'avais déjà vue, où Jasmine serrait un chaton contre sa joue. Celle-ci n'avait pas été rognée, cependant, et j'ai eu un aperçu de son environnement : table couverte d'emballages de nourriture, une pizza à moitié mangée, une bouteille de bière renversée. Bref, une cuisine très différente de ce qu'on aurait imaginé. Crasseuse, foutraque. *La poudrière.*

— Elle avait… elle a un sourire espiègle, a commenté Karl d'une voix étranglée.

Les plats sont arrivés, et Andrew s'est animé, bombardant le garçon d'ordres, répartissant les brochettes d'agneau et les steaks d'espadon. Comme Yvonne, j'avais commandé la moussaka. J'ai remarqué qu'elle touchait à peine à la sienne. Andrew a pressé un citron sur ses calamars tout en priant Phoebe de lui passer le broc d'eau.

— On a eu droit à un sacré événement, cette semaine, a-t-il péroré. Une pauvre gamine a été violée à la fin d'une soirée en boîte.

Louis a marmonné entre ses dents.

— Qu'est-ce que tu dis ? l'a interpellé sa mère.

— C'était une marie-couche-toi-là.

— Louis !

— C'est Paul qui l'a traitée comme ça.

— Jamais de la vie ! me suis-je révolté avec un tel sursaut que les pieds de ma chaise ont raclé le plancher.

— On ne parle pas comme ça, Louis, l'a morigéné Andrew en se levant.

Le gosse a haussé les épaules, tandis qu'Alice posait une main sur celle d'Yvonne.

— Je suis désolée. Nous n'aurions pas dû parler de ça.

La mère de Jasmine s'est dégagée.

— Ont-ils trouvé le violeur ?

Alice et Andrew ont échangé un regard, puis elle a pincé les lèvres et secoué la tête, ses boucles d'oreilles reflétant les lumières.

— Non. Pas encore.

Après le dîner, je suis allé aux toilettes. Je me suis examiné dans le miroir, j'ai tenté d'adopter une expression détendue, normale. Comme ensuite j'ai fumé une cigarette, je me suis absenté plus longtemps que prévu. Quand j'ai regagné notre table, il n'y restait plus que Tina. Les autres, m'a-t-elle appris, avaient filé. Les uns pour s'acheter une glace, les autres pour « prendre l'air ». Yvonne ne se sentant pas très bien, Alice s'était proposée de la raccompagner à l'hôtel.

— C'est ce dont elle avait envie ? ai-je demandé.

Tina a souri, un sourcil légèrement arqué.

— Je ne crois pas qu'elle ait eu le choix.

Le garçon a apporté l'addition. Il a voulu savoir si nous préférions attendre le retour de nos amis pour payer. Je me suis perdu dans la contemplation du plafond avant de me redresser.

— Celle-ci est pour moi, ai-je dit. Il me semble m'y être engagé.

J'ai attrapé ma carte de crédit dans mon portefeuille en veillant à dissimuler les préservatifs. Tina s'est emparée de la note et a grimacé.

— Il y en a pour une somme, partageons, a-t-elle proposé.

Quand on nous a rendu nos cartes, après que la mienne avait été acceptée, j'ai poussé un soupir de soulagement.

— Pauvre Paul ! s'est esclaffée Tina en m'observant.

Je me suis renfoncé sur mon siège, m'attendant à une autre de nos petites conversations intimes, espace confortable que nos solitudes respectives nous ménageaient, voire à un dernier verre en tête à tête. Le restaurant se vidait, avec en fond sonore un morceau de jazz que j'aimais bien et qui me donnait envie de claquer des doigts et de me trémousser. J'avais besoin de relâcher l'agressivité et la tristesse qui couvaient en moi. Tina n'était pas sur la même longueur d'onde, cependant. La malheureuse. Même sans ma promesse, je ne lui aurais jamais raconté le flirt entre Daisy et Artan. Elle avait assez de soucis comme ça. Après avoir pris une profonde inspiration, elle s'est levée.

— Aurais-tu la gentillesse de faire un saut à la supérette ? Il nous faut de l'eau minérale, du papier-toilette et du café. C'est tout, je crois. Sauf si tu penses à autre chose ?

J'ai eu un geste évasif, car je n'avais pas la moindre idée de ce qui manquait ou pas à la maison.

— OK, a-t-elle repris. On se retrouve tous à la voiture dans une quinzaine de minutes.

Elle est partie en adressant un signe de la main au propriétaire, qui buvait un coup avec un ami près de la porte. J'ai terminé mon verre, vidé le sien également et, au bout de quelques minutes, lui ai emboîté le pas.

Comme toujours à cette heure, le village était très animé. C'était le moment où les familles commençaient à rentrer, et où les plus jeunes apparaissaient. La musique en provenance de la boîte de nuit pulsait, basse hypnotique parfois rompue par un cri aigu ou un sifflet. Des rayons de lumière stroboscopique colorée clignotaient.

J'ai déambulé jusqu'au magasin, vivement éclairé et étouffant. Trois hommes hésitaient devant le rayon des alcools. Du côté de la boulangerie, les produits étaient ratatinés. J'ai acheté ce qu'on m'avait demandé et suis ressorti sur la place en regardant vaguement autour de moi. Je m'apprêtais à rejoindre la voiture quand j'ai aperçu Andrew qui s'engouffrait chez Nico. Songeant qu'il retournait régler l'addition, je me suis empressé de traverser la rue pour lui dire que je m'en étais occupé mais, une fois là-bas, je ne l'ai vu nulle part. Regagnant l'extérieur, j'ai scruté les environs. Il m'a semblé le repérer qui se dirigeait vers le night-club.

Il n'a pas été facile de me frayer un chemin parmi les vacanciers qui flânaient. J'ai réussi à garder sa tête dans ma ligne de mire, jusqu'à ce que je marche sur la sandale d'un gros type aux mollets proéminents. Il s'est retourné, m'a fusillé du regard, et je me suis excusé. Il a suffi de cette fraction de seconde pour que je le perde de vue. Au bout de la rue, devant le Club 19, Andrew s'était de nouveau volatilisé.

Quatre adolescentes en minijupes juchées sur de hauts talons s'étaient arrêtées devant l'entrée, histoire de tirer sur leurs vêtements et de secouer leur chevelure. Curieux de découvrir les lieux, je les ai suivies à l'intérieur.

La boîte, où il faisait très sombre, était encore presque déserte. Il y avait un bar, quelques tables. Un jeune homme en jean large et tee-shirt blanc moulant se tenait derrière la table de mixage, une grosse montre métallique au poignet, un casque autour du cou. Des gamines complexées se dandinaient près des murs. Leur peau renvoyait des éclats bleus, jaunes et rouges.

Je suis resté planté là, mes sacs d'épicerie au bout des bras. Nanas coiffées de casquettes, vêtues de shorts en jean ou de robes bustier noires riquiqui, toutes en jambes et en cils, en eye-liner, en clavicules frémissantes. La musique, les coups sourds de la basse, le tintamarre assourdissant. C'est alors que j'ai eu la certitude d'être déjà venu ici. Après m'être séparé de Saffron, j'avais rencontré une fille et l'avais raccompagnée à sa location. Si je ne me rappelais pas grand-chose de la suite, c'est qu'elle n'avait été qu'une fille parmi une ribambelle d'autres filles. Comme je me sentais vieux, désormais, au-delà de tout ça ! Je me suis rendu compte que je n'avais qu'une envie, oublier ce passé. J'avais fait la connaissance d'Alice, elle était à portée de main, je pouvais changer, devenir un homme neuf. Je me suis adossé à une paroi, épuisé par ma propre vie, par le putain de piège qu'elle était.

Je ne l'ai pas entendu arriver. Qui aurait pu, avec ce vacarme ? Et puis, l'endroit avait commencé à se remplir. Une personne de plus, un corps de plus… Depuis combien de temps était-il là ? Depuis peu. Quelques minutes, quelques secondes, avant que je me retourne et le voie. Il a haussé les sourcils et levé le menton. Contraint et forcé, j'ai traversé la salle pour le rejoindre.

— Monsieur Morris.

— Lieutenant Gavras.

Il s'est incliné pour me parler à l'oreille.

— Quel hasard ! Digne d'un mauvais film. Vous venez souvent ici ?

J'ai reculé en souriant.

— C'est la première fois.

— Il me semblait pourtant vous avoir entendu dire que vous étiez trop âgé pour les endroits de ce genre ?

— C'est le cas. Je cherche seulement Andrew. J'ai cru le voir entrer.

— Ah oui ? Vous ne cherchiez pas plutôt une aventure ?

— Non, bien sûr que non. J'en ai déjà une.

Il a hoché la tête.

— Mme Mackenzie ?

— Oui.

— Une femme fragile. Elle a besoin qu'on veille sur elle.

— C'est drôle, vous êtes le deuxième à la qualifier de fragile. Mais oui, vous n'avez pas tort.

— Alors, allez donc veiller sur elle.

Chapitre seize

Les autres patientaient sur le parking quand je les ai rejoints. Les chauves-souris virevoltaient, les lucioles clignotaient. Je me suis excusé de mon retard. Je n'ai pas mentionné Gavras, juste dit que j'avais cru voir Andrew entrer dans la boîte de nuit.

— Tu t'es trompé, mec, a-t-il répondu en m'assenant une claque sur l'épaule. Tu es sûr que tu n'as pas suivi un jupon, plutôt ? Fais vérifier ta vue. À ton âge, elle a tendance à baisser.

À son habitude, il avait adopté, tel un caméléon irritant, certaines intonations populaires de Karl. Je me suis collé à côté d'Alice à l'arrière du minivan. Durant tout le chemin, elle n'a cessé de soupirer.

— Je suis contente que cette soirée soit terminée, a-t-elle décrété à la cantonade avant d'ajouter à mon intention, plus doucement : Merci pour tes efforts envers Karl.

À l'avant, Andrew a ricané.

— Tu l'as entendu raconter à Paul qu'il travaillait au « service réassort » de B&Q ? Tu comprends ce que ça signifie, Paul ?

— Non, quoi ? ai-je demandé.

— Il remplit les rayonnages.

— Il m'a plu, ai-je contré, et Alice a serré ma cuisse. Je vois pourquoi la police l'a soupçonné, au début. À cause de la tête qu'il a. Mais il connaissait Jasmine depuis qu'elle était bébé, et je crois qu'il l'aimait vraiment.

— Pour être honnête, a renchéri Alice, c'est surtout lui qui s'occupait d'elle.

— Comment ça ?

— Yvonne n'était pas très maternelle.

Le lendemain matin, j'ai repensé à ces paroles, quand le couple est venu se baigner à la maison. Karl portait un short et des sandales apparemment neufs, alors qu'Yvonne était noyée dans une robe portefeuille qui pouvait elle aussi avoir appartenu à Alice. Elle avait détaché ses cheveux, qui pendouillaient de chaque côté de son visage étroit, et Alice est allée lui chercher une barrette ornée de fleurs avant de reculer pour admirer le résultat. Elle donnait l'impression de se dépouiller d'objets personnels pour les offrir à cette femme. À mon avis, si elle avait pu se dépecer et lui remettre des lambeaux de sa peau, elle l'aurait fait. Elle se serait écorchée vive.

Yvonne ne l'a pas remerciée. Plus tard, elle a retiré la barrette, arrachant quelques cheveux au passage.

Elle n'éprouvait aucune reconnaissance pour ces gestes ; elle les endurait. C'était compréhensible. Alice s'acharnait à arrondir les angles, alors qu'Yvonne devait estimer que rien, surtout pas l'une de ses petites offrandes ridicules, n'arrangerait quoi que ce soit. Il n'en reste pas moins que je ne l'appréciais guère, même si cette antipathie me culpabilisait. Il émanait d'elle une certaine froideur, une certaine sournoiserie. Ce jugement peut sembler peu charitable – ayant perdu un enfant, elle aurait dû avoir le droit d'agir à sa guise jusqu'à la fin de ses jours –, mais elle ne riait pas aux plaisanteries des autres, n'essayait même pas, jamais, contrairement à la majorité des gens, quelles que soient les épreuves qu'ils ont subies dans l'existence. Je trouvais ça étrange.

Il faisait lourd, le ciel était couvert de nuages blancs et, dans la lumière terne et uniforme, la terrasse et la piscine avaient l'air sales et grises. Ce temps maussade, ajouté à la présence d'Yvonne et de Karl, gâchait l'ambiance. On a tendance à s'accoutumer au soleil ; quand il disparaît, on se sent à plat.

M'étant porté volontaire pour aider Tina à préparer du café, je me suis entendu dire, dans la cuisine :

— Personne n'a jamais songé à Yvonne, pour Jasmine… L'a-t-on soupçonnée ?

Tina s'est mordu la lèvre pour ne pas rire.

— Chut, Paul !

— Non, sérieux. On en a tous vu, de ces conférences de presse avec parents en larmes qui, finalement, se révèlent coupables. Tu te souviens de cette affaire au pays de Galles ? Yvonne et Jasmine n'arrêtaient pas de se disputer, d'après Karl. Une bagarre a peut-être mal tourné ?

— Je croyais que c'était Karl qui se chamaillait tout le temps avec la gosse ?

— Ce n'est pas ce qu'il m'a confié.

Elle a versé l'eau chaude sur le café moulu.

— Je ne sais pas, a-t-elle murmuré. Je ne les connais pas très bien. Ni l'un ni l'autre. La relation a toujours été entretenue par Andrew et Alice. J'étais ici avec les gamins, quand c'est arrivé. Je dormais. Ce n'est qu'au matin que j'ai appris l'événement. À ce moment-là, il y avait des policiers partout. Bon sang ! C'était affreux. Mais il va de soi qu'Yvonne n'y est pour rien, sinon Alice ne l'aurait pas soutenue comme ça, ne se serait pas battue pour retrouver Jasmine.

— Peut-être, oui. J'ai juste un drôle de pressentiment vis-à-vis de cette femme.

— D'accord, Colombo, a rigolé Tina. Et si tu en parlais à Gavras la prochaine fois que le croises ?

Karl et Yvonne étaient assis à l'ombre, tout habillés. Les filles bronzaient dans leurs maillots ridiculement petits. Alice faisait des longueurs, et Andrew discutait au téléphone à côté du bosquet. Si le chantier n'avait pas encore démarré, le cabot s'égosillait.

J'ai posé mon plateau sur la table en métal devant Yvonne et distribué les tasses.

— Merci, a dit Karl, visiblement fatigué, les yeux injectés de sang. C'est sympa de jouer les serveurs.

Après avoir mis deux morceaux de sucre dans son café, Yvonne a entrepris de le remuer, encore et encore, jusqu'à ce que son compagnon l'arrête d'une main sur son bras. Cessant de nager, Alice s'est appuyée sur ses coudes, au bord du bassin.

— Arrive-t-il à cette pauvre bête de dormir ? a-t-elle lancé.

— Quelqu'un devrait mettre un terme à sa détresse, ai-je répondu.

— Sympa, a réagi Phoebe en levant la tête. Et si on mettait un terme à la tienne, Paul ?

Andrew a rempoché son portable.

— C'est invivable, a-t-il déclaré. Je vais demander à Artan de régler ça. Quitte à les menacer. Il parle leur langue.

— Ah bon ? ai-je demandé.

Le regard de Daisy a furtivement croisé le mien.

— Métaphoriquement, a précisé son père. Il parle le même langage. Dis donc, il te va drôlement bien, mon caleçon de bain ! Tu ne t'en es toujours pas acheté un ?

— Désolé.

Il a balayé mes excuses d'un geste, comme si ce n'était rien, mais il avait abordé le sujet en public exprès pour m'humilier. Et ça avait fonctionné.

— Et maintenant, écoutez-moi bien, tous ! a-t-il repris. Je vous ai réservé une surprise.

Il s'est interrompu, arrogant dans son polo noir impeccable bordé de liserés blancs impeccables et dans son bermuda impeccablement repassé, jambes écartées, menton perdu dans les replis de son cou, attendant que l'un de nous manifeste son enthousiasme par une question. C'est Tina qui s'est dévouée.

— Oui ?

— J'ai passé quelques coups de fil, et… devinez quoi ? J'ai loué un voilier ! Un neuf mètres avec skipper. On pêchera, on déjeunera à bord, on nagera. Qu'en dites-vous, Jasmine ?

Un épouvantable silence est tombé.

— Yvonne, pardon, s'est-il corrigé.

Cette dernière l'a fixé sans rien exprimer, comme si elle n'avait pas entendu.

— Bonne idée, a-t-elle opiné. Ça nous changera.

Les adolescentes se sont redressées, soudain toutes guillerettes. Même Tina hochait la tête d'un air approbateur.

— Ça paraît divin, a décrété Alice en se hissant hors de l'eau.

Elle a attrapé une serviette, s'est essuyé les yeux, a placé une main mouillée sur l'épaule d'Andrew.

— Tu es un génie ! a-t-elle ajouté.

Tu es un génie ! Déclenchée par autant d'obséquiosité, une bouffée de colère m'a envahi, quand bien même elle couvait depuis le commentaire perfide sur le caleçon de bain, la remarque ironique de Phoebe, l'humidité pesante, le chien qui nous cassait les oreilles et ma frustration sexuelle, puisque, la veille, Alice s'était refusée à moi. Je finirais par balancer à Andrew ce que traficotait sa chère fille, histoire de le voir se décomposer. En attendant, il était hors de question que je mette un pied sur son foutu rafiot.

— Je réveille les garçons pour qu'ils se préparent, a annoncé Tina en se dirigeant vers le sentier.

— Qu'ils n'oublient pas leur crème solaire ! lui a crié Alice. La couverture nuageuse est trompeuse.

Personne ne m'avait demandé mon avis. Personne ne m'avait demandé si j'avais envie de faire un tour de bateau ou quoi que ce soit d'autre. (Par « personne », j'entends Alice, bien sûr.) C'était comme si je n'existais pas. Regagnant la chambre, j'ai tiré le guide touristique de Michael de mon sac. Je le feuilletais, allongé sur le lit, quand Alice est entrée.

— Les ouvriers sont là, a-t-elle dit. Nous partons juste au bon moment. Tu es prêt ?

— Pour quoi ? ai-je répliqué en délaissant mon livre.

— La balade en voilier.

— Oh, ça ? Ce sera sans moi.

Elle attrapait un maillot sec dans l'armoire. Elle s'est retournée, une bande de Lycra arc-en-ciel entre les doigts. Reprenant mon bouquin, je l'ai rouvert au hasard. Une coupure de journal pliée en deux en est tombée, je l'ai remise dedans.

— Je compte visiter quelques ruines, aujourd'hui, ai-je ajouté.

— Lesquelles ?

— Une colonie de l'époque helladique à Okarta. Et si j'ai le temps, la source d'Aréthuse où, d'après la légende, le porcher d'Ulysse, Eumée, amenait boire ses cochons. Un car y va, je me suis renseigné hier soir au village.

J'espérais qu'elle se coucherait près de moi, m'enlacerait, me supplierait de ne pas y aller sans elle. Un test, en quelque sorte. Elle a roulé son maillot dans une serviette qu'elle a plaquée sur sa poitrine avant d'y poser son menton.

— Arrête de bouder.

— Je ne boude pas.

— Si. À cause de la remarque d'Andrew à propos de son caleçon. Il blaguait.

J'ai haussé les épaules.

— Allez, viens. Ça va être sympa.

— En quoi ?

En ceci que tu seras avec moi. Voilà ce que j'avais envie d'entendre.

— Ce sera sympa, c'est tout. Andrew est un excellent marin.

Je suis mon pire ennemi. Je désirais sa compagnie par-dessus tout, et elle venait d'évoquer les talents maritimes d'Andrew ! J'étais hors de moi, merde.

— Un peu de solitude me fera le plus grand bien, ai-je donc répondu.

Quand je suis parti, ils tournicotaient dans tous les sens, comme d'habitude, sans résultat probant, pareils à des mouches piégées à l'intérieur d'une pièce.

— Tes chaussures ! ai-je entendu Andrew crier à l'un des garçons. Qu'est-ce que tu as dans le citron, bordel ?

— J'y vais ! ai-je jeté à la cantonade.

Pour avoir l'air intellectuel, j'avais mis un tee-shirt lilas et mon costume en lin. (J'avais abandonné le caleçon d'Andrew humide sur la table de la cuisine.) Je m'étais également armé du guide de Michael, d'un vieil horaire de bus déniché dans un tiroir et d'une bouteille d'eau que j'avais prise dans le réfrigérateur. Je me suis frayé un chemin au milieu de l'affolement général. Je voulais qu'ils me voient m'éloigner, qu'ils soient témoins de mon indépendance, du défi que je leur lançais. Personne ne me dit quoi faire, proclamaient mes bras qui se balançaient contre mes flancs. Regardez à quoi ressemble la liberté, disait mon menton tendu.

— Salut ! m'a répondu Alice. Amuse-toi bien.

— Telle est mon intention, ai-je acquiescé en lui envoyant un baiser.

Une fois au niveau de la première barrière, j'ai inspecté les environs. Un nouvel espace grand comme un terrain de foot avait été aplani sur les hauteurs du champ. Plusieurs hommes entouraient une bétonnière qui tournait avec avidité. À cet endroit, la clôture avait été démontée et des arbres, abattus, les broussailles, dégagées. La plus grosse des deux pelleteuses avait escaladé la colline en direction de la propriété d'Alice et dévorait le sol avec ses dents.

Sous son abri, le chien mordillait un os. Soit il ne m'a pas entendu approcher, dans le vacarme ambiant, soit il avait appris à baisser la garde quand les travaux étaient en cours. J'ai escaladé le portail. À ma gauche se trouvait un carré d'herbe sèche intact, derrière une haie assez haute pour que je sois invisible depuis le sentier. Vérifiant que le cabot ne s'était toujours pas aperçu de ma présence, je me suis assis et j'ai allumé une cigarette. Je n'en avais presque plus. Pour patienter, j'ai ouvert mon guide et retrouvé la coupure de journal. Michael avait dû l'y glisser pour moi. Elle venait du *Daily Telegraph*, son journal de prédilection, et s'intitulait : « L'envers du paradis ». Je l'ai lue. En gros, l'article décrivait Pyros comme un haut lieu du crime et de la corruption, exacerbés par la crise de l'euro. Toute l'économie de l'île reposait sur les pots-de-vin (ou « fakelaki »), fréquents chez « les avocats, médecins, douaniers, juges et policiers ». Suivaient des âneries évoquant la prostitution et l'immigration clandestine, et tout un paragraphe était consacré aux escroqueries aux allocations maladie. Le taux de personnes en arrêt de travail pour des problèmes ophtalmologiques était dix fois plus élevé que partout ailleurs en Europe. Pyros y avait gagné, de la part des Grecs, le sobriquet d'« île des Aveugles ». Tout en bas, de son écriture en pattes de mouche, Michael avait écrit : « Bon séjour ! »

Petit plaisantin. J'ai froissé le papier.

Les ouvriers sont partis assez vite. Le sol a vibré, un éclat argenté a traversé les branches ; j'ai attendu que le véhicule ait disparu en direction de la route pour me relever. Un type courtaud et trapu en chemisette bleu pâle et casque orange qui cachait ses traits m'a regardé. Écrasant mon mégot par terre, je l'ai salué du bras. Comme il ne répondait pas, je lui ai tourné le dos, ai franchi de nouveau la barrière et regagné la maison.

Je savais maintenant où Alice planquait la clé – sous un des pots de lavande de la terrasse. Je suis entré dans la cuisine. Un vrai bazar. Plus personne ne s'embêtait à la garder propre. Les placards béaient, des torchons jonchaient les tomettes, un pot de miel ouvert avait attiré une colonne de fourmis suicidaires. Ayant repéré un tas de monnaie près de la bouilloire, je l'ai raflé. J'ai farfouillé dans les autres pièces, déniché un billet de dix euros dans les replis du lit de Louis. La chambre des filles n'offrait pas grand intérêt, si ce n'est leurs dessous et les protections en plastique souple qu'elles mettaient dans la culotte de leurs maillots de bain neufs. Phoebe avait laissé sa carte de crédit sur le clavier de son ordinateur portable. Je l'ai considérée avec regret mais, même moi, je n'étais pas stupide à ce point.

Je me suis octroyé une bière fraîche près de la piscine, ravi de pouvoir profiter seul des lieux. J'ai fumé ma dernière clope. À 14 heures, j'ai trouvé les reliefs du pique-nique de la veille dans le réfrigérateur et me suis concocté un sandwich avec des restes de pain. Éreinté par l'effort, je me suis couché et j'ai dormi jusqu'à 15 h 30, le moment parfait pour une tasse de thé. Je me suis installé sur la méridienne, me suis rappelé que j'étais à court de tabac. J'ai cherché dans mes affaires, en vain. Dans celles d'Alice aussi. Certes, elle ne fumait pas, mais je n'avais pas oublié le plaisir que lui avait procuré sa cigarette, le soir où nous nous étions rencontrés (il est vrai que je ne l'avais pas vue réitérer l'expérience depuis). J'ai regardé dans la chambre des garçons, sous le lit de Louis. Dans le placard au-dessus de l'évier de la cuisine.

J'étais agité – nerfs à fleur de peau, mâchoire crispée, doigts qui me démangeaient. La supérette de Stefanos fermait, l'après-midi, mais Nico vendait des Marlboro Light et la marque grecque, des Karelia Royal. Je me suis laissé aller à imaginer le poids du paquet dans ma poche, la sensation du papier dans ma main, les brins de tabac entre mes lèvres, la douce odeur boisée.

C'est là que l'idée m'a traversé l'esprit. Hermès. Qu'est-ce qui m'empêchait de descendre au port avec ? Alice ignorait que je l'avais réparé, je n'avais pas eu l'occasion de le lui dire. Je me vengerais du matin en lui faisant la surprise à sa descente du bateau.

Il a démarré à la troisième tentative. Dans des grincements de boîte de vitesse, j'ai prudemment reculé, ai réussi à manœuvrer de façon à emprunter l'allée, ai dépassé le chantier, me suis engagé dans le sentier étroit et suis descendu vers la route. Le moteur ne tournait pas comme une horloge, et j'ai calé à plusieurs reprises. Mais, à cette heure, il n'y avait pas de circulation, et personne ne risquait de me voir me ridiculiser. Je suis entré dans le village au pas, cherchant le minivan. Il était sur le parking habituel, je me suis garé derrière.

J'ai acheté mes cigarettes, des Karelia car elles étaient moins chères, et suis revenu en fumant à la camionnette. À ma grande surprise, le minivan avait disparu. Remontant dans le Toyota, j'ai fait un demi-tour maladroit et suis reparti vers la maison. J'avais hâte de découvrir la réaction des autres quand ils verraient le garage vide – l'agacement d'Andrew, le ravissement d'Alice.

Je n'ai calé qu'à un moment, au niveau de l'embranchement. J'ai dû m'y reprendre à plusieurs fois pour redémarrer. Une vieille en noir binait un bout de champ sur le côté de la route. S'appuyant sur sa houe, elle m'a observé. La fenêtre étant ouverte, je l'ai saluée.

— *Kali spera.*

Elle a hoché la tête.

La remontée a été plus délicate que la descente. Le bas de caisse a raclé plusieurs cailloux, ce qui m'a incité à rester en deuxième. Le moteur ahanait, les roues dérapaient en produisant des nuages de poussière aussi épais que de la fumée. J'ai été secoué comme un prunier jusqu'en haut. Arrivé à l'endroit où je devais tourner dans le sentier menant à Circé, j'ai rétrogradé et calé de nouveau. J'ai patienté quelques secondes, le temps que la mécanique se remette. Le silence régnait, l'air paraissait liquide. Les ouvriers avaient cessé leur travail, les abeilles bourdonnaient. À des kilomètres de distance résonnait la clochette d'un mouton. Il y a eu un cri, des bruits d'eau.

Le moteur a refusé de repartir.

Je suis sorti. Debout sur le deuxième barreau du portail, j'ai cherché des yeux des ouvriers qui auraient pu m'aider. Le soleil avait disparu derrière des nuages, la niche du chien était dans une semi-obscurité, son toit dissimulé par l'ombre d'un cyprès. Je ne distinguais pas l'animal, juste une silhouette noire qui aurait pu être un tas de vêtements abandonnés. Comme ça ne bougeait pas ni n'émettait aucun bruit, j'ai conclu que ce n'était pas le clebs. Obéissant à Andrew, Artan avait peut-être réussi à obtenir des promoteurs qu'ils nous débarrassent de leur cerbère.

Mes paumes étaient moites et poisseuses. Croyant à un mélange de sueur et de poussière, je les ai machinalement essuyées sur mon tee-shirt. C'est en sautant à terre que je me suis aperçu que je l'avais taché de marques d'un rose brunâtre. Mes mains étaient couvertes de ce qui ressemblait à de la rouille. Intrigué, j'ai frotté mes doigts les uns contre les autres avant d'inspecter le barreau du portail. Il était souillé de rayures humides cramoisies.

Je me suis retourné en direction de la niche. Enjambant la barrière, je m'en suis approché, au milieu des pierres et d'épineux qui me griffaient les mollets. La peur me tenaillait le ventre.

La malheureuse bête était couchée sur le flanc, ses côtes saillantes baignaient dans une flaque rouge sombre. Elle avait les yeux vitreux, sans vie, ses babines se retroussaient sur ses crocs en un rictus hideux, tandis qu'un filet de bave visqueux s'étirait entre ses mâchoires. Un couteau était encore planté dans sa gorge, du sang figé autour du manche. Une plaie béante dévoilait des os et des tendons. La bile m'est montée à la gorge, je me suis penché, secoué par des haut-le-cœur.

On m'a interpellé, je me suis redressé. Un homme casqué se dirigeait vers moi. Avec force gesticulations, il montrait sa voiture, une berline bleue aux portières ouvertes, coincée derrière le Toyota. Il voulait visiblement que je dégage le chemin.

— Venez vite ! ai-je hurlé. Le chien ! On l'a tué !

Indiquant à la fois mon horreur et ma consternation, j'ai brandi les mains. Elles étaient encore sanguinolentes, et je me suis empressé de les frotter sur mon pantalon. L'homme m'a rejoint en courant. Une fois à ma hauteur, il s'est époumoné, le visage déformé par la colère. Petit et brun, il avait des bras musclés. Il m'a bousculé à plusieurs reprises, j'ai reculé en titubant, manquant de tomber.

— Hé ! ai-je protesté. Ce n'est pas moi ! Je viens de le trouver ! J'arrive tout juste.

Il a attrapé son téléphone en me retenant dans l'étau de ses doigts. Ses ongles étaient incrustés de terre. Un autre type s'était extirpé de la voiture. Il a ouvert la barrière, nous a rejoints au pas de course. Il avait une chemisette bleu clair déchirée à l'épaule. C'était celui que j'avais aperçu plus tôt en fin de matinée. Les deux ouvriers ont commencé à m'apostropher, se coupant la parole, m'engueulant presque.

— Ce n'est pas moi, n'arrêtais-je pas de répéter. Je n'ai rien fait ! Essayez de comprendre, quoi !

Le premier a poussé le chien du bout de son pied – le sol était imbibé de sang et les cailloux, rouges. Il m'a menacé du poing, a tendu l'index sur la dépouille, a désigné ma poche, a frotté son pouce contre son index et son majeur en un signe explicite.

— Je n'y suis pour rien ! Et puis, je n'ai pas d'argent sur moi.

J'ai retourné mes poches, histoire de montrer que je ne mentais pas. Ils se disputaient entre eux, maintenant. Soudain, le second homme s'est adressé à moi.

— Tu restes ici, m'a-t-il ordonné. On cherche le chef.

— Écoutez, ai-je répondu en m'efforçant de prendre un ton aussi honnête et persuasif que possible, je n'ai pas tué le chien. Je ne comprends pas qu'on puisse faire une chose pareille. En tout cas, ce n'est pas moi.

Décidant de courir le risque, j'ai entrepris de m'éloigner en direction de la camionnette. Ils m'ont suivi, tout en discutant fiévreusement. Je me suis retourné une ou deux fois en les gratifiant d'un sourire qui, j'espérais, les calmerait. Surveillé de près, je suis remonté dans le Toyota.

— Espérons qu'il accepte de démarrer ! ai-je plaisanté par la vitre ouverte.

J'essayais de paraître détendu, de me comporter comme un innocent l'aurait fait. J'avais tout de même l'air emprunté, alors que mon attitude n'était pas feinte, puisque *je n'étais pas coupable.* Mon portefeuille, mes cigarettes et mon téléphone étaient en tas sur la banquette. Je ne voulais pas que ces hommes les voient.

Le moteur a rugi du premier coup. Je ne me rappelle pas avoir été aussi soulagé de ma vie. J'ai de nouveau souri, ai tourné le volant.

— Désolé pour le chien.

— Qu'est-ce qui s'est passé, bon Dieu ?

Alice est apparue dans la cour de devant quand j'y suis entré. Coupant le contact, j'ai ouvert la portière, suis quasiment tombé dans ses bras.

Merde ! Qu'y a-t-il ? Tu es blessé ?

— C'est le chien. Je l'ai trouvé. On l'a égorgé !

Me penchant dans l'habitacle, j'ai attrapé mes cigarettes, les mains tremblantes.

— Tu es couvert de sang, a-t-elle dit.

Elle paraissait révulsée. J'ai allumé une clope, inhalé.

— Je sais. C'était horrible.

Elle a reculé.

— Il y en a… sur ta cigarette.

Elle avait raison.

— Bonté divine !

Andrew était arrivé à son tour, une simple serviette autour de la taille. Il sortait de la douche, avait coiffé ses cheveux en arrière – on distinguait encore les traces de peigne.

— Qu'est-ce qui s'est passé, bordel ? Qu'est-ce que tu foutais avec Hermès ?

— C'est vrai, ça, a renchéri Alice en détournant les yeux. Qu'est-ce que tu fiches au volant d'Hermès ?

— Je voulais vous faire une surprise.

Gavras a rappliqué dans la demi-heure. Pendant qu'Alice rentrait la camionnette au garage, je me suis lavé les mains, fasciné par le spectacle de l'eau chaude souillée qui tourbillonnait avant de s'évacuer par la bonde. J'étais encore sous le choc. Il fallait que je me douche et que je me change, mais Tina m'ayant apporté une bière fraîche, je me suis d'abord assis sur la terrasse pour me remettre. Elle a compati.

— Quelle vision atroce ça a dû être.

— On a cru qu'on nous avait cambriolés, est intervenu Andrew. La camionnette avait disparu, la maison était ouverte à tous vents…

Il s'était habillé, une marinière sur un jean blanc, si près du corps qu'il semblait mal à l'aise dedans.

— Désolé, j'aurais dû fermer.

Tina a rempli mon verre et a enchaîné :

— Les enfants ont l'impression qu'il leur manque des trucs. De l'argent. On aurait fouillé leurs affaires. Ils se trompent sûrement.

— Il faut que je prenne une douche, ai-je soupiré en contemplant mes vêtements tachés.

— Qu'est-ce que tu as fait de ta journée ? m'a demandé Alice, un bras autour de mes épaules.

— On t'a regretté, a précisé Tina.

J'aurais dû laisser tomber l'histoire des ruines. Je ne l'ai pas fait. Ma faute. J'ai raconté que je m'étais rendu à Okarta, qu'il n'y avait pas grand-chose à voir, que l'essentiel des trouvailles était exposé au musée de Pyros. Ensuite, j'étais rentré. Comme personne n'était là, j'étais descendu en camionnette à Agios Stefanos, espérant les accueillir à leur descente du voilier. Je ne comprenais pas comment nous avions réussi à nous louper. Le reste était la pure vérité : j'avais remonté la colline, calé, regardé par-dessus la barrière, aperçu la forme noire sans vie.

— Quand tu as décidé d'emprunter Hermès, m'a demandé Alice, il a démarré comme ça ?

— Non. C'était hier.

— Mais tu ne m'as rien dit, la nuit dernière.

— J'ai essayé, figure-toi !

Gavras et son acolyte Angelo étaient flanqués de deux types : le costaud en chemisette bleu clair et un homme mince à la barbe clairsemée en gilet de rayonne bleu nuit, qu'on nous a présenté comme le porte-parole des promoteurs. Tous quatre se sont plantés sur la terrasse, jambes écartées, tandis que

Tina et Alice leur proposaient des bières et de l'eau fraîche. Andrew était appuyé à l'olivier qui se dressait en haut du sentier menant à la piscine. Archie et Frank en ont débouché à ce moment-là, et Tina s'est précipitée vers eux en leur faisant signe de repartir. Elle les a d'ailleurs accompagnés, si bien qu'Alice et Andrew ont été les seuls témoins de ce qui a suivi.

— Eh bien ! a soupiré Gavras avec dégoût en voyant l'état de mes fringues. Avec un peu de chance, a-t-il ajouté avec un pâle sourire, nous réglerons vite cette sale affaire.

Il s'est assis à ma droite, s'est penché, avant-bras posés sur les accoudoirs de sa chaise, chevilles nouées autour d'un pied de la table. Il a ouvert un grand calepin relié en cuir sur ses genoux, à moitié caché par le plateau. J'étouffais. Quelques nuages fins et irréguliers dissimulaient le soleil, le vent était tombé. J'ai essuyé mon front emperlé de sueur avec le bas de mon tee-shirt. Puis, me rendant compte que je risquais de m'être étalé du sang sur la peau, j'ai vérifié du bout des doigts. Gavras a consulté ses notes, peut-être parce qu'il avait oublié mon nom.

— J'ai quelques questions administratives ennuyeuses à vous poser, monsieur Morris.

— Je vous en prie.

— Auriez-vous l'obligeance de me dire quand, précisément, vous êtes arrivé à Pyros ?

— Pardon ?

— Depuis combien de temps êtes-vous l'invité de Mme Mackenzie ?

— Oh. OK. Eh bien… quel jour était-ce, déjà ? On perd toute notion du temps, ici.

— Lundi, a lancé Alice, qui était installée à ma gauche.

— Oui, c'est ça. Par le vol du matin. Thomas Cook.

Le lieutenant a écrit mon premier mensonge avant de relever la tête.

— Et pendant combien de temps encore aurons-nous le plaisir de profiter de votre présence ici ?

— Dix jours. Si les vents me sont favorables.

— Pardon ?

— Rien. Une vieille expression.

— J'aimerais avoir vos coordonnées. J'ai celles de Mme Mackenzie et de M. Hopkins, mais vous, je ne vous connais pas.

Il ne me lâchait pas des yeux.

— Votre numéro de téléphone ? a-t-il insisté. Le portable suffira.

— Pas de souci.

Il l'a noté, m'a de nouveau regardé.

— Votre adresse ?

— Eh bien, j'habite ici, non ?

— Au Royaume-Uni.

La chaleur a grimpé de plusieurs degrés, mes aisselles se sont mouillées de transpiration. Alice étant présente, j'ai donné l'adresse de l'appartement d'Alex, dans Bloomsbury. Comme Gavras avait du mal avec le nom de la rue, j'ai été obligé de le lui épeler. J'ai déroulé les lettres comme je débitais les mensonges. Il a fini par refermer son cahier, s'est redressé.

— Monsieur Morris, je crois comprendre que vous n'avez pas réussi à contrôler votre colère contre le chien de garde. Je ne suis pas venu vous arrêter. Un chien... est un chien, après tout. Mais je suis certain que, comme tout le monde, vous aimeriez que cette histoire se termine bien.

— Ce n'est pas lui, est intervenue Alice. S'il le dit, je le crois. Paul adore les animaux.

— Madame Mackenzie, Stravros... (il a désigné l'ouvrier) l'a trouvé couvert de sang. Il l'est toujours, d'ailleurs (il a fixé mon tee-shirt avec une moue réprobatrice). Il a été pris en flagrant délit.

— Je suis conscient que ces taches m'accablent, ai-je répondu, mais j'ignore comment je les ai récoltées.

— Comme vous pouvez le constater, Stravros n'en a aucune sur ses vêtements, lui.

— C'est quand j'ai grimpé sur la barrière, je crois.

— Avez-vous tenté de tuer le chien ce matin, monsieur Morris ? Un témoin vous a aperçu en train d'inspecter les lieux vers 11 heures. Quand on vous a repéré, vous vous êtes enfui.

— J'étais là-bas, oui, mais juste pour fumer tranquillement. Je n'inspectais rien du tout, je ne me suis pas enfui et je n'ai pas tué cette pauvre bête. Désolé pour vous, ce n'est pas moi.

— Tout le monde t'a entendu ! s'est alors exclamée Phoebe en sortant de la cuisine avec Daisy. Tu as dit qu'il fallait mettre un terme à sa détresse, hein, Daisy ?

Cette dernière s'est laissée aller contre le mur.

— Ch'sais plus, a-t-elle marmonné.

Elle était coincée. Avoir gardé son petit secret se révélait utile, au bout du compte.

— Il a aussi dit qu'il avait des projets, a persisté sa copine. C'est pour ça qu'il n'est pas venu avec nous, le connard !

— Phoebe ! s'est interposée sa mère. Rentre tout de suite ! Inutile de mettre de l'huile sur le feu.

La gosse a obéi, non sans claquer la porte derrière elle.

— Je ne les ai pas accompagnés, ai-je murmuré ensuite, parce que j'ai préféré me promener.

— Vous promener ?

— J'ai visité les ruines d'Okarta. J'ai pris le car.

— Le car ?

— À l'arrêt près de l'autel, après le carrefour. C'est magnifique, là-bas.

Gavras a opiné. Obéissant à un signe, son collègue s'est avancé et a posé un sachet en plastique sur la table.

— Le couteau, a annoncé le lieutenant, inutilement. Si je le voulais, je pourrais y vérifier les empreintes. Mais pour un chien… Mieux vaut régler ça à l'amiable, n'est-ce pas ? Monsieur Morris, les ouvriers doivent se procurer un nouvel animal, vous en êtes conscient. Pour protéger leurs coûteux engins.

Il a échangé quelques mots en grec avec le barbu.

— Deux cents euros suffiront, a-t-il ensuite traduit.

J'ai voulu protester.

— Deux cents euros, et on oublie tout ça, m'a-t-il coupé avec un geste las englobant la maison, son jardin et Alice, qui s'était pris le visage entre les mains. Franchement, c'est donné. Et puis, au moins, cette nuit, vous dormirez tranquilles. Quant à moi, je pourrai me consacrer à une enquête autrement plus sérieuse.

— Ce n'est pas moi, ai-je redit. Je ne vois pas pourquoi je devrais payer.

— Le lieutenant a raison, finissons-en, a lancé Andrew sur un ton éminemment raisonnable.

— Je n'ai pas cet argent. Tenez…

Je suis allé chercher mon portefeuille dans la chambre et l'ai remis à Gavras.

— Je n'ai que ça.

Il l'a ouvert, y a trouvé le billet de dix euros que j'avais volé à Louis, ma carte de crédit, quelques reçus et – me suis-je rendu compte trop tard – les trois capotes confisquées à Andrew.

— Je vois…

S'emparant de la coupure, il a refermé l'étui en cuir, a réfléchi, l'a rouvert, a examiné les préservatifs, a remis le billet, m'a rendu le tout.

— J'espérais tant régler cette affaire, a-t-il commenté avec un petit sourire déçu. Mais là, je doute que ce soit possible. Je vais être obligé de rédiger un rapport.

Haussant les épaules, il s'est tourné vers les deux hommes qui se sont mis à jacasser en agitant les bras avec colère. S'avançant, Andrew a murmuré quelque chose à l'oreille de Gavras, puis tout ce monde a suivi Andrew jusqu'à sa chambre, qu'il a déverrouillée. Quand il est ressorti, il tenait une pochette transparente au logo d'un bureau de change. Il a tendu plusieurs billets au barbu, plus deux autres au type en chemisette bleu clair ainsi que quelques-uns à Gavras lui-même.

Ce dernier a hoché la tête et empoché l'argent. Après un bref conciliabule, les Grecs sont partis. Andrew est revenu vers Alice et moi, pas très fier de lui, visiblement.

— Désolé, s'est-il excusé, mais ça semblait la solution la plus simple.

— Sauf que je n'ai rien fait et que, maintenant, tu as quasiment admis que c'était moi, ai-je pesté. Payer, c'était reconnaître ma culpabilité.

— Je suis prêt à tout pour me simplifier l'existence, a-t-il rétorqué.

Sur ce, il est entré dans la cuisine. La porte du réfrigérateur a émis un bruit de succion quand il l'a ouverte.

— Je ne serais pas autrement surpris qu'ils aient eux-mêmes égorgé cette pauvre bête ! ai-je lancé, suffisamment fort pour qu'il m'entende. Ils la nourrissaient à peine. Elle crevait de faim. Ils nous ont roulés.

Repoussant sa chaise, Alice a posé sa tête sur la table.

— Qui a pu faire ça ? ai-je continué. Qui ?

Soudain, ça m'est revenu.

— Artan ! Andrew ? Est-ce que tu lui as demandé d'y aller un peu fort ?

— Je lui ai parlé, oui, a-t-il reconnu en émergeant de la maison avec une bière.

— Est-il possible qu'il t'ait mal compris ?

— Peut-être, oui, a-t-il soupiré. Son anglais n'est pas bon.

— Et il serait capable de tuer un chien sans défense ?

J'étais révulsé. Daisy, qui était restée assise en silence près du mur, s'est éclairci la voix.

— Non, a-t-elle soufflé.

— Tu en es certaine ?

Je l'ai obligée à croiser mon regard. Elle n'a pas flanché, a acquiescé.

— C'est un ami, a-t-elle fini par lâcher d'un ton ferme.

— Quand on a vu sa famille mourir, a marmonné Alice, j'imagine qu'on est moins sentimental envers les animaux.

Andrew a effleuré son épaule nue. Dans la tension qui régnait, dans la raideur de leur maintien, j'ai perçu une sorte de courant électrique, de compréhension mutuelle. Une bouffée de haine envers Andrew m'a submergé. Ce n'était pas à lui de tout arranger ; il n'était pas propriétaire d'Alice. Ce que je lui prouverais un jour. Je rongerais mon frein, mais je lui ferais payer sa condescendance à mon égard.

Chapitre dix-sept

Cette nuit-là, il a plu. Au matin, le bois des chaises était strié de marques noires et les coussins, trempés. De petites flaques s'étaient formées sur le pourtour de la terrasse, des gouttes tombaient de la pergola sur la table. Mon tee-shirt et mon pantalon, que j'avais lavés et mis à sécher à une branche de l'olivier la veille, étaient saturés d'humidité. Le ciel était couvert et la mer, grise ; des nuages maussades cachaient presque entièrement l'Albanie.

Il n'y avait pas de pain frais, personne n'étant allé en chercher. Pas de lait non plus. J'ai déniché des biscuits dans un placard, me suis préparé une tasse de café noir, que j'ai bue debout, devant le plan de travail de la cuisine. La vaisselle sale du dîner et du petit déjeuner encombrait l'évier dans un bouillon de culture gras. J'aurais dû la faire, mais je n'en avais pas l'énergie. Ça sentait la fin des vacances. La fête était terminée, et plus rien ne serait comme avant. Dehors, le silence régnait. Le monde était noyé, littéralement, sous le mauvais temps. Même les cigales s'étaient tues. On n'entendait plus qu'un coq dans le lointain, et les frottements du balai d'Artan, qui débarrassait la terrasse de ses feuilles et de son eau. Je l'ai observé depuis le seuil de la cuisine. Il était en tee-shirt noir et jean, sa casquette enfoncée bas sur son crâne. Ses gestes étaient brefs et brusques, à croire que sa tâche le rebutait. Quand il s'est aperçu que je le regardais, il s'est interrompu. Sa bouche s'est tordue, affichant moins un sourire qu'une expression penaude ; c'était peut-être un clin d'œil. Quand Tina est apparue, serrant les pans de son peignoir rose, Artan s'est remis à l'ouvrage.

— Devons-nous lui demander s'il a tué le chien ? ai-je murmuré sans cesser de le fixer.

— Non, oublie, a-t-elle marmonné en frottant ses yeux ensommeillés.

— Au moins, le chantier est à l'arrêt.

— À cause de l'humidité, sans doute.

Alice a déboulé, fraîche comme une rose, en jean et haut bleu très années 1950. Elle nous a annoncé qu'elle avait passé une nuit formidable et pris une douche géniale.

— Et il n'y a pas de bruit ! a-t-elle ajouté. Espérons qu'ils soient tombés sur un affleurement rocheux et aient décidé de déplacer leur projet plus au sud.

— C'est une éventualité, ai-je acquiescé.

J'ai embrassé le sommet de sa tête, humé son shampooing. Ses efforts pour détendre l'atmosphère me touchaient.

— Et si on faisait un barbecue, à midi ? a-t-elle continué sur sa lancée. Ça vous tente ? Artan ? Vous auriez un moment pour nettoyer le barbecue de la piscine ? Le barbecue ? En bas ? Cuisiner ?

Chaque mot répété s'accompagnait d'une mimique appropriée.

— À mon avis, son anglais est meilleur que nous le pensons, ai-je supputé.

— Qu'est-ce qui te fait dire ça ?

J'allais lâcher une allusion à ce dont j'avais été témoin, me suis retenu à temps. Alice a entrepris de dresser une liste en se mordillant la lèvre. Très sexy. Ça, je ne l'ai pas oublié.

— Tu te tapes la corvée des courses, Paul ? Tu vas devoir aller au grand supermarché, à Trigaki. C'est à environ cinq kilomètres d'ici, sur la route de Pyros.

J'ai été surpris qu'elle me demande ce service, content aussi. C'était signe que j'étais rentré en grâce. J'étais l'homme de la situation. J'ai empoché l'argent qu'elle me tendait.

— Suis-je obligé de prendre Hermès ? Je ne me sens pas trop de garer ce tank.

— Non, a-t-elle admis après un instant de réflexion. Vas-y avec le minivan.

Tina m'a trouvé les clés, je me suis installé au volant, ai reculé le siège pour loger mes jambes. Quand j'ai mis le contact, la compilation a retenti – « Charmless

Callous Ways », une fois encore. J'ai manœuvré et je m'engageais dans l'allée lorsque Tina a accouru. J'ai baissé la vitre.

— Ajoute de la soude à ta liste, m'a-t-elle dit.

— Pardon ?

— Pour les olives. Alice en a besoin pour une recette de saumure qu'elle a dénichée sur Internet. Tu en trouveras partout. On est en Grèce, pas en Angleterre.

— D'accord.

Elle tournait déjà les talons, quand je l'ai rappelée.

— Tina ?

— Oui.

— Ce n'est pas moi qui ai tué le chien. Tu me crois, hein ?

— C'était une erreur, je sais, oui.

Réconforté, je suis parti. Même si sa réponse était ambiguë.

Trigaki était une bourgade poussiéreuse, perchée sur une colline à l'écart de la route. Ses faubourgs étaient semi-industriels, avec ronds-points et réseaux de rues menant à de grandes surfaces qui vendaient des équipements pour la maison et pour le jardin. Le centre était plein de vieillards jouant au backgammon, de femmes en fichus qui patientaient devant la camionnette d'un marchand de poulets vivants. J'ai croisé une pharmacie étonnamment moderne.

Durant quelques instants, j'ai caressé l'idée de ne pas m'arrêter, de traverser la ville, d'aller jusqu'à l'aéroport, n'importe où. Ces vacances me décevaient, plombées par la mort, le chagrin et la violence, même si aucun de nous n'aurait pu le prévoir. Je n'ai pas cédé à ma pulsion, cependant. Un autre que moi s'y serait peut-être résolu. Mais bon. Si j'avais été différent, tout se serait bien mieux terminé.

J'ai déniché le supermarché, me suis garé sur le parking. En entrant, j'ai été frappé par l'air glacé que crachait la climatisation. Je n'ai eu aucun mal à remplir ma mission – cuisses de poulet, côtelettes d'agneau, pâtes, féta, tomates, bière, charbon, allume-feux. En revanche, je n'ai pas vu de soude. Ignorant où ils pouvaient la vendre, j'ai inspecté les différents rayons : il n'y en avait pas à celui des olives ni à celui des vinaigres. J'ai posé la question à la caissière, qui s'est contentée de hausser les épaules et d'indiquer le centre-ville d'un grand geste vague. Du coup, après avoir mis les courses dans le coffre, je suis parti à pied dans cette direction. La rue principale était sale et ses caniveaux, jonchés d'ordures. Aucun magasin ne paraissait proposer de soude. Alors que je passais devant un café Internet, pris d'une inspiration, je suis entré. L'endroit était vide. Utilisant un des billets d'Alice, je me suis payé un café et quinze minutes de connexion.

J'ai d'abord consulté ma boîte de réception. J'avais reçu cent vingt-sept mails, des spams pour la plupart, ou des pubs d'Amazon ou d'Abe Books. Une certaine Katie s'excusait de son long silence, elle avait voyagé au Vietnam et au Laos (« trop bien ! »), mais elle était rentrée, maintenant, et souhaitait me cuisiner sur la carrière de journaliste à un moment ou un autre. J'ai fini par me rappeler la jeunette que j'avais croisée des mois auparavant au pub. Comme ça paraissait loin ! Combien j'avais changé depuis ! Pourquoi diable une fille comme elle voulait-elle mon avis ? Et au nom de quoi me serais-je intéressé au sien ?

Mon agent aussi m'avait écrit. Il avait lu ma dernière production et, « désolé, ce n'est pas pour moi ». Il avait « réfléchi », et ayant décidé de « réduire la voilure », estimait que je n'entrais plus vraiment dans ses cadres. J'ai avalé mon café amer en deux gorgées, flanqué son courriel à la corbeille avec les spams.

Il me restait cinq minutes, et j'allais abandonner quand une idée m'est venue. Je me suis rendu sur Google, où j'ai tapé « Florence Hopkins, suicide ». J'ai attendu quelques instants avant que plusieurs liens s'affichent :

Florence Hopkins certificats de décès.

Registres état civil.

Quatre-vingts suicides dus aux restrictions budgétaires.

Alan Sugar Tacle Katie Hopkins pour ses propos polémiques.

Soudain au milieu de la page : Inhumation d'une étudiante de Cambridge morte tragiquement.

J'ai cliqué. Une fenêtre s'est ouverte. C'était un article du *Hampshire Chronicle*. Deux photos se sont lentement affichées. La première : des parents agrippés l'un à l'autre, et un jeune homme qui les entraînait par le bras vers une voiture ; la seconde était celle d'une fille qui tenait un cierge magique, dont les étincelles jetaient des éclats de lumière sur sa peau. Elle avait des cheveux hérissés, un grand sourire qui dévoilait des dents du bonheur.

Le texte était court : « David Hopkins, homme d'affaires local, et son épouse Cynthia sont soutenus par leur fils Andrew à l'enterrement de leur regrettée fille Florence, décédée il y a quinze jours. Plus connue sous le nom de Florrie, étudiante à l'université de Cambridge, elle souffrait de dépression depuis le printemps. "C'était une personne merveilleuse, une élève formidable", a déclaré son ancien professeur principal. "C'est une grande perte pour notre communauté et sa famille." David Hopkins, qui aurait démissionné de son poste de directeur général d'Akorn Investments, reste injoignable à ce jour. »

J'ai consulté la date de l'article. Juillet 1994.

Il m'a fallu un moment pour recoller les morceaux. Ses obsèques avaient eu lieu un mois après mon départ de l'université.

Un scooter est passé devant le café. J'ai incliné en arrière mon siège en plastique, dont j'ai senti les pieds plier. Le sucre répandu sur le Formica s'est incrusté sous mes ongles.

J'avais été de mèche avec la cruauté… et avec la froide insensibilité[1].

---

1. En anglais « and charmless callous way », paroles de la chanson d'Everything but the Girl. *(N.d.T.)*

Florrie s'était tuée quelques semaines après que nous étions sortis ensemble. Si nous étions sortis ensemble, s'entend... Bien sûr que nous étions sortis ensemble, bordel ! J'avais cru que sa mort n'avait rien à voir avec moi. Je m'étais trompé. C'était bien celle que j'avais connue, qui s'était suicidée, et non pas l'être imaginaire qu'elle était devenue dans mon esprit. Nous nous étions rencontrés en avril ou mai de cette année-là. Elle avait mis fin à ses jours peu après, en juillet – mois durant lequel, chouchouté par les éditeurs, j'avais signé mon contrat, été interviewé par le magazine *The Bookseller*. Mois où mon talent avait été porté aux nues, admiré tel un joyau.

Assis dans ce café, pour la première fois depuis ces vieux événements, j'ai repensé à Florrie. À la vraie. Nous avions écouté de la musique dans sa chambre, le mur au-dessus de son lit était rugueux, son oreiller mince et de piètre qualité. Un motif de tournesol. Un haut à pois taillé dans un tissu satiné. Je l'avais embrassée. J'avais également dû coucher avec elle, même si ce souvenir-là restait hors de portée. J'avais séduit plusieurs nanas de la même année qu'elle – la semaine d'intégration des petites nouvelles était toujours bien occupée. Florrie était-elle parmi elles ? Évidemment. Toutes mes relations féminines étaient sexuelles, à l'époque. Pourquoi en serait-il allé autrement avec Florrie ? J'avais des regrets, du chagrin, je me sentais vaguement coupable – à cause de cette lettre que j'avais jetée à la poubelle. Pauvre Florrie. Ces informations étaient-elles de nature à affecter ma relation avec Andrew ? Avec Alice ? Fallait-il que je réexamine certaines conversations passées ? Que je sois plus attentif à certains de mes comportements ? Non. Sans doute pas. Florrie avait été dépressive, instable. Ça n'était pas réellement ma faute.

Derrière son comptoir, le propriétaire me dévisageait.

— Encore Internet ? m'a-t-il lancé.

Secouant la tête, je me suis levé. Ma chaise s'était coincée avec celle qui était derrière, et je les ai séparées d'un coup brusque. Puis je suis sorti, me suis éloigné de ces lieux.

Le moteur ronronnait déjà quand je me suis rappelé la soude. En des circonstances plus normales, j'aurais laissé tomber. Mais j'étais de mauvaise humeur, encore abasourdi par ce que je venais d'apprendre, et ma mission me convenait, tant parce qu'elle me distrairait que parce qu'elle retarderait mon retour à Circé.

J'ai interrogé un homme, qui m'a indiqué un magasin à cinq minutes à pied, dans la direction opposée à celle du centre-ville. L'endroit s'est révélé être moins une boutique qu'une cabane, qui proposait un bric-à-brac d'appareils électroménagers, d'aliments industriels et de ce qui ressemblait à des pièces détachées automobiles. Deux hommes en marcel étaient assis devant sur des chaises, à boire de minuscules verres de café. L'un d'eux, ayant entendu mon échange avec le propriétaire, m'a fait signe d'approcher et, après avoir vérifié que je disposais d'une voiture, m'a indiqué un itinéraire (si compliqué que je n'en ai retenu que la moitié) jusqu'à Praktiker, un distributeur qui se trouvait à l'autre bout de Trigaki.

Regagnant le minivan, j'ai erré un moment dans les faubourgs. J'ai fini par me retrouver dans une petite zone industrielle. J'ai repéré la grande surface de bricolage grâce à sa gigantesque enseigne rouge. À l'intérieur, parmi la peinture, les seaux et le petit matériel agricole, j'ai été dirigé par un employé en bleu de travail vers le rayon droguerie. Bingo ! Alors que je réglais, j'ai songé que le bidon était identique à celui que j'avais trouvé dans l'abri. Si ça se trouve, tous ces efforts auraient pu m'être épargnés.

Les flics étaient revenus. Dans la même voiture blanche avec le mot POLICE écrit en bleu et une traînée de rouille sur l'aile avant droite. Bon Dieu ! Fallait-il que ce soit quotidien ? Ils ne nous ficheraient donc jamais la paix ? Quand je me suis garé derrière eux, je me suis collé à leur pare-chocs. Tina est venue à ma rencontre.

— Tu as de la visite, m'a-t-elle annoncé.

— Comment ça, j'ai de la visite ?

— Ne t'inquiète pas, je suis sûre ce que n'est rien.

S'emparant du carton de courses, elle l'a emporté de l'autre côté de la maison. Je l'ai suivie avec le sac en plastique qui contenait le bidon de soude. La terrasse, privée de soleil, paraissait changée. La vue était dénuée de relief. Pas de jeux d'ombre et de lumière, pas de contrastes, juste une uniformité lugubre. Les brins de lavande semblaient menaçants. Des voix provenaient de la cuisine. Gavras, debout sur le seuil, une tasse de café à la main, un éclat de rire – ambiance décontractée. Me voyant arriver, il a tendu sa tasse à quelqu'un que je ne distinguais pas de l'extérieur, puis a fait mine d'essuyer ses mains comme pour les débarrasser de miettes.

— Monsieur Morris ! m'a-t-il apostrophé. Nous commencions à nous demander si vous alliez revenir !

— Je faisais les courses. Pour notre barbecue.

Alice est sortie de la pièce. Elle avait enfilé son bikini vert imprimé de palmiers jaunes et de parasols roses, avait une serviette sur les épaules. J'ai eu le temps de songer que c'était une drôle de tenue pour une journée aussi nuageuse. Elle a mordillé sa lèvre, l'a tordue de côté – son tic.

— Paul ? Le lieutenant Gavras a des questions à te poser… Pourrais-tu… Ici, ça va ?

— Naturellement, ai-je répondu avant de comprendre que ce n'était pas à moi qu'elle s'était adressée.

De toute façon, je m'étais déjà assis sur un coussin dont l'humidité n'a pas tardé à imprégner mon pantalon. J'ai posé le sac en plastique à mes pieds. Gavras a contemplé Alice, consulté sa montre, puis, se décidant, a pris la chaise face à la mienne. Il a abaissé les fermoirs de son attaché-case, en a tiré son calepin relié. J'ai tourné la tête pour tenter de croiser le regard d'Alice. Dans la cuisine, Tina rangeait mes emplettes. Bruit de succion du réfrigérateur, claquement des placards. À part ça, la maison semblait vide.

— Où sont les autres ? ai-je demandé.

— Ils sont descendus boire un café au village.

J'ai opiné, comme si j'avais eu à donner mon avis à ce sujet, avant de me ré-intéresser à Gavras.

— De quoi s'agit-il ? Encore du chien ? En quoi puis-je vous être utile ?

— Je suis navré de perturber vos vacances, monsieur Morris. Ce n'est rien… rien d'important.

— Tant mieux.

— J'ai été très occupé, cette semaine. Un viol, un chien égorgé. D'ordinaire, Agios Stefanos est beaucoup plus calme. Votre arrivée ici a rendu la vie bien plus passionnante, monsieur Morris.

— Je ne suis pour rien dans ces événements.

Il a ouvert son carnet.

— Il s'agit de broutilles, a-t-il repris sur le ton de la conversation. De points ayant éveillé ma curiosité.

— Je vous écoute.

— Vous prétendez être arrivé lundi sur le vol Thomas Cook, c'est bien ça ?

J'ai tâché de ne pas rougir. Je n'avais qu'une fraction de seconde pour me décider. Si Alice n'avait pas été là, j'aurais dit la vérité. Malheureusement, maintenant, son opinion primait par-dessus tout, pour moi.

— Oui, ai-je réussi à acquiescer.

— Avez-vous conservé votre carte d'embarquement ou votre billet ?

— Non.

Il a eu un imperceptible hochement de tête.

— Vous étiez donc encore chez vous dimanche soir à Londres ?

— Oui.

— Dans votre appartement de…

Consultant ses notes, il a ânonné l'adresse d'Alex.

— Exact, ai-je confirmé sans sourciller.

— Bizarre. D'après le cadastre, il appartiendrait à un certain Alex Young.

Alice a avancé d'un pas en plissant le front.

— Parce qu'il en est le propriétaire foncier. Je suis son locataire.

Gavras m'a étudié, menton levé, commissures des lèvres affaissées.

— Je vois. Nous y reviendrons plus tard. Quoi qu'il en soit, vous avez quitté votre domicile ce matin-là, avez pris l'avion qui décollait de Gatwick à 5 h 10 et avez atterri à l'aéroport international Ionnasis Vikelas à 12 h 40, heure locale.

— Oui.

— Monsieur Morris, a-t-il enchaîné sans méchanceté, il ne faut pas longtemps à mes hommes pour vérifier ce genre d'informations. Il leur suffit de consulter les listes de passagers, par exemple.

J'ai roulé des épaules comme pour les détendre.

— Où voulez-vous en venir ? a demandé Alice.

— Je vérifie seulement que M. Morris n'était pas à Pyros dimanche soir au bar le Cochon et le Sifflet.

— Non !

— Et vous ne connaissez pas Laura Cratchet ?

— Non.

— Alors que M. Hopkins se souvient que vous l'avez saluée ici, à Stefanos, quelques heures avant son viol. Que vous l'avez saluée, même… je cite : « comme une vieille amie ».

— Il me semble que c'est elle qui m'a dit bonsoir la première. Je l'avais croisée dans le car.

— Et vous l'aviez particulièrement remarquée ?

J'ai brièvement fermé les yeux.

— Assez pour la reconnaître ensuite, c'est tout.

— Et quand je vous ai vu dans la discothèque, jeudi, tout seul, vous maintenez que vous n'y étiez entré que par hasard ?

— Pas par hasard, non, mais, ainsi que je vous l'ai expliqué, parce que j'avais cru y apercevoir Andrew.

Alice se tenait à côté de moi, à présent. Elle s'est frotté les paupières.

— M. Morris a confirmé son adresse et l'heure d'arrivée de son avion, a-t-elle dit ensuite d'une voix froide. Il n'était pas à Pyros dimanche soir, pas plus qu'il n'était un ami proche de la victime du viol. Autre chose, lieutenant ?

Ce dernier griffonnait dans son calepin. Il a posé son stylo sur la table.

— Oui, a-t-il soupiré. J'aimerais revenir sur notre conversation à propos du chien.

— Vous savez pertinemment que je ne l'ai pas tué. Je suis presque sûr que c'est Artan, le gardien.

— Ma question, a-t-il poursuivi comme si je n'avais pas parlé, concerne l'endroit où vous vous trouviez quand on a égorgé l'animal. L'excursion que vous avez faite à Okarta, pour être précis.

— Je ne vois pas en quoi ça regarde la police.

— Vous avez aimé ?

— Oui.

Il s'est redressé, a rentré sa chemise dans son pantalon.

— Ce qui m'étonne, monsieur Morris, c'est que vous ayez jugé aussi intéressant un site qui est temporairement fermé.

— Pardon ? a sursauté Alice.

J'avais le souffle court et la gorge sèche.

— J'y suis allé, ai-je persisté. J'ai vu les ruines. D'accord, il n'y avait personne au guichet, ça m'a paru étrange, mais je suis entré et j'ai fait le tour.

— Et vous vous êtes rendu là-bas en car ?

J'ai hoché la tête.

— Vous avez eu une chance inouïe d'en trouver un qui aille dans l'intérieur des terres. Ils sont rares.

— Ma mère a toujours dit que j'avais une chance de tous les diables.

J'ai soutenu son regard. Il a plissé les yeux.

— Si vous en avez terminé, ai-je ajouté, je vais me doucher.

Sans attendre sa réponse, je me suis levé et me suis rendu d'une démarche assurée et calme jusqu'à la chambre. Même si, dès que j'ai eu tourné les talons, j'ai eu envie de fuir à toutes jambes, une explosion de panique me saisissant de la tête aux pieds. Je m'attendais à entendre le bruit de ses pas, à être bousculé, à avoir les bras tordus dans le dos. Rien de tel ne s'est produit, cependant. Il n'y a eu que le couinement de mes semelles sur la terrasse et, au loin, le coq. Les cigales.

J'ai passé le reste de la journée à jouer au petit ami modèle. Je me suis chargé du barbecue, j'ai retourné et arrosé la viande, les yeux piqués par la fumée, les mains ébouillantées par des projections de gras – tout ça sans une plainte. J'ai fait le service et débarrassé. J'ai apporté les boissons, trouvé des glaçons. Le soleil a fini par percer les nuages, histoire de nous rappeler que nous étions en vacances. Les ouvriers n'étant pas réapparus, le silence a été apprécié comme un don du ciel. Les tourterelles roucoulaient, les hirondelles voletaient comme des flèches au-dessus de la piscine. On a plaisanté et ri. Quelqu'un s'est baigné, petites éclaboussures et grandes goulées d'air, soupirs de satisfaction. D'ordinaire, après déjeuner, je me serais octroyé une sieste. Là, j'ai choisi de rester attentif aux besoins des autres. Tina ayant oublié ses peintures à la maison, je suis remonté les chercher. Yvonne souffrant de la chaleur, j'ai déplacé sa chaise longue à l'ombre. Frank et Archie manquant d'un partenaire pour une partie de menteur, j'ai été le premier à me porter volontaire.

Nous avons joué sous la pergola, près d'une plante dont les fleurs ressemblaient à de grosses trompettes blanches au cœur rose hérissé d'étamines jaunes. Les pétales jonchaient le sol, où ils se froissaient comme des mouchoirs en papier. J'ai gagné – quel meilleur menteur que moi ? –, puis les garçons ont sauté à l'eau. Alice, qui était assise à côté d'Yvonne, m'a souri et envoyé un merci silencieux en fronçant le nez. L'une des fleurs étant tombée sur la table, je l'ai ramassée et m'en suis caressé les lèvres. Douce, veloutée, sentant l'amande, elle avait tout d'une promesse, de l'espoir, de la sensualité.

Maintenant qu'il était parti, Gavras avait cessé de m'inquiéter. Je n'avais raconté que de petits mensonges sans conséquence. Ce qui importait, c'était Alice. Je lui avouerais la vérité plus tard, quand nous serions seuls. Les erreurs que j'avais commises, je ne les réitérerais pas ; mes penchants naturels, je lutterais contre. Puisque nous formions un couple, à présent. Les mensonges anodins et les infimes erreurs de jugement avaient tendance à peser lourd, mis ensemble. Mieux valait être honnête, mieux valait être sincère, mieux valait se soucier des gens. Florrie, par exemple. Pauvre Florrie. J'aurais dû comprendre qu'elle était fragile ; j'aurais dû subodorer le danger. Elle m'avait aimé – je l'entendais me le chuchoter à l'oreille, je sentais ses lèvres sur mon cou, je me rappelais avoir inséré ma langue dans sa bouche, avoir collé mon corps au sien. Pourtant, j'étais parti à Londres, je l'avais quittée. J'aurais dû être plus gentil.

J'ai contemplé Alice, espérant croiser de nouveau son regard, afin de lui transmettre ce que j'éprouvais. J'avais changé. J'avais tourné une page. Grâce à elle. Malheureusement, elle était allongée sur son transat, raide, les paupières closes. Soit Yvonne l'avait ignorée, soit elle l'avait remballée. Rien n'allait jamais, pour Yvonne : la viande était trop cuite et le vin, trop tiède, ou Karl racontait une anecdote qu'elle n'avait que trop entendue. Elle était amère, animée d'une étrange rancune. Si un type comme moi pouvait juger ça louche, Alice, elle, continuait de la fréquenter, de la soutenir. Telle était l'idée qu'elle se faisait de la bonté. J'apprendrais. J'irais peut-être même jusqu'à me confesser, pour Florrie, jusqu'à avouer la culpabilité que j'éprouvais. Quoi d'autre ? Artan et Daisy. Fallait-il que je divulgue ce dont j'avais été témoin ou était-il préférable que je tienne ma promesse ? Des deux, qu'est-ce qui devait l'emporter ? Qu'est-ce qui était le mieux ? J'avançais en terrain miné. Adopter un comportement égoïste face aux événements était tellement plus simple que tenter d'être moralement correct.

— On somnole ?

J'avais dû fermer les yeux un instant. Andrew me lorgnait méchamment.

— Non. Je réfléchissais.

— À ton prochain ouvrage ?

— Quelque chose comme ça.

— Tant mieux si ça marche ! s'est-il exclamé en m'assenant une bourrade sur l'épaule. J'ai des appels à passer, a-t-il ajouté à la cantonade avant de se diriger vers le sentier.

— Mais on est samedi, a objecté Tina. Je croyais que, en tant qu'associé, tu…

— Pas de repos pour les braves.

Évidemment, j'ai tout gâché en picolant trop. Je ne sais pas comment c'est arrivé. L'agneau du déjeuner était peut-être trop salé, j'ai bu trop de bières et de verres de vin pour compenser. Ou alors, le problème a été les mélanges ; ou le stress de cette journée, les courses, les efforts déployés pour épater la galerie. Le crépuscule est tombé, on a allumé les lumières, le chemin jusqu'à la terrasse a été traître, les buissons se refermant sur moi à mesure que je remontais. Andrew qui se réjouissait du triste spectacle que je donnais.

— Badaboum ! a-t-il ricané quand j'ai trébuché.

Une main m'a pris par le bras, des assiettes se sont entrechoquées, la conversation a forci avant de s'éteindre. La chambre obscure. La fraîcheur de l'oreiller contre mon visage. J'avais la tête farcie de Florrie, de Jasmine, de filles mortes et de filles disparues, de certitudes et d'incertitudes. La migraine a commencé à me marteler les tempes, une peur aussi solide que des sédiments a bloqué ma circulation sanguine. Quand Alice m'a rejoint, je l'ai attirée à moi.

— Allonge-toi près de moi.

Son corps, tout en creux et rondeurs, a bougé.

— Pardon, Alice, ai-je soufflé.

— Tu viens de m'appeler Florrie.

— Qu'est-ce que j'ai fait ? Qu'est-ce que j'ai fait de mal ?

Bien que complètement dans les vapes, je me souviens de sa bouche sur la mienne.

Chapitre dix-huit

Le chantier s'était subrepticement rapproché. Le lendemain, les gars se sont attaqués au bosquet qui bordait la piscine. Le marteau-piqueur détruisant le muret de séparation a réveillé toute la maisonnée.

— Ignore-le, m'a chuchoté Alice, et son haleine tiède et humide a caressé ma joue. C'est la seule chose à faire. Continuer comme si de rien n'était.

Elle s'est retournée, emportant le drap avec elle.

Le soleil était revenu, le ciel avait retrouvé son bleu tout propre, le monde avait séché, la chaleur fendillait le sol. Par rapport à la veille, au temps carrément maussade d'abord, puis nuageux par intermittence, cette journée promettait d'être torride, bercée par cette touffeur que nous étions venus chercher ; que nous méritions. Une fois debout, Alice est directement allée se baigner, dans l'espoir de gêner assez les ouvriers pour qu'ils s'interrompent. Je me suis joint à elle. Artan était en train de nettoyer le filtre. Je me rappelle qu'il avait fourré sa casquette dans la poche arrière de son jean, je revois sa nuque, j'entends encore les raclements de la brosse. Andrew et Tina sont descendus peu après. Cette dernière m'a demandé si j'avais mal à la tête.

— J'ai de l'aspirine, là-haut, a-t-elle précisé. Et tu devrais boire beaucoup d'eau.

— Un peu tard pour ça, non ? a ricané Andrew.

Daisy est arrivée à son tour. Elle s'est débarrassée de sa robe, exposant son corps bronzé. Artan l'a matée, tandis qu'elle s'installait sur une serviette. Je n'ai pas oublié ça non plus. Ni avoir pensé qu'elle se savait observée par lui, et que ça m'excitait un peu même si ça me culpabilisait également, comme notre secret commun me posait encore un problème. Phoebe était-elle déjà avec nous ? Ces détails ont leur importance. Oui. Je me souviens d'être passé à côté d'elle pour m'approprier une chaise longue. Je me souviens de ses cheveux blonds et de ses racines noires, de son geste délibéré, en me voyant approcher, pour se couvrir d'un drap de bain.

En revanche, je ne me rappelle pas l'instant précis où les travaux se sont arrêtés. Toute la matinée, le vacarme n'avait cessé de se taire, puis de repartir. Je ne me rappelle pas de cri d'alarme. En aurais-je entendu un, d'ailleurs, j'aurais cru à un souci avec les engins. Il est possible que mon inconscient ait effacé les voix distantes. J'étais aussi dans le cirage de la gueule de bois. J'imagine que, quand le silence est tombé, c'est le soulagement qui l'a emporté chez moi.

Depuis mon transat, le monde était immobile. C'est du moins l'impression que j'en garde, a posteriori. Alice couchée sur le ventre, la tête sur le côté, la nuque rigide, la main refermée sur son livre traînant par terre. Les motifs de la piscine se reflétant sur la toile du parasol. Les moucherons dans l'herbe. Les feuilles d'olivier argentées par le soleil. Un frelon qui volait dangereusement bas au-dessus de l'eau, le gargouillis du filtre.

Puis les voix ont forci, se sont teintées d'une urgence, d'un affolement. Des cris pareils à des rafales. Le moteur d'une voiture cahotant dans le champ. Le grondement d'une moto. Des bruits de cavalcade. Des bottes piétinant les broussailles. Il me revient que je me suis assis et que j'ai découvert, certes très lentement, Gavras au milieu des buissons, dans l'ombre pommelée des arbres rabougris. Ses biceps saillant sous ses manches. Il y avait trop d'ombre pour que je distingue ses traits, juste une flèche fichée dans sa tête – non, une brindille prise dans ses cheveux. Il a avancé de quelques pas, quittant la pénombre pour gravir la pente. Son expression épouvantable. S'est-il adressé à Alice ? Je n'en sais toujours rien.

Mes souvenirs à partir de là : le fracas de la chaise longue d'Andrew qui se repliait quand il s'est brutalement relevé ; Alice, le visage tendu, courant vers le lieutenant puis revenant vers moi, trébuchant, se cognant l'orteil ; Tina remettant sa robe à l'envers et disant : « Que se passe-t-il ? » ; Phoebe et Daisy se drapant dans leurs serviettes et se blottissant près du barbecue ; Andrew, cassé en deux, ses épaules rosies par un coup de soleil, tâtonnant à la recherche de son portable qui était tombé ; Artan s'entretenant rapidement dans une langue étrangère avec l'un des ouvriers ; Gavras braillant des ordres au téléphone.

Mais surtout, je me souviens de la voix d'Alice, répétant à l'envi :

— Ils l'ont trouvée ! Ils l'ont trouvée !

J'étais d'un calme extraordinaire. J'étais un spectateur, un témoin. Rempochant son appareil, le flic nous a invités d'un geste à regagner la maison. J'ai redressé le transat d'Andrew, ramassé son mobile. J'ai récupéré un drap de bain qui trempait en partie dans le bassin. J'ai passé mon bras autour des épaules d'Alice et l'ai entraînée derrière les autres sur les marches du sentier. Elle claudiquait, son orteil saignait et laissait des traces rouges à chaque pas. Je l'ai obligée à s'asseoir, ai lavé sa plaie, inspecté le bout de peau qui s'était décollé. Après avoir étanché l'écoulement, j'ai enroulé son doigt de pied dans du papier-toilette que le sang a vite transpercé. Louis, énorme et disgracieux dans son bas de pyjama, est sorti de sa chambre.

— Qu'est-ce qu'il y a ?

— C'est en rapport avec Jasmine, a répondu sa mère.

— Nous n'en savons encore rien, a objecté Tina.

J'ai relevé les yeux du pied menu d'Alice.

— Nous ne savons rien du tout, ai-je renchéri.

Pendant des heures, personne ne s'est manifesté. Rassemblés sur la terrasse, pareils aux personnages d'un roman d'Agatha Christie, nous avons attendu qu'on nous dise quoi faire. Andrew, qui s'était habillé (pantalon beige et polo rose pâle Fred Perry), est redescendu voir « ce que c'est que ce bordel » et a aussitôt été renvoyé en haut. Gavras lui ayant demandé la permission d'utiliser la maison comme base, il la lui a accordée.

— Si ça te va aussi, Alice, hein ?

Elle a acquiescé. Tina a apporté des côtelettes d'agneau froides de la veille et des tomates. Aucun de nous n'a rien avalé. J'ai pris une bière puis, observant les autres, l'ai regretté. Archie et Frank, qui étaient allés inspecter la cour, sont revenus en annonçant que l'allée était pleine de voitures de police. Un ruban avait même été tendu devant la barrière.

— Ça ne peut pas être un autre chien, a décrété Frank. Ils n'ont pas bouclé la zone, pour celui de Paul.

— Celui qu'il a tué, a ajouté Phoebe.

— Ce n'est pas mon chien, me suis-je défendu. Je n'y suis pour rien.

Alice n'arrêtait pas de répéter qu'il fallait avertir Yvonne. Elle avait le pied posé sur une chaise, le papier-toilette rougi se détachait. Elle n'y prêtait pas attention. Je rafistolais ce pansement de fortune chaque fois que je m'approchais d'elle.

— Au cas où, a-t-elle marmonné. Elle tient sûrement à être mise au courant.

— Non, a contré Andrew.

Il a secoué la tête, puis l'a hochée à plusieurs reprises tout en s'assurant qu'elle avait compris.

— C'est à cause de cette façon que Gavras a eue d'opiner quand il m'a regardée, a-t-elle insisté. Je n'arrive pas à me sortir ça du crâne.

Elle a enfoui son visage dans ses bras croisés sur la table. Elle frissonnait.

— Ils n'ont peut-être rien trouvé de spécial, a dit Tina. Un ouvrier s'est sûrement blessé. C'est un accident du travail. Quand c'est grave, ils avertissent la police. Pour peu qu'un engin soit en cause, la responsabilité de la société est engagée.

— Non ! a assené Alice en se redressant. C'est Jasmine. J'en suis certaine.

Les ombres ont rétréci, puis se sont allongées. Les garçons étaient rentrés jouer sur la Xbox. Tina rangeait la cuisine. Phoebe et Daisy squattaient ma méridienne, le nez penché sur un iPad. Assis côte à côte, Alice et Andrew contemplaient la mer. Moi, je faisais semblant de lire.

Un homme d'âge moyen en costume bleu et armé d'un attaché-case a surgi à l'angle de la maison, est passé devant nous sans s'arrêter et s'est engagé sur le chemin de la piscine. Il a été suivi, quelques minutes après, par deux femmes plus jeunes vêtues de combinaisons blanches et chargées de gros sacs de matériel.

Si l'une d'elles nous a salués d'un signe de tête, aucune ne nous a adressé la parole. Puis le premier type est remonté et s'est planté à un coin de la terrasse. Nous tournant le dos, il a téléphoné. Sa veste était de médiocre qualité et trop petite – la couture centrale commençait à bâiller.

— Je regrette que nous ne parlions pas grec, a dit Alice.

— Comment sait-il que c'est le cas ? a rétorqué Andrew. Que nous ne comprenons rien ?

— Quelle impolitesse ! Nous traiter comme si nous n'existions pas !

Comme je l'observais avec attention, j'ai lu sur son visage l'instant précis où ils sont revenus. Ses yeux se sont assombris, ses joues se sont creusées, ses lèvres ont blêmi. C'était une procession. D'abord, les femmes en blanc qui, une fois en haut, se sont écartées pour patienter. Deux hommes sont ensuite apparus, portant quelque chose à bout de bras, lentement, précautionneusement, veillant à ce que leur cargaison ne tangue pas. Elle ne pesait pas lourd, ils n'avaient aucun mal à la manier. Néanmoins, leur posture et leur expression laissaient supposer qu'ils n'avaient jamais eu la charge d'un tel fardeau. Le premier était le bel Angelo, le second, le flic chauve de la plage du Delfinos. Arrivés à notre niveau, ils ont déposé leur faix sur le sol.

Une civière. Sur laquelle reposait une housse en plastique ; sous laquelle on devinait une masse anguleuse et plate, pâle et sombre, molle, striée de noir par endroits. Des vêtements, des os et des tendons. Pas beaucoup. Une poignée de poussière et de terre. Le chauve s'est agenouillé, coudes sur les genoux, afin de reprendre son souffle. Le beau gosse s'est accroupi afin d'ajuster la housse ; il avait des gestes délicats, révérencieux. Sa glotte s'est agitée, il a dégluti, fermé les yeux.

Gavras fermait la marche, le visage sinistre.

— Je suis navré, madame Mackenzie. Je… je suis vraiment désolé.

Alice s'est mise debout, les paumes plaquées sur les joues. Elle fixait le cadavre avec un mélange de pitié et de terreur. Son cou s'était couvert de plaques rouges. Renversant sa chaise, Andrew s'est approché, le regard sans expression.

— C'est un corps ? a-t-il murmuré. Celui de Jasmine ?

Sur le seuil de la cuisine, Tina a gémi.

— Nous ne sommes sûrs de rien, sinon que nous avons trouvé une dépouille. Dans un vieux puits. Désolé.

Une boule s'est formée dans ma gorge. Malgré toutes nos craintes, je m'étais attendu à une autre explication. À un drame antédiluvien, à un incident mécanique, à un malentendu. J'ai senti l'émotion d'Alice et d'Andrew glisser sur ma peau comme de la glace, incendier la moindre de mes terminaisons nerveuses.

Angelo s'est redressé, a vérifié que son collègue était prêt, et ils ont de nouveau soulevé le brancard.

Dépassant nos deux adolescentes, ils ont disparu en direction de la cour. Les femmes en blanc leur ont emboîté le pas. Gavras n'a pas bronché.

— Il est incroyable qu'elle ait été ici, si près de la maison pendant toutes ces années, ai-je marmonné.

Quand Alice a pris la parole, sa voix était rauque, presque inaudible.

— Avez-vous prévenu Yvonne ?

Elle s'est raclé la gorge, a répété plus fort :

— Avez-vous prévenu Yvonne ?

— Nous ignorons encore s'il s'agit de Jasmine Hurley, a objecté le lieutenant. Il faut que nous suivions la procédure.

— Vous venez de découvrir un corps, non ? Qui cela peut-il être, à part Jasmine ? Bien sûr que c'est elle !

— Madame Mackenzie, je comprends que vous soyez bouleversée…

— AVEZ-VOUS AVERTI YVONNE ? a-t-elle hurlé.

— Je pars m'entretenir avec elle sur-le-champ. Mes hommes vont rester ici en attendant que nous organisions une fouille en bonne et due forme.

Il s'est interrompu, a regardé de gauche à droite, apparemment indécis.

— Euh… Navré pour le dérangement. Est-ce que vous êtes d'accord pour que… Nous devons procéder à des recherches. Et vous interroger, si… même si ce n'est pas…

Il semblait avoir perdu toute sa confiance en lui, toute son arrogance. Andrew a décidé de gérer la situation. Il a serré la main de Gavras.

— Nous ne bougerons pas d'ici. Personne n'ira nulle part. Nous pouvons quand même utiliser la maison ? C'est OK ? Nous ne la quitterons pas.

— Oui, merci. Oui, naturellement. Je suis sûr que… Oui. Je… je reviendrai en temps utile.

Le policier a tourné les talons, a fait quelques pas, s'est ravisé.

— Monsieur Hopkins ? Pourrais-je vous dire un mot en privé ?

Andrew s'est avancé, effleurant au passage l'épaule d'Alice, et les deux hommes ont gagné l'extrémité de la terrasse pour discuter loin des oreilles indiscrètes. J'ai essayé de deviner la teneur de leur échange en lisant sur leurs lèvres.

— De quoi parlent-ils, à ton avis ? ai-je demandé à Alice.

Pas de réponse. J'ai pivoté sur moi-même. Si son portable était encore sur la table, elle avait disparu.

— Alice ? Tina ?

Rien.

Andrew revenait vers moi.

— Paul ? Un mot en privé, s'il te plaît.

La même phrase que celle de Gavras. J'ai hoché la tête. Après tout, il devait tout régler, tout organiser.

— Je t'écoute.

— Tu veux t'asseoir ?

— Non, merci.

— À ta guise. Le lieutenant a insisté pour que tu ne t'éloignes pas d'ici. Je lui ai promis d'y veiller.

— Pourquoi moi en particulier ?

— En dépit des événements, il a encore des questions à te poser sur ta relation avec Laura Cratchet.

— Qui ? ai-je répondu, avant de me rappeler. Quelle relation ? Je n'en ai aucune !

— Je me contente de te répéter ce qu'il m'a dit.

Il jubilait, le salopard. J'ai eu beau le toiser, je n'ai pas réussi à l'obliger à baisser les yeux. Derrière lui, sur la mer, un bateau à moteur filait, laissant un petit sillage blanc pareil à celui d'un avion fendant le ciel.

Je me suis rendu dans la chambre, en quête d'Alice. Tina en sortait quand j'y suis arrivé. Nos corps se sont effleurés sur le seuil.

— Sois gentil, m'a-t-elle soufflé.

Alice était allongée sur le lit, sa robe froissée enroulée autour de ses cuisses, son visage enfoui dans l'oreiller.

— Je suis navré, ai-je dit. Je suis désolé que tu te sois trompée.

M'asseyant près d'elle, j'ai caressé ses cheveux, noté les gouttes de sueur sur son front.

— Désolé, ai-je répété. S'ils ont raison, c'est affreux. Pour Yvonne. Pour toi. Pour tout le monde.

Elle a poussé un long, profond et tremblant soupir, et j'ai oublié mes propres soucis pour me laisser emporter par une nouvelle vague de tendresse et de compassion. J'ai pensé au temps et à l'argent qu'elle avait consacrés à la mission qu'elle s'était assignée, au cœur qu'elle y avait mis, à l'effet dévastateur qu'avait eu sur elle la disparition de Jasmine, une gamine qu'elle n'avait pourtant jamais connue. J'ai eu envie de l'envelopper dans une couverture, de l'enlacer et de la serrer contre ma poitrine.

J'ai lissé une mèche de ses cheveux. J'ai continué à chuchoter, longtemps, évoquant le nombre de gens qui dépendaient d'elle, le sacrifice de soi exceptionnel qu'elle avait consenti, le soutien qu'elle avait apporté à Yvonne, son investissement remarquable, le fardeau qu'avait été l'espoir, la mère formidable qu'elle était.

— Je te trouve…

La voix m'a manqué.

— … merveilleuse.

Elle n'a pas réagi.

L'après-midi s'est étiré, la chaleur est retombée. Au bout d'un moment, je me suis allongé à côté d'elle.

Andrew se tenait dans l'encadrement de la porte-fenêtre. Silhouette sombre. Il ne devait pas être là depuis très longtemps. À nous épier. Il a tendu une main dans laquelle se trouvait le téléphone d'Alice. Il a placé l'autre dessus, a dit :

— Karl. J'ai décroché. Je n'avais pas le choix.

Elle s'est assise, l'a regardé. Ses cheveux humides collaient à son visage, strié par les marques rouges de l'oreiller. J'ai songé à Salomé apportant la tête de Jean-Baptiste à Hérodias.

— Il veut te parler, a insisté Andrew.

Elle s'est levée, a chancelé jusqu'à lui, s'est emparée du portable, a poussé le vantail, est sortie. Je l'ai entendue, très nettement.

— Mon cher Karl. Comment va-t-elle ?... Je m'en doute, oui... Inimaginable... Le pire qui soit...

Un son entre le soupir et le chevrotement.

— Elle tient le coup ? Si elle le souhaite... si elle en a la force, évidemment, oui.

Un long silence.

— Ma chérie. Ma chérie. Nous ne sommes encore sûrs de rien, mais... Les mots ne peuvent pas...

Une autre pause interminable.

— Je sais, oui.

Andrew l'avait suivie. Je me suis demandé s'il l'avait prise par l'épaule.

— On nous a priés de rester ici. Je viendrai vous voir dès que j'en aurai l'autorisation.

Silence, puis d'une voix plus douce :

— Nous l'ignorons...

Silence.

— Toutes mes pensées... toute mon affection... Yvonne, je suis désolée. Désolée.

Rien pendant un moment, et :

— Elle a raccroché.

Elle est rentrée, seule. Je n'avais pas bougé du lit.

— Comment va-t-elle ? me suis-je enquis.

— Elle est sous le choc. La police est là-bas.

— Bien sûr. Ne serait-ce que pour observer sa réaction.

— Comment ça ?

— À ton avis ?

— Ne commence pas, Paul.

— Aurait-elle pu être au courant de l'existence du puits ? Parce que le meurtrier de Jasmine l'était forcément. La résidence où ils logeaient était-elle loin d'ici ?

— Dieu du ciel, Paul ! Pas maintenant !

Elle a filé dans la salle de bains, d'où me sont parvenus des bruits d'eau. Elle devait se laver le visage. Et les dents. J'ai senti l'humidité de ses joues quand elle est revenue s'allonger, humé la menthe dans son haleine.

Ce n'est pas moi qui ai initié la chose. Je n'aurais pas eu cette audace. Elle a retiré sa robe et son maillot de bain rouge, a roulé sur moi, collé son corps au mien, m'a embrassé avec violence. Je lui ai rendu son baiser, sur mes gardes d'abord, puis avec une intensité identique à la sienne, puisque c'était ce qu'elle semblait désirer. Elle a immobilisé mes bras au-dessus de ma tête, m'a retiré mon tee-shirt, a glissé ses doigts sous l'élastique de mon short. Elle a fourré son genou entre mes cuisses, a plaqué ses seins sur mon torse, s'est frottée à moi avec une ardeur que je n'aurais pas osé y mettre.

D'un seul mouvement, je me suis libéré et l'ai renversée sur le dos. Elle haletait, serrait les paupières. Elle a tiré sur ma braguette, je me suis penché pour presser mes lèvres sur les siennes, j'ai attendu le plus possible avant de la pénétrer. Sa bouche s'est ouverte, sa langue a cherché la mienne. Quand j'ai baissé la tête, ses dents ont mordu ma lèvre. Je me suis redressé. Ses mains agrippaient mes cheveux.

— N'arrête pas ! a-t-elle soufflé. N'arrête pas, merde !

Je me suis exécuté. Mais j'ai ralenti. J'ai ralenti jusqu'à ce qu'elle n'y tienne plus. Quand elle a crié, quand elle a enfin joui, je fixais son visage du regard.

Ce soir-là, nous n'avons pas dîné. Nous n'avons pas quitté la chambre. Je ne sais pas ce qu'ont fait les autres, si Andrew les a forcés à faire comme si de rien n'était. Je ne sais pas si les flics ont cessé de surveiller les alentours, parce que la nuit était tombée, ou s'ils ont monté la garde. Alice et moi sommes restés où nous étions. Quand nous avions soif, nous buvions au robinet de la salle de bains. Elle a beaucoup dormi, tandis que, près d'elle, je l'écoutais respirer.

J'aurais dû être sur un petit nuage. Moi, le grand homme. Son premier orgasme en plus de dix ans. Ne me l'avait-elle pas confié ? *Je ne jouis plus.* Pourquoi n'étais-je pas fier de moi ? Six mois auparavant, je n'avais songé qu'à réussir cet exploit. Quelque chose en moi avait changé. J'éprouvais pour elle une tendresse déchirante mêlée à une terreur dont la cause m'échappait.

Chapitre dix-neuf

Gavras a rappliqué tôt le lendemain matin avec un mandat de perquisition l'autorisant à fouiller la maison et le jardin. Des hommes en combinaison se sont répandus partout, dans la cour, le garage, autour de la piscine, dans le bosquet. On aurait dit une invasion de fourmis. Une sensation de claustrophobie et d'inconfort me démangeait. Je brûlais d'envie de fuir.

J'étais assis sur la terrasse en compagnie d'Alice, d'Andrew et de Tina. Nous étions tous les quatre en proie à la nervosité et aux sautes d'humeur. Le lieutenant nous a rejoints. Il était rasé de frais, avait mis une chemise blanche bien repassée qui paraissait un peu étroite pour lui à l'encolure. Il n'arrêtait pas de se dévisser le cou et de tendre le menton, comme s'il essayait d'assouplir le tissu. Il s'est installé à côté de moi, a posé une main sur ma chaise, s'est excusé de nous « gâcher les vacances » et, à l'invitation d'Andrew, nous a prudemment renseignés sur ses dernières avancées.

La dépouille avait été envoyée à la morgue de Pyros pour un relevé ADN qui paraissait confirmer qu'il s'agissait de Jasmine. Le médecin légiste, l'homme d'âge moyen en costume bleu de la veille, avait été incapable de fixer avec précision la date du décès, mais avait convenu que le cadavre était resté dans le puits « entre cinq et dix ans ». Le bassin était celui d'une femme. Les plaques de croissance, la structure osseuse et les sutures crâniennes suggéraient que c'était le corps d'une adolescente de type caucasien entre treize et seize ans, n'ayant pas encore atteint sa maturité physique. De surcroît, les fragments de tissu retrouvés correspondaient, sauf pour un élément, à la description des vêtements que portait Jasmine au moment de sa disparition. Il ne faisait aucun doute qu'on s'orientait vers une enquête pour meurtre. La victime n'était pas tombée dans le puits, elle y avait été jetée *post mortem*. Après qu'un coup violent lui avait été porté à la tête. Plus étrange, quelqu'un avait récemment essayé de détruire ces preuves.

— Je n'arrive pas à croire qu'elle ait été ici tout ce temps, a déclaré Tina. Je ne comprends pas.

Gavras nous a informés qu'il allait bientôt céder la place à un supérieur qui se chargerait de l'affaire. Entre-temps, il souhaitait régler les derniers détails de ses autres enquêtes. Car il était sur le point de rendre ses conclusions, a-t-il précisé avec un sourire. Sur ce, il s'est tourné vers moi.

— Monsieur Morris, j'ai quelques questions à vous poser quant aux incohérences que nous avons soulevées samedi.

J'ai hoché la tête, imperturbable. J'avais deviné que ce moment arriverait.

— Je suis à votre disposition.

— Pourrions-nous nous entretenir en particulier un peu plus tard dans la matinée ?

— Pas de souci.

Il m'a observé pendant quelques secondes, a opiné à son tour. Ensuite, il s'est adressé à Alice, à qui il a appris qu'Yvonne était « en état de choc émotionnel sévère ». Un médecin avait été appelé de Trigaki, mais Mme Hurley insistait pour discuter avec elle d'abord. Mon regard a croisé celui de Tina.

— Aussi, je vous autorise à la rejoindre à l'hôtel. L'un de mes hommes vous y accueillera.

— J'y vais tout de suite, a dit Alice en se levant et en ramassant sur la table les clés du minivan. Tina ? Tu veilles sur les gamins quand ils se réveilleront ? Je n'ai pas eu le temps de leur expliquer correctement la situation. Andrew ? Nous devrions commencer à travailler sur un communiqué de presse. Parce que ça risque de fuiter, non ? Nous devons réagir avant.

— Je t'accompagne à la voiture, ai-je dit.

J'ai passé mon bras autour de ses épaules, elle tremblait. Dans la cour, je lui ai ouvert la portière, elle s'est assise au volant. Puis j'ai contourné le véhicule et j'ai pris place sur le siège passager.

— Je viens aussi, ai-je décidé. Jusqu'au village seulement. Ça me fera du bien de respirer un peu.

— D'accord.

Elle a mis le contact, et du rock alternatif des années 1980 a résonné dans l'habitacle. Tracey Thorn chantait qu'il était toujours mieux de s'effondrer et de pleurer. Après avoir poussé la clim à fond – chaud, pas froid –, Alice a fait demi-tour. Angelo montait la garde à l'entrée de la cour, elle a baissé sa vitre.

— Le lieutenant Gavras m'a donné la permission de descendre à Stefanos.

— Vous, oui, a répondu le bellâtre, mais pas lui. Il doit rester.

— Nous n'en avons pas pour longtemps.

Il a secoué la tête. Je n'ai pas bougé. Alice s'est penchée vers moi, et une bouffée de fleur d'oranger et de figue a chatouillé mes narines, ainsi qu'une odeur plus âcre de chlore. Elle a actionné la poignée de mon côté.

— Tu ferais sans doute mieux d'obtempérer.

— Vraiment ?

— Oui, a-t-elle répondu en m'embrassant sur la joue. Je reviens très vite.

Angelo a ouvert la portière en grand, et je suis descendu, les mains levées en signe de reddition ironique. Il l'a refermée puis a frappé sur le toit du minivan, et Alice s'est éloignée lentement. Je l'ai suivi des yeux jusqu'à ce qu'il cahote hors de l'allée. J'ai vivement regagné la terrasse et mon fumoir personnel.

De l'intérieur me parvenait la voix d'Andrew au téléphone, très avocat pompeux.

— … ce sera à vérifier…

J'ai allumé une cigarette, légèrement déconcerté d'être coincé ici, prisonnier, voué à l'ennui. Rien de plus. Andrew est sorti de sa chambre en glissant son portable dans sa poche. Il ne m'a pas tout de suite vu, mais il a scruté les environs, menton tendu, et s'est dirigé droit sur moi quand il m'a repéré.

— Paul ! m'a-t-il salué en s'asseyant près de moi. Je croyais que tu étais parti avec Alice.

— Apparemment, elle est la seule à pouvoir quitter les lieux.

Il a hoché la tête, pensif.

— Hmm, a-t-il concédé. C'est pénible, je sais. Quand ça ne veut pas…

— Je ne pige pas pourquoi Gavras tient encore à me bassiner avec le viol de cette malheureuse.

— Manque de pot, ça s'est passé le soir de ton arrivée à Stefanos.

— Le hasard.

— Remarque, a-t-il rigolé, que je n'ai pas dit « le soir de ton arrivée à Pyros ».

— Rien qu'un malentendu que j'éclaircirai avec Gavras.

Il a balayé d'invisibles poussières sur son short.

— Bien sûr qu'il s'agit d'un malentendu. Mais tu comprends qu'il fasse le lien. C'est un flic.

— Heureusement que j'étais ici au moment des faits. Et que j'ai un alibi, puisque Alice était avec moi.

— Le problème, justement, c'est que tu n'as pas d'alibi ? Elle n'était pas avec toi ? Mais avec moi ?

Comme ses gosses, il transformait ses affirmations en interrogations. J'ai attrapé une nouvelle clope, que je n'ai pas allumée, cependant, me bornant à la rouler entre mes doigts.

— Oui, ai-je acquiescé, circonspect. Je suis au courant. Vous êtes allés chercher Louis au port, plus tardivement que ce que tout le monde… Pardon, que ce que Gavras pense. J'espère qu'il n'insistera pas, parce que je n'ai pas envie d'entrer dans ce genre de détails.

Il a laissé passer un moment, a caressé le bois sculpté de la méridienne.

— Tu as raison. Inutile qu'il apprenne que Louis était au village.

— Je ne tiens pas à le lui signaler, mais si j'y suis obligé, je dirai la vérité. Alice aussi, je n'en doute pas, si elle découvre que je risque d'avoir des ennuis. Elle m'aime. Elle me soutiendra.

Il a rentré le menton.

— Quitte à porter tort à son fils ? Je ne crois pas, non.

Mon cœur s'est serré, soudain.

— Je ne le soupçonne de rien, mais je continue d'estimer qu'il faudrait l'obliger à avouer. Alice partage mon avis, j'en suis sûr. Je ne sais pas trop pourquoi tu lui recommanderais le contraire.

— Non, Paul. Personne ne forcera Louis à quoi que ce soit. Sois réaliste. Alice fera n'importe quoi pour protéger son fils et, vu les circonstances, moi aussi.

— Mais la vérité… ça compte, non ?

— La vérité est une chose bien étrange, Paul. Toute vérité est subjective. Nous sommes tous responsables. Ne t'avons-nous pas tous entendu proférer qu'il était temps que Louis ait des rapports sexuels ? Crois-tu que les deux garçons ne lui aient pas rapporté tes propos ? Et n'as-tu pas parlé de ces filles à demi nues comme de marie-couche-toi-là ?

— Il n'empêche… s'il existait le moindre doute que Louis puisse être un violeur ?

— Encore une fois, un terme très subjectif. Prends Florrie… Ma sœur. Tu es parti de certains présupposés, et elle t'a laissé faire, parce qu'elle croyait t'aimer.

Il s'exprimait avec tant de calme et de décontraction qu'il était difficile de déceler une émotion quelconque derrière ses mots.

— De quels « présupposés » parles-tu ?

— Tu sais bien. Qu'elle avait de l'expérience, plus qu'en réalité. Qu'elle « aimait ça ». Qu'elle était une fille facile.

— Je ne me souviens pas de…

— Si, Paul. Or elle était vierge, ce qui comptait beaucoup à ses yeux. Et je te saurais gré de ne pas tenter d'affirmer que ça signifiait quelque chose pour toi.

Autour de ma poitrine, l'étau a été poussé de quelques crans supplémentaires. J'avais les jambes sciées, du mal à respirer.

— Je suis désolé, ai-je marmonné sans réussir à le regarder en face.

J'ai tâtonné à la recherche de mon briquet.

— Vu ton peu d'égards vis-à-vis d'elle, on pourrait presque qualifier votre relation de viol. Pas une seconde tu n'as pensé aux dégâts que tu provoquerais.

Je suis parvenu à me mettre la clope au bec, mais mes doigts tremblaient.

— Je suis désolé, ai-je répété. Je ne me suis pas rendu compte…

— En effet.

J'étais conscient qu'il me fixait, qu'il me jaugeait. J'aurais préféré qu'il s'en abstienne.

— Elle t'aimait, a-t-il ajouté après un silence. Tel a été le problème.

— Si je m'étais douté…

— Qu'elle tenait autant à toi ? Ou qu'elle allait se tuer ?

Il est parti d'un rire sans joie. J'ai enfin réussi à allumer ma cigarette.

— C'était une erreur.

— Oui. Comme nous en commettons tous. Et, parfois, nous devons en assumer les conséquences.

Me levant, je me suis éloigné, les yeux brouillés, incapable de rien voir. Dans la chambre, je me suis assis sur le lit. Je frissonnais, mon cœur battait la chamade. La chaleur, le ronronnement paresseux et inutile du ventilateur. Mes vêtements répandus à côté de mon sac. Mes livres – le Dickens, le Truman Capote, *Moby Dick*, traînant par terre. Les commissions que j'avais par mégarde apportées ici au lieu de les mettre dans la cuisine. Plaçant ma tête entre mes jambes, j'ai inspiré à fond à plusieurs reprises. J'étais piégé. Il fallait que je parte. Je ne voulais pas devoir affronter de nouveau le regard d'Andrew. Je ne voulais plus penser à Florrie. Et je ne voulais pas avoir à parler à Gavras, à me tortiller sous le feu de ses questions, à me justifier. Oui, il fallait absolument que je quitte cette maison. Si je parvenais jusqu'au village, que je trouvais Alice avant eux, si je lui expliquais, si je la convainquais de s'allier à moi, alors tout s'arrangerait. Elle avait eu raison, ce séjour en Grèce avait été une énorme bêtise. Mon retour à Londres s'imposait. Elle et moi pourrions y vivre pleinement notre liaison. Ni Andrew ni Gavras ne seraient là pour nous en empêcher. Tout rentrerait dans l'ordre. Oui, c'était ça, la solution. M'en aller.

Dans la salle de bains, j'ai pris une longue douche. Puis j'ai enfilé mon pantalon en lin, un brin froissé mais propre, et une chemise en jean. J'ai glissé mon passeport et mon portefeuille dans ma poche arrière, j'ai attrapé *De sang-froid*. Une ombre s'est soudain dessinée devant la fenêtre, a obscurci l'interstice séparant les volets, s'est immobilisée. Quelqu'un s'est éclairci la voix. J'ai ouvert. Le bel Angelo a reculé d'un pas.

— Ça va ? ai-je demandé.

Il a opiné. À la table, Tina feuilletait un vieux numéro de *Vogue*. M'emparant d'un siège en osier, je me suis installé près d'elle.

— Alice n'est pas rentrée ? me suis-je inquiété.

— Non.

Une mouche a bourdonné. Une canette de Coca avait roulé au bord d'un parterre de fleurs. Des abeilles tournaient au-dessus, et l'une d'elles a rampé dedans, le corps tout frémissant. Quand Tina a poussé un gros soupir, je l'ai regardée. Ses peintures et son carnet étaient à ses pieds. Elle a tripoté ses ongles, puis mordillé une peau de son pouce en fronçant les sourcils, comme s'il s'agissait d'une corvée qu'elle aurait dû régler depuis longtemps.

J'ai lu un moment avant de poser mon livre sur le sol avec des gestes mesurés.

— Tu veux quelque chose ? Un café ? Un verre d'eau ?

Elle m'a dévisagé comme si elle avait du mal à me comprendre.

— Oh… Un café, oui. Si tu en fais…

— Et vous ? ai-je proposé à Angelo en me mettant debout. Un café ?

Il a légèrement écarté les jambes, l'air de s'enraciner sur place, et a secoué la tête.

— Et le lieutenant Gavras ? Savez-vous où il est ? Il en voudra peut-être un, lui ?

Il a haussé les épaules. Contournant la maison, j'ai inspecté la cour du regard. Aucune trace de Gavras. Je me suis avancé dans l'allée et je l'ai aperçu, à une centaine de mètres. Me tournant le dos, il discutait au téléphone tout en donnant des coups de pied aux broussailles sur l'accotement. J'ai rebroussé chemin.

— Je ne le trouve pas, ai-je menti.

Dans la cuisine, j'ai rempli la bouilloire, versé le café en poudre dans le porte-filtre.

— Tu crois qu'Andrew en voudra un ? ai-je demandé en ressortant.

— Aucune idée.

— Et vos collègues ? ai-je lancé au flic. Je peux leur apporter quelque chose à boire ? Il fait chaud.

Comme il paraissait paumé, j'ai mimé le geste de boire dans une tasse avant de désigner la piscine. De nouveau, il a haussé les épaules.

— De l'eau ? ai-je suggéré. Je descends leur poser la question ?

Rebelote.

— OK, j'y vais.

— Prends un broc, tant qu'à faire ! m'a lancé Tina.

Mais je dévalais déjà les marches deux à deux, oppressé, des explosions de lumière colorée plein les yeux. En bas, j'ai trébuché et suis tombé sur les genoux. Me relevant, j'ai avancé prudemment vers le bassin. J'ai vu deux des hommes de Gavras dans le bosquet que j'avais exploré quelques jours auparavant. L'éclat d'une chemise blanche, une tête baissée. L'un d'eux a fait quelques pas, s'est arrêté, a parlé à son collègue. Ils regardaient en direction du champ voisin.

À cet endroit, la piscine était construite sur une plateforme formant un escarpement abrupt de terre rouge, où poussait une végétation enchevêtrée pleine de débris de béton, briques et cailloux abandonnés ici par l'artisan qui avait réalisé les travaux. J'allais devoir dégringoler cette pente sans attirer l'attention.

J'ai décidé de glisser sur les fesses. Une fois en bas, je me suis accroupi et j'ai tendu l'oreille. Jusqu'à présent, R.A.S. Courbé en deux, j'ai traversé le plus lestement possible un terrain rocailleux envahi par les chardons, jusqu'à des buissons où je me suis accroupi, aux aguets. Devant moi se trouvait un amas de pierres blanches, reste d'un mur démoli, et au-delà un affaissement, puis un fossé et, enfin, le champ où je distinguais la masse jaune et rouillée d'une pelleteuse, dont le godet s'appuyait comme un coude sur la terre retournée. J'avais le front et le torse en sueur, le goût du sang dans la bouche. Mes mains piquaient là où je m'étais égratigné contre un épineux. Merde. Le temps pressait.

À l'abri des pierres, j'ai observé les alentours. Au loin se profilait le cap, de l'autre côté duquel était niché Agios Stefanos, avec un rectangle de mer bleue en guise de toile de fond. J'aurais volontiers patienté, histoire de vérifier que la voie était vraiment libre, mais je ne pouvais me permettre ce luxe. J'ai grimpé sur le tas de moellons, qui a bougé sous mon poids avant de s'affaisser en une petite avalanche. En atterrissant dans le fossé, je me suis éraflé le dos. J'étais à la lisière du chantier, rainuré des traces profondes qu'y avaient dessinées les chenilles des engins. À une centaine de mètres se dressaient les fondations de ce qui serait le corps principal de l'hôtel. On aurait dit le point d'ancrage d'un vaisseau extraterrestre. Elles étaient flanquées de deux monticules, sable d'un côté, graviers de l'autre. L'idée m'a effleuré de me cacher dans l'un des deux, de m'enfouir sous leur poids, d'attendre que le plus fort de la chaleur se soit estompé.

Non. Pure folie. Je devais continuer. J'ai couru à longues enjambées vers le portail, où j'ai marqué une pause afin de regarder à gauche et à droite. Aucun signe de Gavras. Peut-être était-il déjà remonté à la maison ; peut-être me cherchait-il.

J'ai escaladé la barrière et ai cavalé sur le sentier. Désormais, la vitesse était mon seul atout. Il fallait que je mette un maximum de distance entre lui et moi, *eux* et moi. Tant pis si j'étais à bout de souffle, si mes pieds étaient douloureux. Je devais foutre le camp.

Au carrefour, j'ai hésité. Fallait-il que je renonce à trouver Alice pour prendre la tangente ? Je pouvais m'éloigner du port et, en bus ou en stop, gagner l'anonymat relatif de Trigaki. Puis, de là, rejoindre l'aéroport. Mais j'ai repensé à son visage, à sa façon de tordre la bouche quand elle réfléchissait, de rire à certaines banalités que je sortais. Ce moment d'indécision. Est-ce à partir de là que ma vie a commencé à se déliter ? Je l'ignore. La question me rend fou.

J'ai pris la direction de Stefanos. La route se rétrécissait à mesure qu'elle descendait, et les oliviers donnaient l'impression de l'étouffer de part et d'autre. Chaleur blanche, pénombre noire – un échiquier.

Je progressais en trottinant. Un minibus du Delfinos Beach Club est arrivé en face et je me suis plaqué contre un arbre quand il m'a croisé.

J'avais atteint l'arrêt où le car m'avait déposé le premier jour, quand j'ai entendu une voiture derrière moi, de l'autre côté de la colline. D'un bond, je me suis tapi derrière l'autel. Le véhicule est passé, éclair blanc et bleu. Le moteur a rugi, puis la voiture a ralenti, ses pneus ont crissé sur le gravier, une autre est arrivée. Le contact coupé, des portières claquées, des voix qui résonnent. J'étais figé. Je me souviens du goût de ma main à ma bouche, sel, café et poussière. Une moto a surgi à son tour, en provenance du village, et s'est garée non loin. Des bruits de pas, de nouvelles voix, toujours plus proches.

Pivotant sur moi-même, je me suis enfoncé dans l'oliveraie, là où les filets de récolte noirs, étendus sur le sol, étaient les plus épais. Me jetant dessus, je me suis enroulé dedans, me dissimulant au mieux, le nez dans la terre. Le cœur au bord des lèvres, je me suis efforcé de ne pas bouger, de ne pas émettre le moindre son. Les piétinements sur l'asphalte, des paroles échangées – Gavras, un homme, Alice. Le larsen d'un talkie-walkie. Gavras :

— S'il vous plaît, madame Mackenzie, rentrez à la maison. Laissez-moi m'en occuper. Nous le trouverons et le ramènerons. Je devine où il a pu aller.

Alice, larmoyante :

— Je vous en prie, oui, trouvez-le.

Les clameurs s'amenuisant jusqu'à disparaître. Des moteurs. Un nouvel interlocuteur, une voix plus grave s'exprimant en grec. Le mot « Trigaki ».

J'avais du mal à respirer, comme si j'avais inhalé de la poussière. *Nous le trouverons et le ramènerons.* Des cailloux s'enfonçaient dans ma peau. J'ai brièvement relevé la tête, mes yeux ont fixé un bouquet de fleurs mortes et des asticots. Non, de la cire de bougie. Une odeur d'humidité terreuse et de plantes en décomposition. Des mouvements infimes près de mon oreille, la vibration de milliers d'insectes. Des araignées ? Des scarabées ? Un chatouillement sur mon visage. Mes muscles criant grâce. Je me suis forcé à l'immobilité.

Le temps s'est écoulé. La lumière changeait, les ombres s'allongeaient. La brise était retombée, la température devenait intolérable. Des voitures qui roulaient. Des poules qui caquetaient. Une vieille passant à quelques pas de moi seulement. Une heure, deux peut-être. *Je vous en prie, oui, trouvez-le.* Cette prière avait-elle été empreinte d'amour ? Je l'ignorais. Il était trop tard maintenant pour le découvrir.

J'ai fini par bouger, reddition plus physique que mentale. Je ne sentais plus mon pied droit. Il était devenu solide, mort. Je me suis vu dans ma tombe. Les fleurs pourries, les cierges inutiles – leur sens m'apparaissait. Rebuts qui avaient joué leur rôle et n'étaient plus d'aucune utilité. Mon autel personnel qui se putréfiait.

Quand je me suis relevé, j'ai dû attendre que mon sang se remette à circuler. Mon pied était un bout de bois, et j'ai dû taper plusieurs fois par terre pour le sentir à nouveau. Je me suis débarrassé des noyaux d'olive qui s'étaient incrustés comme des balles de pistolet dans ma chair, ai gagné en douce la lisière du bois. Les lieux étaient déserts. Gavras et ses sbires avaient mentionné Trigaki. Ma destination, d'après eux. Rien d'étonnant : Agios Stefanos était un cul-de-sac. Par la route, du moins. Mais par la mer ? J'ai songé aux jetées, aux bateaux de pêche, à ceux qu'on pouvait louer, à ceux qui vous emmenaient en excursion. Risqué, mais à seulement dix minutes de marche. Cinq minutes de plus, et je pourrais regarder le port disparaître. Je n'aurais qu'à emprunter la rue de derrière, celle du premier jour, pleine d'endroits où se cacher si nécessaire, et arriver du côté le plus éloigné des boutiques, à l'opposé du quai principal.

Je suis parti d'un bon pas mais en économisant mon énergie. Au niveau de la première maison blanche, la vieille dame était assise sur sa chaise en plastique, les poules picoraient dans leur petite cour miteuse. J'ai bifurqué dans le passage à droite, trébuchant sur les marches inégales, très vite essoufflé. J'ai failli tomber deux fois, la première à cause des racines d'une plante qui avait réussi à émerger entre les pierres, la seconde sur un chat endormi. J'ai longé des bâtiments abandonnés, les barreaux de leurs fenêtres brisés. J'ai humé des odeurs d'orange, de pain frais et d'urine. Reste calme. Reste calme.

Je me répétais ça comme un mantra, une voix intérieure m'empêchait de perdre la tête : *Tu n'as rien fait de mal.*

Un scintillement à la surface de l'eau entre deux édifices, lé de velours drapé autour des barques ancrées. D'étranges notes de musique. Des murmures. La somnolence du milieu de l'après-midi. Au coin où le passage s'élargissait, je me suis adossé à un mur. Et maintenant ? Rôder ou foncer ? Cela en valait-il la peine ? Étais-je piégé ? Toute mon assurance m'a abandonné. Était-il trop tard pour faire demi-tour ? *Je vous en prie, oui, trouvez-le.* Une migraine a commencé à battre contre mon front, et je me suis affaissé sur le sol, dos au mur. Soudain, les échos distordus d'une mélodie me sont parvenus. Les tavernes du bord de mer. Le bouzouki qui débutait lentement avant d'accélérer de plus en plus. « Zorba le Grec ». L'avertisseur d'une auto. Je revivais l'instant qui avait signé mon échec dix ans plus tôt. Saffron exigeait que je me décide « quand on sera rentrés », soulignait qu'il était temps que je me pose. J'avais raté le bateau exprès.

Dévalant les derniers mètres, je me suis précipité dans l'allée de service située derrière le Club 19, d'où j'ai inspecté la baie. Ici, les voix et les rires étaient plus audibles. Plusieurs barques de pêcheur étaient amarrées à la jetée, au bout de laquelle trônait un galion dont les gréements vides étaient décorés de guirlandes lumineuses. Des filles ayant des bandeaux dans les cheveux et des tenues fluo se dirigeaient vers lui ;

de jeunes types brûlés par le soleil suivaient, chargés de packs de bière. De l'angle d'une maison ont surgi quatre hommes plus âgés, la trentaine bien sonnée, en goguette sans doute, enterrement de vie de garçon ou réunion d'anciens de la fac, coupes courtes genre bien propre sur soi, en chaussettes dans leurs baskets. J'ai compté jusqu'à trois avant de sortir de ma planque. Une minute de vulnérabilité pendant laquelle mes cheveux se sont hérissés sur ma nuque. En quelques enjambées cependant, je me suis retrouvé sur le ponton. L'eau étincelait entre les planches qui oscillaient légèrement. J'ai perçu les vibrations de quelqu'un qui marchait derrière moi, mais j'ai continué d'avancer au même rythme en ignorant les frissons qui parcouraient ma colonne vertébrale, mon envie de tourner les talons et de me sauver, de hurler.

La queue au pied de la passerelle du galion – le *Captain Jolly* – s'était étiolée. Déjà, les deux hommes me précédant montaient à bord. C'était un faux bateau pirate, au vernis orange étincelant, à l'énorme roue à poignées, au gaillard avant bondé de monde, avec des sièges installés sur le pourtour du tillac. La plupart étaient occupés. Des gens se penchaient par-dessus le bastingage du pont supérieur, rieurs, excités par l'alcool. Je m'apprêtais à emprunter la passerelle quand une main m'a fermement retenu par l'épaule. Les nerfs à vif, j'ai sursauté. C'était le capitaine, son tee-shirt s'ornait des mots « The Boss ».

— Billet ?

— Je n'en ai pas.

Pour lui faire face, j'ai grimpé à bord. Le bateau tanguait imperceptiblement, l'eau clapotait contre la coque, mon soulagement était indescriptible. Odeur de poisson et de vin, « Zorba le Grec » à des volumes assourdissants, les moteurs qui grondaient déjà.

— Mais je peux payer, ai-je ajouté. J'ai de l'argent.

Ouvrant mon portefeuille, j'en ai tiré les dix euros de Louis. Le capitaine, short riquiqui, barbe noire, teint rougeaud, a secoué la tête.

— Acheter ticket à Elconda.

— Je vous donnerai plus quand nous serons là-bas.

Ce n'était pas vrai, mais je profiterais de la traversée pour trouver une solution.

— J'ai une carte de crédit !

Derechef, il a fait signe que non.

— Il vous faut combien ? ai-je demandé en regardant autour de moi. Quelqu'un peut-il m'avancer quelques euros ?

Un couple qui se dirigeait vers les sièges s'est retourné, m'a toisé avant de regarder ailleurs.

— Quelqu'un ? S'il vous plaît ? Je paierai des intérêts. Dès que nous serons à destination. J'ai juste besoin de quitter Agios Stefanos.

Si mes vêtements sales et mon comportement erratique n'y avaient pas suffi, cette phrase, elle, a retourné les passagers contre moi. Un homme, armé d'une bière, s'est levé, jambes écartées.

— Dégage, mon gars. Obéis à ce brave type et fous-moi le camp !

Le capitaine en a profité pour m'attraper par le bras et me ramener à terre.

— Ici, juste billet, ânonnait-il. Acheter à Elconda, prochaine fois. Retour.

— Je vous en prie.

Mais il avait déjà détaché les amarres, sauté à bord, ramené la passerelle. Les moteurs ont rugi, la mer a bouillonné, le bateau s'est écarté de la jetée. Depuis la cabine, le pilote a crié quelque chose, et The Boss a répondu sur le même ton. Un cordage a claqué, l'embarcation s'est éloignée.

Les jambes coupées, je me suis assis sur le ponton, pieds dans l'eau. Je sentais encore le contact des doigts de ce salopard sur ma peau ; mes narines étaient empuanties par les exhalaisons de diesel et les relents de poisson crevé. J'ai observé les volutes que l'essence formait à la surface. J'aurais dû me cacher de nouveau, guetter une autre occasion. Sauf que j'étais incapable de bouger. Le *Captain Jolly* avait reculé et, à présent, manœuvrait pour gagner le large ; les guirlandes lumineuses s'agitaient dans le vent. Je l'ai suivi des yeux, tandis qu'il se dirigeait vers le promontoire, doublait le foutu rocher de Serena et disparaissait au loin.

J'ai fini par me remettre debout. Après m'être penché pour essorer le bas de mon pantalon, je me suis retourné.

Une silhouette se tenait à l'extrémité de la jetée, une main dans sa poche arrière. J'ai remarqué ses traits creusés, les cernes sous ses yeux et, quand elle a souri, le trou entre ses dents de devant. Andrew a fait un pas vers moi. Je me suis alors rendu compte que c'était de lui que j'avais le plus peur.

Chapitre vingt

Il m'a fait asseoir sur la banquette arrière – blessant – et m'a reconduit à Circé.

— Je me doutais que tu serais au port, a-t-il dit sur le ton de la conversation, tandis que nous traversions Agios Stefanos. Gavras et les autres, eux, pensaient que tu serais parti pour Trigaki afin d'y trouver un moyen de rallier l'aéroport. Sauf que, tu te souviens ? Tu me l'avais dit.

— Quoi ?

— Que tu te sauverais par la mer.

Croisant mon regard dans le rétroviseur, il s'est tapoté le front.

À la maison, il est descendu de voiture et s'est longuement étiré, comme pour me montrer à quel point il était libre et puissant, puis il m'a ouvert et, me tenant par le bras, m'a escorté jusqu'à sa chambre, où il m'a enfermé. J'ai frappé à la porte-fenêtre donnant sur la terrasse.

— Tina ! Alice !

J'ai essayé de rendre ma voix plus légère, de dissimuler ma panique.

— À l'aide ! Au secours !

Personne n'a daigné apparaître pendant ce qui m'a semblé des siècles. Je me suis assis sur le lit. La pièce avait été méticuleusement rangée. Même les bijoux de Tina étaient soigneusement suspendus au miroir. On a fini par cogner à la porte du salon. Alice l'a poussée, est entrée sans verrouiller derrière elle.

— Que se passe-t-il, Paul, bon sang ?

Elle était vêtue d'une robe soyeuse qui moulait sa poitrine. Ses cheveux étaient rassemblés en queue-de-cheval. J'ai tendu les bras en un geste d'impuissance.

— Andrew me considère comme son putain de prisonnier, apparemment. Il se comporte comme si j'étais dangereux, comme si j'allais buter quelqu'un ou que sais-je. Je suis tellement furax, remarque, que je pourrais le tuer, en effet.

Elle a reculé.

— Je suis idiot, ai-je repris en m'efforçant d'adopter un ton plus calme. Je le sais. Je n'aurais pas dû filer. C'était n'importe quoi.

— Exact, a-t-elle confirmé, le front plissé. Maintenant, tout le monde fait comme si tu étais coupable de… Qu'est-ce qui t'a pris ? Pourquoi t'es-tu sauvé ?

Qu'aurais-je dû répondre à ça ? Que j'avais le sentiment qu'Andrew, ou Gavras, ou les deux, étaient en train de me piéger ? Que j'étais allé à sa recherche ? Ou la vérité – que j'avais passé ma vie à fuir ? Fuir Florrie. Fuir Saffron. Ou toutes celles qui avaient suivi. Que c'était pour ça que j'avais squatté les appartements des autres, vécu au rythme des autres, sauté de boulot en boulot, de liaison en liaison, persuadé que tant qu'on continuait de bouger, rien n'était jamais votre faute ?

— Je ne sais pas, ai-je marmonné en contemplant mes doigts. J'ai eu la frousse d'Andrew. Il avait lâché des trucs bizarres à propos du viol, comme s'il était persuadé que j'en étais l'auteur. Et vu qu'il m'a traqué jusqu'au village pour me ramener et m'enfermer ici comme un criminel…

— Ne dis pas de bêtises. Si tu n'as rien à cacher, tu n'as rien à craindre. Personne n'est là pour te coincer ou inventer des sottises.

— Il me hait à cause de Florrie. Il m'a accusé d'être responsable de sa mort.

La main sur le cœur, je l'ai dévisagée.

— J'ignorais qu'elle était aussi fragile. Je regrette de m'être mal conduit bien sûr. Si j'avais su, je ne l'aurais pas traitée comme ça. Mais elle ne s'est pas suicidée à cause de moi.

Alice a eu un mince sourire. S'emparant d'un collier de Tina, elle a joué avec. Sans me regarder.

— Tu ne me tiens pas pour responsable, hein ? ai-je plaidé.

Roulant le bijou dans sa paume, elle a répondu avec décontraction :

— Que veux-tu que je te dise ? Un mensonge ?

— Non, la vérité.

— Alors, oui, je te reproche la mort de Florrie.

— Alice…

Jetant le collier sur la commode, elle m'a tourné le dos.

— Tu étais parfaitement au courant de sa vulnérabilité. Je t'en avais parlé. À son anniversaire. Je t'avais averti qu'elle était folle de toi. Tu ne te rappelles donc pas ? Dans le jardin. J'étais allée te trouver au bar, t'avais engueulé. T'avais supplié de veiller sur elle ou de la laisser tranquille. Droit dans les yeux, je t'avais promis de te tuer si tu lui faisais du mal.

— Tu étais habillée comment ?

— Bon Dieu, Paul ! C'est quoi, ces questions ? J'ai oublié. Une robe noire, sans doute. J'étais boulotte et boutonneuse, à l'époque. Je ne mettais pas de décolleté. C'est pour ça que tu n'as gardé aucun souvenir de moi. Sexuellement, je ne t'intéressais pas. Bordel ! Si seulement ça avait été le cas ! Tu te serais peut-être jeté sur moi, tu l'aurais délaissée quand il en était encore temps, avant de coucher avec elle, puis de l'abandonner quinze jours plus tard comme si elle ne valait rien.

C'est là que ça a commencé à me revenir. Une petite grosse au bar, qui me cherchait des poux dans la tête. Mais il y avait Florrie, un coup assuré, qui attendait que je lui apporte son verre, et mes potes qui rigolaient dans un coin, et je m'étais défilé. Si j'avais su que c'était Alice, si j'avais su ce que je savais à présent ! Mais non. La fille d'alors n'avait rien à voir avec la femme d'aujourd'hui.

J'ai de nouveau tendu des bras impuissants qui la suppliaient de se rapprocher de moi.

— Je suis désolé, Alice, sincèrement. Si je pouvais remonter le temps… J'étais jeune. Immature. J'ai fait beaucoup de dégâts, j'en ai conscience. Mais ce n'est pas une raison pour me traiter comme un criminel.

Après un instant d'hésitation, elle est venue s'asseoir à côté de moi.

— Cette nuit-là, a-t-elle lâché d'une voix dénuée d'émotion, chez Giorgio, il y a dix ans, tu as proféré des horreurs. C'est pour ça qu'Andrew t'en veut autant. Ta présence ici a sans doute réveillé de vieux démons.

— Quelles horreurs ?

— Tu lui as demandé des nouvelles de Florrie.

— Je n'étais pas au courant de sa mort. On ne peut quand même pas m'en vouloir pour ça !

— Paul, a-t-elle murmuré en s'emparant de ma tête pour me regarder au fond des yeux. Tu as dit : « Comment va ta sœurette ? Encore en train d'essayer de mettre le grappin sur un mec ? Ou elle est toujours aussi froide qu'une morte ? »

Elle m'a lâché, comme si elle en avait vu assez.

— Je n'oublierai jamais tes paroles.

— Pardon. Pourquoi je déconne comme ça ? Pardonne-moi, s'il te plaît, pardonne-moi.

— On était là, à nous démener comme des malades pour faire comme si la vie continuait, alors que Harry venait de mourir. J'étais une loque. Andrew s'efforçait de rendre ces vacances les moins pénibles possible. Et toi, tu débarques, tu envahis le restaurant avec tes grossièretés et tes ignominies. Tu ne t'es jamais rendu compte de la portée de tes actes. Du mal infligé. Pas un instant. Tu ne l'as jamais ressenti. C'est pour ça que j'ai été obligée de partir. Je n'aurais pas dû boire. J'ai eu tort de prendre le volant.

Elle a émis un cri ténu, a répété :

— Tu ne l'as jamais ressenti ! Tu t'en es tiré sans dommage.

J'ai attrapé ses doigts, les ai portés à mes lèvres, ai tenté de les y maintenir. Mes yeux s'étaient remplis de larmes.

— Je suis désolé. Je suis désolé. Je vais changer. Je le sens. Je le sens, maintenant.

Elle m'a retiré sa main, a secoué la tête.

— Tout le monde est descendu au port, a-t-elle annoncé. Il ne reste que Gavras. Il m'a envoyée te chercher. Il attend dehors.

La nuit tombait. Le lieutenant était assis sur la terrasse, seul. Les moustiques voletaient dans la lumière de la cuisine.

— Ah, monsieur Morris ! Vous étiez drôlement pressé de nous quitter, semble-t-il. Comme si vous souhaitiez échapper à nos questions. À moins que notre compagnie vous lasse ? Quoi qu'il en soit, cette journée a été riche en révélations, et je rends grâce à M. Hopkins de vous avoir ramené ici.

Je me suis assis en face de lui.

— Finissons-en, s'il vous plaît. Je répondrai à toutes vos questions. Je dirai la vérité.

J'ai lancé un coup d'œil lourd de désarroi à Alice, qui se tenait devant la cuisine.

— Je ferai de mon mieux pour tout arranger, ai-je ajouté.

D'une sacoche en cuir placée devant lui, il a tiré un dossier qu'il a ouvert sur ses genoux. Il en a extrait une photo qu'il a posée sur la table, face à moi.

— Avez-vous déjà vu cette femme ?

C'était Laura Cratchet, un mur blanc en guise de décor. Sa bouche n'était pas peinte, ses prunelles paraissaient nues, sans leur maquillage outrancier.

— Oui. C'est Laura Cratchet.

— Quand l'avez-vous rencontrée pour la première fois ?

— Dans le car. Nous ne nous sommes pas adressé la parole. Nos regards se sont juste croisés.

— Dois-je entendre que vous vous êtes exprimé un intérêt mutuel ?

— Non ! Pas du tout ! Nous nous sommes souri, rien de plus. J'ai oublié pourquoi, d'ailleurs.

— Lui avez-vous adressé un clin d'œil suggestif ?

— Non !

— Pourtant, vous l'avez suivie, après l'avoir croisée la veille de ce jour-là, au Cochon et au Sifflet, à Pyros. D'après ce qu'elle dit, elle avait gentiment rejeté les avances que vous lui avez faites au bar.

Vous aviez beaucoup bu, on a été obligé de vous sortir à la fin de la soirée. Sauf que vous vous êtes obstiné et êtes monté dans le même bus que celui qu'elle et ses amis avaient prévu de prendre le lendemain, ce que vous saviez.

Je me suis tourné vers Alice, ai secoué la tête.

— Il se peut qu'il y ait erreur sur la personne, a poursuivi Gavras. Nous n'avons que la parole de Mlle Cratchet. Elle m'accompagnait, l'autre jour, au Club 19, quand vous y êtes entré. Elle s'est peut-être trompée. L'authenticité de sa déposition repose sur ceci, en fait : étiez-vous à Pyros le 2 août, ou n'êtes-vous arrivé que le 3 par le vol de la compagnie Thomas Cook, comme vous l'affirmez ?

— J'ai menti, ai-je dit d'une voix prudente. Mais ce n'est pas ce que vous croyez. Je suis navré, ai-je poursuivi à l'intention d'Alice. Je ne voulais pas que tu découvres à quel point j'étais fauché. J'ai acheté le billet le moins cher que j'ai pu trouver, et j'étais effectivement sur l'île ce fameux soir.

Fronçant les sourcils, elle a avancé d'un pas.

— Mais ton rendez-vous avec l'éditrice ?

— Il n'a jamais eu lieu.

— Le contrat pour le livre ?

J'ai haussé les épaules.

— Encore un mensonge, a repris le lieutenant. Décidément, c'est une habitude, chez vous.

— Je ne l'ai pas suivie, ai-je continué en le fixant. J'étais déjà dans le bus quand elle y est montée. Elle ne résidait même pas ici, mais à Elconda. Quand je l'ai recroisée après notre dîner à Stefanos, c'était une pure coïncidence. Enfin, je ne l'ai évidemment pas attendue à la sortie de la boîte. Alice peut en témoigner. N'est-ce pas, Alice ? Puisque je suis revenu avec toi à la maison.

Elle a soulevé le menton, n'a rien dit cependant. Gavras avait tiré un autre cliché de sa chemise, qu'il a déposé au-dessus du portrait de Laura Cratchet.

— Ceci vous est-il familier ?

Je me suis penché. Il s'agissait, en gros plan, d'un objet doré et froissé, par terre dans les graviers.

— Non. On dirait un emballage.

— Avez-vous votre portefeuille sur vous, monsieur Morris ?

— Oui.

— Auriez-vous l'obligeance de me le remettre ? Sachez que vous êtes en droit de refuser.

— Non, non, je n'ai rien à cacher.

J'ai jeté l'étui en cuir sur la table. Il l'a ouvert et, avec un petit sourire, a montré les trois capotes.

— Intéressant. Cette photo montre un emballage de préservatif que nous avons récupéré dans la ruelle où Mlle Cratchet a été sexuellement agressée. On n'en vend pas de tels en Grèce. Il est identique à ceux qui sont dans votre portefeuille.

— Ce ne sont pas les miens, mais ceux d'Andrew. En tout cas, je les ai pris dans sa trousse de toilette. Pour lui faire une blague.

Alice a émis un son étouffé.

— Une blague ? a répété Gavras avec un geste qui donnait l'impression qu'il chassait une mouche.

Je me suis levé.

— Écoutez, je n'ai pas violé Laura Cratchet. Je n'aurais pas pu, puisque j'étais ici, couché, quand c'est arrivé. N'est-ce pas, Alice ? Dis-lui, Alice. J'étais avec toi, je...

Je me suis retourné. Immobile, la tête haute, elle retenait son souffle.

— Je n'ai pas bougé du lit, Alice. Dis-lui, enfin !

Elle s'est raidie, a lâché :

— Non.

Gavras s'est mis debout lui aussi. La peur a formé une boule dans mon ventre.

— Mais si ! Je me suis réveillé et... Oh ! C'est à cause de Louis. Mais dis la vérité. Tu es obligée maintenant.

Elle nouait et dénouait ses doigts, sa lèvre avait un pli mauvais.

— Quelle vérité ? a-t-elle riposté.

Je l'ai observée durant quelques secondes. Andrew avait vu juste. Évidemment qu'elle était prête à me sacrifier pour sauver son fils. Quelle mère aurait agi autrement ? Et si je révélais les choses, me haïrait-elle ? Avais-je le choix, cependant ? J'ai regardé le policier.

— Cette nuit-là, je me suis levé et j'ai vu Alice et Andrew qui aidaient Louis à sortir de la voiture. C'était bien après le retour des filles. Il était dans les 1 h 30, voire plus tard.

— Il raconte n'importe quoi, a-t-elle objecté d'un ton posé, les mains croisées devant elle comme si elle s'apprêtait à plaider devant la cour. Je me suis moi-même réveillée en pleine nuit et j'ai découvert M. Morris sur la terrasse. Tout habillé. Je n'ai pas la moindre idée de l'endroit où il s'était rendu mais, pour autant que je le sache, il ne s'était pas encore couché.

— Pourquoi mens-tu, Alice ? Ne fais pas ça.

Je l'ai suppliée du regard. Au crépuscule, avec la lumière derrière elle, son visage était dissimulé dans l'ombre.

Chapitre vingt et un

Gavras m'a emmené à l'intérieur d'un bâtiment situé à l'autre bout de Trigaki. La nuit était tombée, quand nous y sommes arrivés. À l'extérieur, le flanc d'une falaise et une fontaine à sec ; à l'intérieur, des colonnes en béton et un réseau de couloirs étroits. La pièce était nue, à l'exception d'un seau puant et d'un banc en bois sur lequel je me suis allongé et d'où, sans bouger, j'ai observé les moustiques qui descendaient en rappel le long de murs gris et sales.

La chaleur suffocante était insupportable. Comme mon téléphone m'avait été confisqué, j'ai fini par perdre toute notion du temps. Une fenêtre en haut d'un mur diffusait une lueur sourde. Posée près de la porte, une assiette de nourriture – une espèce de saucisse et un tas de courgettes ramollies – se figeait peu à peu. Mes entrailles s'étaient solidifiées, transformées en craie. J'avais cru au pouvoir de la séduction. Si cette dernière m'avait rendu de fiers services durant mon existence dorée, elle était soudain devenue impuissante. L'allure, les bons mots, les mensonges avaient été réduits à néant.

Au matin, un fonctionnaire court sur pattes et trapu qui ne parlait pas l'anglais m'a entraîné dans une autre salle. Gavras m'y attendait derrière un solide bureau en bois. Une femme très maquillée, des lunettes perchées sur son crâne, était installée à une table plus modeste, dans un coin, un carnet de sténo sur les genoux. La pièce sentait le pin et la sueur. Un vase de fleurs artificielles s'empoussiérait tranquillement sur le rebord de la fenêtre. Je me suis assis. Le lieutenant a poussé une feuille vers moi.

— Ceci est la notification officielle de votre arrestation.

La retournant, je l'ai étudiée un instant, avant de la repousser vers lui.

— Est-il possible d'en avoir une traduction ?

— Nous vous fournirons un interprète en temps utile.

— Dois-je prendre un avocat ?

— Vous êtes un homme chanceux, monsieur Morris. Vous avez des amis précieux. M. Hopkins s'est proposé de vous représenter.

— Je n'en veux pas. Si je suis ici, c'est à cause de lui.

— Vous refusez l'aide de M. Hopkins ?

— Qu'il ne s'approche surtout pas de moi.

— Bien. Alethea ? Voulez-vous noter que M. Morris décline l'offre que nous lui avons faite de prendre un avocat ?

J'ai éclaté d'un rire jaune.

— Votre agressivité est-elle délibérée ? ai-je aboyé.

— Notez également que M. Morris devient agressif.

— Et si vous me lisiez mes droits ? ai-je grondé entre mes dents. À moins que je n'en aie aucun ? Vous m'avez emprisonné toute la nuit. Je suis innocent. C'est un guet-apens. C'est Louis, le fils d'Alice, que vous devriez poursuivre. Moi, je n'ai rien fait de mal.

Il m'a toisé avec dureté.

— Expliquez-moi pourquoi vous avez tenté de fuir, monsieur Morris.

— À quoi bon ? Vous ne comprendriez pas.

— Rien ne vous oblige à répondre à mes questions. Votre silence ne peut être retenu contre vous. C'est là l'un de vos droits, monsieur Morris.

Il a souri avant d'incliner la tête en direction de sa secrétaire, histoire de vérifier qu'elle n'avait loupé aucun mot. On m'a ensuite conduit dans une troisième pièce, afin d'y être photographié et soumis à un prélèvement ADN. J'ai songé à m'y opposer, sauf que ça n'aurait mené à rien. Ils m'y forceraient, quitte à m'arracher les cheveux ou à me rogner les ongles pendant mon sommeil. Le commissariat avait l'air à moitié vide, enfilade de salles désertes, couloirs où résonnait le moindre bruit, atmosphère léthargique. Cette indolence, cette langueur n'étaient qu'apparence, toutefois. En vérité, j'étais dans la gueule du loup.

De retour dans ma cellule, j'ai constaté que mon repas intact de la veille avait attiré des mouches. Il y en avait aussi près de la petite fenêtre. Des piqûres de moustique récentes enflaient sur mon cou et mes chevilles. La plainte stridente d'une moto et les braiments d'un âne m'ont empli les oreilles. L'eau qu'on m'avait fournie avait un goût fétide et chimique. Je me suis recouché sur mon banc en bois, conscient du moindre des os de ma tête, et j'ai enfin sombré.

J'ai mangé. On m'avait apporté de la nourriture fraîche, pour autant qu'un morceau d'agneau gras et tendineux nageant dans une sauce aqueuse puisse être qualifié de frais. À côté, une patate bouillie et une tomate crue. J'avais trop faim pour repousser ce repas, même si mes intestins m'inquiétaient un peu. J'avais déjà dû recourir au seau.

Les heures ont défilé à une lenteur d'escargot. Je me sentais crasseux de chaleur et de transpiration. J'ai martelé sur la porte à plusieurs reprises. À ma cinquième tentative, le judas a été tiré, et les yeux de mon geôlier courtaud s'y sont encadrés.

— Eh ? a dit sa bouche.

— Combien de temps encore allez-vous me retenir ici ? Vous n'avez pas le droit de me garder sans m'avoir inculpé. Ça doit bien faire plus de vingt-quatre heures, maintenant. Relâchez-moi.

Le judas s'est refermé.

Plus tard, alors que l'obscurité s'était installée, j'ai frappé de nouveau. Jusqu'à m'en écorcher les poings. Sans résultat.

Je n'avais aucune raison de me plaindre, m'a signifié Gavras avec sérénité quand il est venu me chercher le jour suivant. Trente-six heures n'étaient rien. Au regard de leur législation, s'entend. Inutile de gaspiller mes forces ainsi. Son attitude avait changé. La somnolence de son regard avait été remplacée par une sorte d'excitation. De faim.

Me tenant fermement par le coude, il m'a escorté dans le bureau où il m'avait montré mon mandat d'arrêt. C'était un autre homme qui était assis derrière la grande table de travail, plus fort, en costume noir, chemise à rayures pâles et large cravate bleu marine. Cheveux gris, sourcils bruns – un loup lui aussi. C'était le supérieur qu'avait attendu Gavras. Je l'ai deviné au petit salut obséquieux que le lieutenant lui a adressé à notre arrivée. Il émanait également de lui une autorité insolente, avec son menton prognathe et ses yeux étroits. Il était costaud, mais sa veste était trop ample aux épaules ; l'alliance qu'il tripotait avait du jeu. Je me suis demandé s'il n'avait pas récemment perdu du poids. On me l'a présenté par son titre, pas par son nom.

— « Anakritis », a dit Gavras avec un nouveau hochement de tête. Le procureur. C'est lui qui rassemble les preuves.

— Je vois.

Le lieutenant m'a proposé à nouveau de prendre un avocat ; à nouveau, j'ai répondu que non, que toute cette affaire était beaucoup de bruit pour rien, puisque je n'avais commis aucun délit. S'asseyant à côté de son collègue, il a posé sa sacoche en cuir sur le bureau. Dans son coin, la secrétaire s'était équipée d'un enregistreur. Elle s'est emparée de son calepin et de son crayon.

J'ai demandé pour quelle raison ils me retenaient prisonnier. Un long silence a accueilli ma question.

— Êtes-vous un homme honnête ? monsieur Morris ? a fini par lâcher Gavras en me fixant sans ciller.

— Je l'espère.

— Êtes-vous enclin à dire la vérité ?

— C'est ce que je fais.

— Était-ce aussi le cas quand vous avez affirmé avoir visité les ruines d'Okarta, celles qui sont fermées pour des travaux de restauration ? Quand vous avez soutenu avoir pris un bus qui ne circule plus le vendredi ?

Je me suis forcé à ne pas baisser les yeux.

— D'accord, je n'ai pas pris le car pour le site, mais il y a une explication toute simple à ça. Les vacances en tribu, vous savez… Les enfants des autres. J'avais besoin d'être seul pendant une journée.

— Vivez-vous à l'adresse que vous m'avez communiquée ?

— Pas en ce moment, je l'admets. Mais j'y vivais jusqu'à… Écoutez, en quoi cela est-il important ?

J'avais élevé le ton. L'Anakritis, qui n'avait pas encore parlé, s'est manifesté. Son anglais était impeccable.

— Seriez-vous de tempérament violent, monsieur Morris ?

— Non, ai-je répondu avec fermeté. Je ne suis pas violent.

Je me suis renfoncé sur ma chaise en jetant un coup d'œil à la femme. Elle me dévisageait. Très vite, elle a baissé la tête et s'est remise à griffonner.

— Quand vous êtes contrarié ? Fatigué ? Quand vous…

Le procureur a fait mine de porter une bouteille à ses lèvres. Sans se départir de son sourire.

— Non, ai-je répété.

— Et vos appétits, monsieur Morris ? Les décririez-vous comme normaux ?

— Mes appétits ? Normaux ? Ben oui ! Naturellement que je les décrirais comme normaux. Mes « appétits », puisque vous les appelez ainsi, sont *parfaitement* normaux.

— Avez-vous croisé Laura Cratchet devant le Club 19 à 1 h 20 le matin du 5 août et lui avez-vous mis la main aux fesses ?

— Non.

— L'avez-vous entraînée de force dans la ruelle séparant le Club 19 de la bijouterie Athena ? L'avez-vous plaquée contre un mur ? Lui avez-vous arraché ses sous-vêtements ?

— Non.

— L'avez-vous violée après avoir enfilé un préservatif, monsieur Morris ?

— Non, non ! Certainement pas ! Je n'étais pas là et je n'aurais jamais… Non !

J'entendais le stylo de la secrétaire courir sur le papier, je distinguais un carré par terre, dessiné par un rayon de soleil, je pressentais l'épaisseur de la poussière sur le faux bouquet, je percevais les bourdonnements d'une mouche qui se cognait contre le carreau. Gavras a pris le relais :

— Souhaitez-vous changer d'avis en ce qui concerne l'avocat, monsieur Morris ?

— Je n'en ai pas besoin ! ai-je aboyé. Je n'étais pas sur place et je suis totalement innocent du crime dont vous m'accusez. Aussi, considérez que nous en avons terminé et libérez-moi.

La sténo a tourné une page de son carnet. Elle a attendu, le stylo levé. L'Anakritis a rajusté la ceinture de son pantalon. Gavras a joint les mains comme s'il était à l'église. Il a inspiré profondément.

— Changeons de sujet, monsieur Morris.

— Pardon ?

Il m'a couvé d'un regard impassible.

— Hier, alors que vous tentiez de quitter Agios Stefanos, Mme Hurley a mentionné que vous étiez au village il y a dix ans. J'avoue avoir été surpris, car je croyais que ce séjour était votre premier chez nous. Et voici que j'apprends que vous étiez présent la nuit où sa fille a disparu.

Mon cœur s'est mis à battre plus vite.

— Yvonne vous a raconté ça ? Yvonne vous a dit que j'étais au village ?

— Il est légitime qu'elle ne veuille négliger aucune piste.

— Ou alors, elle remue juste la merde. Y avez-vous pensé ? Ce n'est un secret pour personne que j'étais à Stefanos ce soir-là. Mais j'en suis parti longtemps avant le drame. Andrew m'a mis dans un taxi.

Au moment où je prononçais cette phrase, les mots d'Alice me sont revenus. *Tu t'y es littéralement déversé.* Des fragments épars ont refait surface : la portière qui claque, le profil d'Andrew derrière la vitre, sa main qui s'abat sur le toit de la voiture, celle-ci qui démarre, le monde qui tourne, la nausée.

— Deux témoins assurent pourtant vous avoir croisé là-bas au cours de cette même soirée. Au Club 19, d'après une Anglaise qui habite désormais à Epitara.

— Quelle Anglaise ? Niki Stenhouse ? Je lui ai été présenté pour la première fois mercredi. Elle n'a pas un instant mentionné que nous nous connaissions.

— Le second est une résidente âgée du village, qui se souvient de vous avoir vu grimper la colline en direction de ce qui est aujourd'hui l'hôtel Delfinos, mais qui était alors les Barbati Beach Apartments.

— Hein ? Mais c'est absurde !

— Vous étiez en compagnie d'une jeune fille.

— N'importe quoi !

— Vous n'étiez donc pas avec une jeune fille ?

Je me suis creusé la cervelle.

— Il est vrai que j'avais rencontré une nana, à la discothèque. Mais c'était beaucoup plus tôt, dans l'après-midi. Une Hollandaise. Je l'ai ramenée à sa chambre. Il faisait encore jour. Inutile de me demander son nom, j'ai oublié. Si tant est que je l'aie seulement su, d'ailleurs.

— Cette… Hollandaise, quel âge avait-elle ?

— Aucune idée. Dix-huit ans ? Dix-neuf ?

— Pas quatorze ?

Une veine s'est mise à pulser dans mon cou.

— Je rêve ? Êtes-vous en train de m'interroger sur la mort de Jasmine ? Sérieux ?

J'ai dévisagé les deux hommes tour à tour, cherchant une fissure, un défaut dans la cuirasse de leur gravité, quelque chose indiquant que tout cela n'était qu'une plaisanterie.

— Vous êtes fous, ai-je soufflé.

Gavras a consulté ses notes.

— Pourquoi vous êtes-vous procuré de l'hydroxyde de sodium ? m'a-t-il demandé sans relever les yeux.

Il m'a fallu un moment pour comprendre.

— Pour les olives, ai-je fini par répondre.

— Quelles olives ?

— Alice voulait en mettre à macérer dans une saumure de sa fabrication.

— Pour quelle raison ? Elle n'a pas d'oliviers.

— Elle en avait acheté des crues par erreur. Il fallait les faire mariner.

— Quand était-ce ?

— Jeudi ? Vendredi ? Je ne sais plus.

— Cette semaine, en tout cas. Alors qu'elle avait du monde à la maison. Yvonne et Karl venaient d'arriver, la date anniversaire de la disparition de Jasmine était imminente. On aurait pu croire qu'elle avait des préoccupations plus urgentes que se lancer dans la conservation des olives, non ?

— C'est elle qui m'a passé commande. C'était sur la liste de courses qu'elle m'avait donnée. Je me suis contenté d'exécuter les ordres.

Les deux hommes se sont entretenus en grec pendant un instant, puis Gavras a sorti de sa sacoche un bout de papier glissé dans un film plastique protecteur.

— C'est de cette liste-là que vous parlez ?

Une photocopie de l'écriture d'Alice, un coin de la page déchiré, ses bords flous.

— Cuisses de poulet, côtelettes d'agneau, pâtes, féta…

M'est revenue l'image d'elle écrivant, son air concentré, sa lèvre déformée parce qu'elle la mordillait.

— Nulle part il n'est marqué hydroxyde de sodium, a enchaîné le lieutenant.

La voix de Tina me hélant, son reflet réduit dans le rétroviseur.

— Tina m'a couru après. Alice avait oublié. Demandez-lui. Posez la question à Tina.

— On a retrouvé le bidon dans votre chambre, monsieur Morris. Pas dans la cuisine avec le reste des courses.

— Je ne me souviens plus de l'endroit où je l'ai mis.

— Un autre bidon de soude a été localisé dans la propriété. Avec vos empreintes dessus.

Un souvenir s'est frayé un chemin à travers la confusion, la fatigue et l'affolement.

— Oui, ai-je opiné. Dans l'abri servant de garage.

— Vos empreintes ?

— Je l'ai utilisé pour bloquer la porte.

Gavras a grimacé, l'air de penser que mon argument ne tenait pas la route.

— C'est la vérité !

L'Anakritis s'est incliné vers moi autant que le lui permettait le plateau du bureau nous séparant.

— Le meurtrier de Jasmine Hurley a tenté, ces derniers jours, de détruire des preuves en versant dans le puits de l'hydroxyde de sodium. Autrement dit, de la soude.

— Ce n'est pas moi. Bon sang ! Le jardinier d'Alice, Artan… L'avez-vous interrogé ? Il n'arrête pas d'aller et venir dans cette dépendance. Il était à Stefanos il y a dix ans. Il est sournois. Il a une liaison avec la fille d'Andrew Hopkins.

D'un geste, Gavras a balayé mes arguments, comme s'ils n'étaient que verbiage sans intérêt.

— Poursuivons. Quand on a exhumé Jasmine Hurley, on a mis au jour plusieurs objets.

Il a brandi un sachet transparent, l'a agité afin de mieux me montrer les divers articles qu'il contenait, eux aussi enveloppés dans du plastique.

— Reconnaissez-vous quelque chose, monsieur Morris ?

— Oui, ça, ai-je admis en indiquant la clé à molette rouillée. Je l'ai déjà vue.

— Il y a dix ans ?

— Non, l'autre jour.

— Je ne crois pas, non, car cet outil était dans le puits, monsieur Morris. Avec le cadavre de Jasmine.

— Alors, c'est son double. La clé dont je parle était sous le capot du Toyota.

— Et si je vous disais que le crâne de Jasmine Hurley porte des traces de fractures pouvant avoir été infligées avec un instrument contondant comme celui-ci ?

— Je vous répondrais que je ne comprends pas.

— Et si je vous disais que cette clé est couverte de vos empreintes ?

— Je ne comprends toujours pas. Quelqu'un a dû la déplacer du garage au puits. J'ignore pourquoi.

Mes mains s'étaient mises à trembler. Le lieutenant a poussé un gros soupir.

— Plus embêtant encore, monsieur Morris, on a aussi identifié votre ADN là-dessus.

Il a brandi une autre preuve. Ça ressemblait à tout et à rien, à la fois familier et inconnu – un morceau de tissu froissé, un vieux chiffon noirci par endroits, rouillé à d'autres, sous quoi on distinguait un motif floral délavé. Je l'avais vu récemment, mais parce qu'il m'était montré de façon aussi révérencieuse, j'ai deviné que je l'avais aussi vu des années auparavant, dans des circonstances différentes. Dans un autre pays.

— Qu'est-ce que c'est ? ai-je demandé.

Gavras a eu un rire dénué d'humour.

— Monsieur Morris ! Arrêtez de jouer les idiots.

— Je ne sais pas de quoi il s'agit.

L'Anakritis, lui, ne riait pas.

— Ceci est un foulard ayant appartenu à Jasmine Hurley. Votre ADN est dessus, et il a été retrouvé près de son corps.

J'ai inspecté la chose de plus près. Je me suis rappelé l'affiche sur le réverbère, les prospectus sur la table de cuisine d'Alice. C'était effectivement le foulard qu'arborait la gosse sur la fameuse photo. La camionnette. La clé coincée. Le vieux chiffon que j'avais ramassé pour assurer ma prise dessus.

— Dans le Toyota lui aussi ! me suis-je exclamé. Je me suis essuyé la main dessus, je m'en suis servi pour tourner la clé de contact. Alice m'avait demandé de jeter un coup d'œil à la camionnette. Comme elle m'a demandé d'acheter de la soude. Je ne sais pas comment la clé et le foulard ont fini dans le puits, mais ce n'est pas moi qui les y ai mis.

Les deux Grecs se sont consultés du regard, échangeant un message muet.

— Je suis fatigué, ai-je ajouté. On nage en plein délire. Ramenez-moi dans ma cellule. Et convoquez Alice, je veux la rencontrer.

J'ai posé la tête sur le bureau.

— Oh, monsieur Morris ! a susurré Gavras. Vous vous en sortiez si bien, pourtant !

Je me suis redressé.

— Dites-moi ce que j'ai fait, d'après vous. Dites-le-moi.

L'Anakritis s'est levé, a rentré sa chemise dans son pantalon, adressé un signe du menton à la secrétaire. Cette dernière a tourné une page de son calepin dans un froissement de papier et un craquement de reliure. Quand il a été certain qu'elle était prête, le procureur s'est rassis.

— La nuit du 10 août 2004, après avoir pris un bateau depuis Elconda, vous avez abandonné vos amis. M. Andrew Hopkins vous a remis de l'argent pour quitter Agios Stefanos en taxi. Au lieu de quoi, vous l'avez dépensé à boire au Club 19. Je me trompe ?

J'ai eu un instant d'égarement.

— Je… je ne sais pas.

— Vous êtes sorti de la discothèque ivre et, quand vous avez croisé Jasmine Hurley sur la route des Barbati Beach Apartments, vous avez été incapable de résister à vos pulsions.

— Non !

— Vous l'avez violée, n'est-ce pas ?

— Parce qu'elle l'a été ? Avez-vous des preuves ? Ce n'était qu'une gosse, bon Dieu !

Il a ignoré mes protestations.

— Puis vous l'avez tuée pour la faire taire.

— Mensonges ! Vous inventez !

— Ensuite, vous avez porté son corps à travers l'oliveraie jusqu'à ce que vous ayez trouvé un endroit où le laisser : le puits dans le bosquet de Circé. C'est là que vous avez caché le cadavre, de même que la clé à molette avec laquelle vous aviez tué Jasmine Hurley.

— Non.

— Son foulard et l'arme du crime sont couverts de votre ADN. Comment l'expliquez-vous ?

— Je ne l'explique pas. Mais ce n'est pas ce qui s'est passé. Je ne l'ai pas tuée.

— Je ne demande qu'à vous croire. Le problème, c'est que nous détenons également un tee-shirt.

— Quel tee-shirt ?

De nouveau, Gavras a pioché dans sa sacoche. Il a poussé devant moi la photo d'un haillon sale et déchiré – un tee-shirt violet sur lequel était écrit en lettres noires : « Éclate-toi au Zeus ». Un sentiment d'horreur s'est lentement répandu dans mes veines jusqu'à m'enserrer le cœur avec violence.

— Plutôt particulier, non ? a dit Gavras.

J'ai dégluti. J'avais la bouche sèche.

— J'en ai un comme ça, ai-je murmuré. Mais ce n'est pas celui-ci. Le mien, je l'ai porté il n'y a pas longtemps.

— Encore une fois, monsieur Morris, l'ADN.

Ses intonations étaient presque compassionnelles. Haussant les épaules, il a eu un geste laissant entendre que, si ça n'avait tenu qu'à lui, il m'aurait évité cette situation.

— J'ignore comment il a atterri dans le puits, mais c'est une erreur. Une blague. Si c'est bien le mien, il ne peut être resté dedans durant dix ans, parce que je l'ai mis à Londres il y a quelques semaines. Depuis, je l'ai égaré, mais…

Tout à coup, une explosion s'est produite dans mon cerveau, tel un feu d'artifice, l'espoir en éruption.

— Interrogez Alice ! Elle m'a vu avec ! Il y a… trois semaines. Quatre peut-être ? Avant que nous venions ici.

— Alice ?

— Mme Mackenzie, oui. Appelez-la tout de suite. Elle vous expliquera tout. Je vous en prie.

Chapitre vingt-deux

On m'a ramené dans ma cellule. J'ai frappé sur le battant en hurlant :

— Convoquez Alice ! Convoquez-la !

Dans le silence pesant de la nuit, debout sur mon banc en bois, le visage collé aux barreaux de la petite fenêtre, j'ai braillé :

— ALICE !

Croyais-je alors que mes suppliques l'atteindraient, que mes mots survoleraient les collines, se faufileraient sous la porte-fenêtre de sa chambre, ramperaient jusqu'à ses oreilles endormies ?

Lorsque la porte s'est ouverte, je m'étais assoupi – bref soulagement d'inconscience, gorge râpeuse, torticolis. Le corps parvient toujours à se reposer – c'est une chose que j'ai apprise, depuis.

Alice était sur le seuil. Je me suis levé précipitamment, gauchement.

— Alice ! Enfin ! Dieu soit loué, tu es venue !

J'ai hésité, décontenancé. En partie à cause de Gavras, qui l'accompagnait, de la manière dont il l'a fait entrer, la laissant tout juste se glisser à l'intérieur, sans trop ouvrir, refermant aussitôt derrière eux ; de la façon dont il s'est appuyé au battant, paupières lourdes, regard qui ne concédait rien. En partie aussi à cause de l'élégance d'Alice, habillée pour le voyage – corsaire noir, chemisier blanc, gilet de coton jeté sur les épaules, ballerines bleu marine. Avais-je perdu toute notion du temps ? Étions-nous déjà samedi ? Était-elle en partance pour l'aéroport ? Mais c'est surtout son expression, son absence d'émotion qui m'a stoppé net. J'ai cru que mon cœur allait cesser de battre.

— Paul, m'a-t-elle salué. Je me suis dit que tu aurais besoin de ça, là où tu vas.

Elle tenait mon manteau de tweed.

— Alice !

J'ai avancé. Constatant que je n'esquissais aucun geste pour prendre mon vêtement, elle l'a lâché par terre. De la main, Gavras m'a ordonné de m'asseoir. Je suis resté debout.

— Tu vas m'aider, hein ? ai-je fini par murmurer.

J'ai tendu les doigts dans sa direction, elle ne s'est cependant pas approchée. Mon bras est retombé.

— T'aider comment, Paul ?

Gavras l'avait-il dressée contre moi ? Il fallait que je comprenne. J'ai décidé de parler vite et à voix basse, pour qu'il ait plus de mal à suivre la conversation.

— Alice, ils ont forgé des preuves qui m'accusent. Tout ce qu'ils racontent, ce ne sont que des mensonges.

J'ai observé Gavras, qui s'est borné à hausser les épaules.

— Je t'en supplie, Alice, il faut que tu leur démontres que je n'ai rien à voir dans la mort de Jasmine. Ni dans le viol. C'est devenu très grave, là. J'ai besoin que tu leur dises la vérité.

Rien, même si j'ai eu l'impression qu'elle s'adoucissait un peu. Mais l'ai-je imaginé ?

— Et que dois-je leur dire précisément, Paul ?

— Parle-leur d'Hermès. Du tee-shirt. De la soude. Dis-leur que tu m'as demandé d'en acheter pour les olives. Que tu m'as aussi demandé de réparer la camionnette. C'est pour ça que je suis entré dans le garage. Pour ça que j'ai touché la clé à molette et le foulard. Je ne sais pas comment ils se sont retrouvés dans le puits. Quelqu'un a dû les y mettre pour me piéger.

Elle avait noué ses mains devant son ventre. Son regard était inexpressif.

— Au nom de quoi t'aurais-je prié de réparer la camionnette ?

— Parce que tu savais que j'avais bossé comme mécano.

— Ah bon ?

Elle a proféré ça sans me quitter des yeux. L'air est soudain devenu glacé.

— Ben oui ! Je te l'avais dit ! Tu ne te rappelles pas ?

— Un vrai mécanicien ?

Un sombre malaise a déclenché mes frissons.

— Et le tee-shirt, ai-je enchaîné, plus lentement. Celui du night-club Zeus. Celui que tu détestais. Pourrais-tu confirmer au lieutenant Gavras que je l'ai porté à Londres, il y a quelques semaines ? Que tu m'as vu avec ?

Elle s'est humecté les lèvres. Sans décroiser les doigts, elle a frotté ses paumes l'une contre l'autre.

— Quel tee-shirt, Paul ?

— Celui de la boîte d'Elconda. « Éclate-toi au Zeus ».

Elle a longuement soupiré.

— Celui que tu avais la nuit où Jasmine a disparu ?

— Oui, oui ! Celui-là. Dis-lui que tu m'as vu avec à Londres. Dis-lui !

Elle a jeté un coup d'œil derrière elle. Gavras a pris appui sur son autre jambe, a relevé le menton.

— Je l'avais enfilé sous mon gilet, je te l'ai montré dans ta chambre à Clapham. Souviens-toi. C'était une blague. « Éclate-toi avec moi ». Tu as oublié ? Tu m'as dit que tu le détestais. Tu me l'as enlevé. Nous avons fait l'amour.

Elle a secoué la tête. J'ai senti mon visage se raidir à l'extrême. C'était ma dernière chance. La *sienne.*

— Alice ! Pourquoi te tais-tu ?

Les commissures de ses lèvres se sont affaissées, elle a une nouvelle fois secoué la tête. Un gouffre s'est ouvert dans ma poitrine. Elle seule avait pu prendre le vêtement ; elle seule avait pu le jeter dans le puits. J'ai repensé à son expression, au bord de la piscine, avant que nous apprenions ce que Gavras avait découvert. À la rapidité avec laquelle elle avait bondi sur ses pieds. À quel point le choc qu'elle avait manifesté avait été proche de la peur.

Elle avait su que Jasmine était là. Pendant des jours, elle avait écouté les bruits du chantier, guettant l'instant où les ouvriers tomberaient dessus. Lorsqu'elle avait vu Gavras dans l'ombre de l'arbre, elle avait tout de suite compris ce qu'il avait trouvé. Elle l'avait attendu.

— Oh, Alice ! ai-je soufflé en m'asseyant sur le banc. Tu savais qui l'a tuée.

Elle a tourné les talons pour sortir. Elle a dû se pencher pour rajuster l'une de ses ballerines, qui avait glissé de son talon. Le cuir souple s'était plié en accordéon.

— Tu racontes des bêtises, a-t-elle lâché.

— Tu couvres quelqu'un, hein ? Oh, Alice ! Exactement comme tu couvres Louis.

Elle a hésité, a regardé Gavras, puis moi. Je n'avais plus beaucoup de temps.

— Yvonne ? ai-je insisté. Andrew ? Comment peux-tu les laisser m'accuser ? Pourquoi ? Je n'ai rien à voir avec la mort de Jasmine, et tu le sais.

Le lieutenant a ouvert la porte et lui a fait signe de le suivre. Elle a hésité. Ses épaules tremblaient. Parce qu'elle pleurait, ai-je cru. Sauf que ce n'était pas pour ça.

— Puis-je avoir une minute seule avec M. Morris ? a-t-elle demandé.

Ils ont parlementé en chuchotant, puis le battant s'est refermé. Traversant la pièce, elle est venue s'accroupir près de moi, sa bouche tout près de mon oreille.

— Tu as *tout* à voir avec la mort de Jasmine, a-t-elle murmuré.

Elle s'est encore rapprochée, s'est appuyée sur moi, a collé sa joue à la mienne.

— Chez Giorgio, le soir où elle a été tuée.

— Quoi ?

Elle s'est balancée sur ses talons, plus calme à présent.

— Les horreurs que tu as proférées sur Florrie. Dire des choses pareilles, te comporter comme un monstre, ça a des effets. Des conséquences. J'avais commencé à aller mieux. Andrew et moi avions entamé la conversation avec ce couple de Français. Durant quelques instants, j'avais oublié mon chagrin. Et puis, tu es arrivé. TOI… Je ne l'ai pas supporté. Il fallait que je parte. Andrew m'a suppliée de rester, de le laisser me raccompagner, au moins. Mais j'avais le sentiment de devoir m'éloigner des gens, de m'isoler… de tout le monde. Je… Je n'aurais pas dû conduire. J'étais ivre, je pleurais. Je n'y voyais rien. Je n'étais pas en état de prendre le volant. Or si je l'ai fait, c'est à cause de toi. Alors oui, c'est ta faute, oui, tu as quelque chose à voir dans la mort de Jasmine.

Il y a eu un long silence.

— Est-ce que tu le ressens ? a-t-elle soufflé. Le ressens-tu, maintenant ?

— C'est toi qui l'as tuée. Tu as tué Jasmine.

Elle m'a étudié, se demandant manifestement si elle allait répondre.

— Un accident, a-t-elle fini par lâcher, presque sur le ton de la conversation.

— Et toutes ces années… pendant dix ans, tu es restée proche d'Yvonne. Alors que tu savais que sa fille était morte. Tu l'as laissée souffrir. Moi qui pensais que tu croyais à la vérité et à l'honnêteté. Que tu étais bonne.

Elle n'a pas daigné répondre. Se raidissant, elle s'est redressée, a étiré ses jambes.

— Garde !

Je me suis levé.

— Et maintenant, tu me tends un piège. À moi ! Notre relation ne compte donc pas ?

Elle m'a regardé droit dans les yeux. Même si elle avait cessé de chuchoter, sa voix restait basse et dure, feulement glacial que je ne lui connaissais pas.

— Évidemment qu'elle ne compte pas. Crois-tu que j'aie éprouvé quoi que ce soit pour toi ? Que ça ait pu m'arriver ne serait-ce qu'un jour ? J'ai été obligée de supporter ton autosatisfaction ridicule, ton snobisme, ton parasitisme. Tes petites phrases prétentieuses en français. Tes légendes absurdes. Pourquoi est-ce que je me serais intéressée à un minable comme toi ? J'ai agi en souvenir de Florrie. Mais sache que je te vomis. Tu n'es qu'un égocentrique méprisable. Tu mérites absolument tout ce que je t'ai fait.

J'étais tellement ahuri que j'ai eu du mal à trouver mes mots.

— Je t'aimais.

— Impossible, a-t-elle riposté en approchant ses lèvres si près des miennes que j'ai cru qu'elle s'apprêtait à m'embrasser. Parce que tu n'as pas la moindre idée de qui je suis. Tu ne t'es jamais donné la peine de le découvrir.

Je l'ai dévisagée, joues creuses, prunelles vert pâle, cicatrice qui déformait sa bouche. J'ai songé à l'orgasme qu'elle avait eu le jour où l'on avait retrouvé Jasmine. Ça n'avait en rien été une apothéose sexuelle, juste du soulagement. J'ai repensé à ma tendresse à son égard, à ma façon de caresser ses cheveux, au désir que j'avais eu non seulement d'être avec elle, mais d'être elle. La bile m'est montée à la gorge.

Elle a resserré les manches de son gilet autour de son cou, a rajusté les revers de son chemisier, m'a tourné le dos pour frapper à la porte.

— On n'en pas fini, ai-je lancé. Quand je dirai la vérité…

— Qui croira-t-on, à ton avis ? a-t-elle rétorqué, sans même prendre la peine de baisser la voix. En qui les gens ont-ils toujours eu confiance, Paul ? En toi ou en moi ?

Sur ce, le battant s'est ouvert et elle est partie.

APRÈS

Chapitre vingt-trois

Le même soir, ils m'ont transféré sur le continent. Le voyage a été pénible, dans le camion de la police aux étroites fenêtres teintées et sans clim. La chaleur était accablante, la route sinueuse à donner la nausée. Ça m'a rappelé mon trajet en car, les coups de frein et d'accélérateur, les virages en épingle à cheveux. Sauf que là, je n'ai pas dormi. Mes pensées étaient aussi agitées que mon estomac. Durant la traversée de six heures jusqu'à Patras, j'ai vomi à plusieurs reprises, d'abord dans les toilettes puis, quand j'ai été trop malade pour bouger, sur moi – mon manteau, mes mains –, attaché que j'étais à mon escorte.

Gavras est resté à Pyros. Avant mon départ, il m'a expliqué que j'allais être incarcéré en préventive, et que ma détention pouvait durer entre six mois et un an. J'étais officiellement accusé du viol de Laura Cratchet et du meurtre de Jasmine Hurley ; s'y était ajoutée, à la dernière minute, une troisième inculpation : agression physique sur Greta Muller, la droguée d'Epitara. Étant donné que j'étais considéré comme un danger pour la société et comme susceptible de vouloir fuir, toute libération provisoire était exclue. Le juge d'instruction préparerait le dossier à charge. À ce stade, je n'avais eu droit à aucun document traduit, mais il n'en irait pas de même à Athènes, que Gavras m'a présenté comme la Terre promise. J'y aurais une cellule plus grande, je la partagerais avec d'autres criminels. Le consul de Grande-Bretagne me rendrait visite. On m'attribuerait un avocat parlant anglais. Il a secoué la tête, un mince sourire a étiré ses grosses lèvres.

— Il sera à l'écoute des accusations absurdes que vous persistez à porter contre Mme Mackenzie et vous conseillera en conséquence.

J'ai été autorisé à passer un coup de fil. Quand Michael a décroché, il était dans son jardin. J'ai perçu le crachotement d'un tuyau d'arrosage, le grondement lointain d'une tondeuse à gazon, les cris inintelligibles des enfants. Je l'ai mis au courant en vitesse. Il m'a écouté sans m'interrompre, n'a fait aucun commentaire, s'est borné à me demander où exactement je serais emprisonné et m'a promis qu'il prendrait le premier avion pour Athènes le lendemain. Quand j'ai coupé la communication, j'étais en larmes. Il avait suffi que j'entende sa voix pour mesurer combien j'étais loin de Beckenham, de cet après-midi anglais : j'avais déjà deviné que je n'étais pas près d'y retourner de sitôt.

Le ferry a accosté à Patras aux petites heures du matin. J'en ai senti l'air frais à travers la fente séparant les portes du camion. On m'a donné une bouteille d'eau qui avait un goût de plastique chaud, un petit sachet de biscuits secs mais pas de vêtements propres. Au bout d'une trentaine de minutes, nous nous sommes arrêtés. L'arrière du véhicule a été ouvert, et deux hommes ont été propulsés à l'intérieur. Un blond aux muscles saillants sous son débardeur et un maigrichon à la peau mate. Ils se sont assis et m'ont reluqué avec une hostilité perceptible, sans doute parce que je puais le vomi. Tel a été mon premier contact avec d'autres criminels – avec la suspicion permanente, la menace latente, et la violence sous-jacente. Je m'y suis accoutumé, désormais. J'ai développé mes propres stratagèmes, appris à garder mes distances. Mais à l'époque, j'étais encore naïf. Le petit brun avait des cigarettes, j'apercevais un paquet qui gonflait la poche de son sweat. Dans l'état désespéré qui était le mien, je n'ai pas hésité à troquer mes Vans en recourant au langage des signes.

Il a plié ses tongs dans sa poche arrière, a enfilé mes chaussures – bien trop grandes pour lui. Puis il m'a tendu une unique clope, et non le tout, comme je l'avais espéré. Quand j'ai tenté de protester, il a eu un geste agressif, le cou tendu, le visage contre le mien. Pieds nus, je me suis rencogné sur mon banc. Par la suite, mes compagnons de voyage m'ont laissé tranquille. De toute façon, j'étais indifférent. Sonné. Vidé. Je ne savais plus qui j'étais. J'étais juste en mesure d'essayer de donner un sens aux événements qui s'étaient déroulés dix ans auparavant et six mois plus tôt ; de trier et d'analyser ce qui s'était passé, en quête de raisons et d'explications.

Alice ne quittait pas mes pensées. Son sourire de guingois, l'habitude qu'elle avait de tripoter ses cheveux. Alice en train de cuisiner, de téléphoner à ses confrères, au lit avec moi. Cette Alice avait tué Jasmine. Cette Alice, l'Alice dont j'étais tombé amoureux, qui était-elle ? Durant des années, elle avait su où se trouvait le cadavre de Jasmine et elle avait menti, dissimulé, manipulé. C'était inconcevable. Pourtant, son visage collé au mien dans ma cellule de Trigaki, les paroles qu'elle avait presque crachées. Une étrangère. Je n'avais pas eu la moindre idée de celle qu'elle était vraiment. Elle avait eu raison, à ce propos. J'avais projeté sur elle ce que j'avais voulu y voir. Tout concordait, cependant. Elle avait renversé Jasmine avec la camionnette. Ivre. Bouleversée. Elle avait paniqué, avait caché le corps dans le puits juste à côté de la propriété qu'elle louait. (Avec ou sans la complicité d'Andrew ?) Ensuite, elle avait fait preuve d'une intelligence redoutable en s'investissant dans les recherches, en se mêlant de l'enquête, en se rapprochant d'Yvonne. Son plan initial avait-il été de se limiter à cette première nuit ? Lui avait-il échappé en se transformant en une semaine, un mois ? Avait-il fait boule de neige ? Était-il devenu une addiction ? Une addiction longue d'une décennie ? Les campagnes, le bal de bienfaisance, les collectes de fonds… pourquoi ? Comment Tina l'avait-elle formulé, déjà ? *Elle a besoin de commander… Elle est persuadée que, si elle n'est pas à la barre, tout fout le camp.* Ce dévouement lui avait permis de tirer les ficelles, de détourner l'attention de la police, de mettre Yvonne sous sa coupe. Il avait également empêché qu'on referme le dossier. Pour quelle raison, sinon que, au fond d'elle-même, elle souhaitait qu'on retrouve le corps ? Combien de fois l'avais-je entendue utiliser l'expression « tourner la page » ? Mais qui devait le faire ? La malheureuse mère endeuillée ou elle-même ?

Notre rencontre au dîner chez Andrew avait-elle été une coïncidence ? Vu qu'elle me haïssait déjà à cause de Florrie et que, de manière biaisée, elle me reprochait la mort de Jasmine, avait-elle subodoré qu'elle tenait une chance de m'utiliser, de me piéger ? Si oui, quel stratège ! Les travaux étaient voués à mettre au jour le cadavre. Alice avait donc eu besoin d'un suspect. Je repense à la cour qu'elle m'a faite ce soir-là, à ses flatteries. Elle était sortie dans le jardin exprès. Elle m'avait piqué une cigarette – sa première et sa dernière. Et ça avait fonctionné. Elle avait éveillé mon intérêt.

Alors que j'avais cru me jouer d'elle, c'était l'inverse qui s'était produit. Elle m'avait fait miroiter la possibilité d'une évolution de notre liaison, ne l'avait toutefois pas concrétisée. Elle m'avait proposé de venir en vacances à Circé avant de ne plus en reparler. Tout n'avait été qu'allusions et reports, postures de femme hors d'atteinte. J'avais été manipulé. Or la chasse avait exacerbé mon désir. C'était parce qu'elle ne m'avait pas officiellement convié à Pyros que j'avais décidé de l'y contraindre. Et, une fois que j'avais été sur place, elle m'avait traité comme quantité négligeable – la place dans le coffre du minivan, les rebuffades qui me distinguaient des autres – alors que, en réalité, j'étais sa pièce maîtresse. Ce jeu de rôle, ces écrans de fumée, cette hystérie artificielle quand elle avait cru reconnaître Jasmine. J'avais eu l'impression d'assister à la tragédie d'une autre, alors que, depuis le début, j'en avais tenu le rôle principal.

Un rôle écrit pour moi par elle, et que j'avais interprété à merveille. Toutes mes failles l'avaient servie. Mon arrogance, ma cupidité, le besoin que j'avais d'étaler ma virilité, ma tendance à frimer. Ma tentative de séduction minable avec le tee-shirt – elle avait dû se régaler quand je lui avais apporté sur un plateau la preuve ultime dont elle avait besoin. Le coup de la camionnette, avec la clé à molette et le foulard. J'avais mordu à l'hameçon avec une docilité déconcertante tant j'aspirais à lui plaire, tant j'étais convaincu, dans mon sentiment fantasmé de supériorité, que je serais capable de réparer Hermès. Sous-estimant de façon fabuleuse ma propre incompétence, j'avais bidouillé en laissant mon ADN partout où elle le souhaitait, sur la clé à molette et le foulard de Jasmine, qu'elle n'avait plus eu qu'à flanquer dans le puits.

À chaque étape du processus, j'avais été sa marionnette, d'autant plus facilement que ma paresse et ma lâcheté morale n'avaient offert aucune résistance. Si seulement je n'avais pas menti à propos du vol que j'avais pris ! Si seulement je n'avais pas dérobé les préservatifs ! Je n'aurais pas dû me sauver de Circé, mais je l'avais évidemment fait. Car telle est ma nature : je passe mon temps à fuir. Elle m'avait observé, modelé dès le début ; elle avait exploité mes faiblesses à ses fins. Elle m'avait mené par le bout du nez, et je lui avais rendu la tâche aisée.

Le camion s'est brusquement arrêté. Les portes arrière se sont ouvertes sur un homme qui avait une arme à la hanche. Au-delà, un bâtiment plat et sans âme à la façade jaunie et humide percée de rangées de petites fenêtres grillagées.

— Bienvenue à Korydallos, votre nouvelle maison.

Je suis descendu en abandonnant mon manteau de tweed sur le banc.

Chapitre vingt-quatre

J'ai rédigé ces pages la nuit, dans ma cellule. Je tenais à achever mon récit avant le procès, au cas où il tournerait en ma défaveur. Écrire a constitué une forme de thérapie, et les choses se sont clarifiées dans mon esprit. Voilà quinze mois que je croupis ici. Parfois, quand on regarde en arrière, on s'apitoie sur soi-même, on se reproche sa naïveté et sa sottise. Pas moi. Je ne suis plus comme ça.

J'ai fini par trouver ma place. Ironique, non ?

Je continue à gaffer – on ne se refait pas – mais de façon moins grave. Six hommes par cellule, souvent plus – notamment après les émeutes dues à la politique d'austérité. À une époque, un trafiquant de drogue macédonien particulièrement vicieux m'a obligé à dormir sur le sol, mais il a été transféré, et j'ai récupéré mon matelas. On s'habitue à l'inconfort physique – les bobos, les ongles noirs, la crasse qui s'incruste dans les pores (il n'y a pas d'eau), le froid transperçant de l'hiver, les poux, le psoriasis, les cicatrices qui signent les échauffourées et les passages à tabac. Le plus dur, c'est la tension psychologique – la crainte de la violence, l'ennui, la culpabilité.

Mon procès est imminent. Andrea Karella, mon avocate, a bon espoir que nous soyons convoqués au tribunal d'ici à quelques semaines, mais ce n'est pas la première fois qu'elle dit ça. Les ajournements se sont succédé, jusqu'à présent – documents égarés, témoin indisposé sans qu'on sache pourquoi. Il y a des jours où je me dis qu'elle ne vaut pas ce que je la paie ; ou je me demande si elle n'a pas été achetée par la partie adverse. À d'autres moments, je lui suis reconnaissant. C'est une femme banale aux sourcils épais qui raffole des tailleurs noirs sévères et adore rejeter ses cheveux en arrière. Totalement hors de ma portée, bien trop gentille. Elle ne se maquille pas et, la semaine dernière, lorsqu'elle a pris ma main, j'ai remarqué qu'elle se ronge les ongles. Elle est douce, intelligente et se soucie vraiment de moi, ses yeux sont d'une magnifique couleur marron. Si je n'étais pas menotté à ma chaise, je ne résisterais pas à l'envie de placer ma tête sur ses genoux. Nom d'un chien ! Rien que d'y songer, je suis au bord des larmes.

Je ne suis pas brisé (phrase censée figurer dans ce genre de mémoires). Je crois encore à ma libération, grâce à des éléments nouveaux surgis dans deux des affaires me concernant. Karella est persuadée que les accusations d'agression sur la femme qui, nous le savons désormais, répond au nom de Greta Muller

– accusations que nous soupçonnons Alice d'avoir encouragées – seront abandonnées avant même un éventuel procès. Paradoxalement, c'est le seul crime dont je sois pour ainsi dire coupable. Bien que je n'aie eu nulle intention de la blesser, je lui ai vraiment flanqué la porte du camping-car dans la figure et j'y ai mis une violence, un désir d'impressionner dont je ne suis pas fier. Muller est une branche pourrie. Elle n'est plus en Grèce, d'ailleurs, mais à Amsterdam, pour un festival de musique, le Cannabis Cup. Le propriétaire de la supérette de Stefanos l'a également identifiée comme voleuse occasionnelle. Même si elle revient témoigner contre moi, Karella estime que son « mode de vie » jouera contre elle. De la même façon que ma personnalité me porte préjudice alors que je suis innocent, la sienne lui nuit alors que je suis indéfendable.

C'est moi qui ai insisté pour aller à Epitara. Alice n'avait prétendu avoir vu Jasmine qu'au cas où elle aurait eu besoin d'étayer sa propre innocence. Comme elle a dû être décontenancée par mon insistance à suivre cette prétendue piste ! À sa décharge, elle s'y est vite adaptée et en a profité pour me présenter à Niki Stenhouse, l'un des témoins à charge dans le dossier de meurtre. On ne saurait reprocher à Alice de manquer de ressource et d'inventivité. Elle ne pouvait certes pas prédire que je m'en prendrais physiquement à Muller, ce qui ne l'a pas empêchée de se servir de cet incident à son profit, comme elle a su utiliser le viol de Laura Cratchet, alors que, au départ, il ne figurait évidemment pas au programme du complot qu'elle a fomenté contre moi. Elle s'est bornée à ne pas me fournir d'alibi et à laisser les choses s'enclencher – mes mensonges, mes larcins et mon sexisme tranquillement assumé ont fait le reste. Je ne sais toujours pas si Louis est coupable. Lors de mon premier entretien avec Karella, dans une pièce aveugle sise dans les entrailles de la prison, je lui ai raconté l'avoir vu ramené ivre mort et avoir trouvé les préservatifs dans la trousse de toilette d'Andrew. Karella a d'abord pris ces informations avec circonspection. Je pense qu'elle me croyait coupable du viol de Cratchet, parce qu'il correspondait à ma nature. Elle m'a objecté que beaucoup de gens se baladent avec des capotes dont ils n'ont pas l'usage, qu'elles pouvaient être en possession d'Andrew depuis des années. Sauf que, depuis, deux éléments nouveaux sont apparus. Un détective privé payé par Michael a découvert un témoin, le propriétaire de la bijouterie située en face du Club 19, qui se souvient d'avoir aperçu Alice et Andrew chargeant le gamin dans la voiture à 1 h 15 du matin – ce qui a au moins le mérite de prouver qu'Alice ment quand elle affirme que je n'étais pas au lit à cette heure. Michael a également procédé à des recherches de son côté. Ce n'est sans doute qu'un détail, mais les préservatifs à l'emballage doré sont vendus par la petite pharmacie voisine du lycée que fréquente Louis. D'accord, on les trouve aussi dans toutes les grandes enseignes habituelles anglaises, mais nous nous garderons de le signaler.

Jusqu'à présent, ni Alice ni Andrew n'ont daigné répondre aux requêtes de Karella en la matière. Mon avocate estime que ce silence est suffisamment inhabituel, « notamment de la part de confrères », pour être considéré comme suspect.

Le rôle qu'a joué Andrew est plutôt intéressant, et j'y ai pas mal réfléchi. Il se trouve qu'Artan est en situation irrégulière et il ne s'est pas trop fait prier pour reconnaître devant le détective qu'Andrew l'avait payé pour « se débarrasser » du chien. Il n'y a donc pas eu de malentendu, juste l'exécution d'une commande. Est-ce mieux ou pire qu'avoir du sang sur les mains ? Pire, sans doute. Il est également évident qu'Andrew a aidé Alice à couvrir son fils. De quoi d'autre est-il complice, cependant ? Leur proximité, leur connivence physique. Je ne crois pas qu'ils aient couché ensemble. C'était plus profond et plus complexe que ça. Ils se surveillaient, par peur de ce que l'autre risquait de dévoiler. Je suis persuadé qu'il était au courant, pour Jasmine. Il a aidé Alice, l'a encouragée à dissimuler le corps. Je me suis imaginé l'accident, je me la suis représentée courant à la rencontre d'Andrew qui montait vérifier qu'elle allait bien. Je suis sûr que c'est lui qui l'a convaincue de ne pas avertir la police, parce que les enfants avaient besoin d'elle, parce que ce n'était pas sa faute. J'ai décidé de croire que c'est lui qui l'a contrainte à transformer un accident tragique en un crime grave et à vivre dans le mensonge.

Karella regrette de ne pas avoir une preuve de leur liaison, ce qui lui permettrait de faire pression, d'une façon ou d'une autre. Elle m'a demandé si j'acceptais d'en parler par courrier à Tina. J'hésite, toutefois. Je n'ai rien révélé non plus de Daisy et d'Artan. Tina a été la seule à être vraiment gentille avec moi. Malgré la situation, je n'ai pas envie de la blesser.

Ma cause a progressé. Le foulard, celui sur lequel je me suis essuyé les mains, porte des traces de mon ADN, mais aucune de celui de Jasmine. Le procureur a beau avancer que la soude les aura détruites, Michael a appris que cet accessoire était un « classique » de la marque Cath Kidston. Nous contestons donc que celui-ci soit l'original ; pour nous, c'est une substitution. La clé à molette ne présente également aucune trace de l'ADN de Jasmine. Le procureur affirme que je l'ai nettoyée. Sauf que Karella a déniché un médecin légiste prêt à témoigner que les blessures relevées sur le crâne de Jasmine sont tout aussi susceptibles de s'expliquer par un choc avec un véhicule, et un expert scientifique qui démontrera que les dégâts constatés sur la calandre du Toyota sont compatibles avec les impacts que présente le cadavre. Karella se démène aussi pour discréditer les témoins de la partie adverse. Niki Stenhouse, qui assure m'avoir vu cette fameuse nuit à Agios Stefanos, est une amie d'Alice. De fait, elle n'est pas fiable. Quant à l'autre, la résidente âgée, elle a récemment acquis une télévision à écran plat de quarante pouces. Notre détective estime donc qu'il suffit de trouver le juste prix pour qu'elle commence à perdre la mémoire. Entre-temps, il continue de chercher la Hollandaise avec laquelle j'ai couché ce soir-là. Mon alibi. Si seulement j'avais pris son téléphone. Si seulement je lui avais demandé son nom.

L'accusation part de l'hypothèse que j'ai violé Jasmine et l'ai tuée pour qu'elle se taise. Le corps est malheureusement trop abîmé pour prouver le contraire, et Gavras a étayé tout son dossier sur ma personnalité. On pourrait dire que je suis le principal témoin à charge. Mon pire ennemi. C'est d'ailleurs le dossier consacré à mes faiblesses morales qu'a monté l'Anakritis qui me porte le plus tort.

Pour être honnête, j'ai été choqué. Je ne m'attendais pas à ça. Les attaques personnelles m'ont blessé. Rien n'a été oublié. Les Mackenzie et les Hopkins ont serré les rangs. Leur assertion est la suivante : ayant appris que la propriété de Stefanos allait être l'objet de travaux, j'aurais « travaillé » Alice afin d'avoir une bonne raison de revenir à Circé détruire les preuves de mon crime. C'est d'une absurdité sans nom. Même Tina s'est retournée contre moi, après avoir découvert comment j'avais traité Florrie. Ils ont dressé la liste de tous mes mensonges – je ne suis pas propriétaire de mon appartement, je n'ai pas réellement travaillé depuis des années, je ne suis jamais là où je prétends être. Ils me reprochent d'être sournois et sans scrupules. Hertz a produit une déclaration officielle comme quoi j'avais conduit sans assurance. Je me considérerais comme au-dessus des lois, au-dessus des autres. Je serais pervers : personne ne se souvient qu'Alice ou Tina m'aient demandé d'acheter de la soude. La première a également fourni nombre d'exemples de mon « arrogance », de mon « obsession » des classes et du statut social. Un paragraphe du dossier dit : « Il a prétendu avoir obtenu une bourse au mérite de son école privée, alors qu'il s'agissait d'une simple aide aux élèves pauvres dont les parents travaillaient pour l'église. » Ben voyons. Plus blessant : « Il a menti au sujet d'enchères sur son prochain "roman" et a beaucoup exagéré son premier succès littéraire. Ce qu'il appelait son "chef-d'œuvre" [quelle injustice ! C'étaient les mots d'Alice et Andrew], *Exégèse d'une vie*, ne s'est vendu qu'à mille cinq cents exemplaires et n'a pas été réédité. Il tient beaucoup à ce qu'on le voie comme une figure littéraire d'importance. Cette tendance à la supercherie est alarmante, d'autant qu'elle s'accompagne d'une estime particulièrement développée de son propre intellect – on est dans ce que les psychiatres nomment "trouble délirant". »

De son côté, Andrew a dressé une liste d'exemples prouvant ma malhonnêteté – pas uniquement les piécettes raflées çà et là à Circé, mais l'allume-bougie Diptyque, la première édition du Martin Amis (c'était un cadeau) que j'ai revendue, et le savon que Tina et lui avaient apporté à Alice et que j'ai fauché pour l'offrir à ma mère. Ils ont mis en commun leurs informations. Seule Alice était au courant, pour le livre ; seule Tina a pu me voir piquer le savon.

Plus douloureux encore sont les griefs concernant mes « appétits sexuels ». Phoebe a évoqué les multiples occasions où je l'ai mise « mal à l'aise ». Elle y inclut l'incident de la canette de Coca durant lequel nous sommes tombés dans la piscine ; apparemment, j'en aurais profité pour lui « peloter » les seins, sans parler des fois où je l'aurais espionnée, « déshabillée du regard », y compris le jour où je l'ai regardée à travers l'entrebâillement de sa porte. Le téléphone portable d'Andrew a été ajouté aux preuves. Quand Karella me l'a annoncé, j'ai été décontenancé. Jusqu'à ce que je me souvienne de la photo où je reluquais Daisy sur la plage. Du coup, je me suis demandé s'il en avait d'autres.

Un détail m'offense vraiment, un *addendum* de Tina signalant que je lui aurais fait des avances sexuelles explicites l'après-midi où nous nous sommes retrouvés seuls à la maison. Et que, le lendemain, j'aurais eu des « intentions louches ». J'ai trouvé ça injuste. J'essayais juste d'être gentil.

Au début, j'ai beaucoup pensé aux éléments infimes qui peuvent bouleverser une vie. S'il n'avait pas plu, si je n'étais pas entré dans la librairie, si l'employée ne m'avait pas snobé… Plus récemment, je me suis cependant rendu compte que la destinée n'explique pas tout, même si elle joue un rôle, en toile de fond. Ce sont nos petits travers qui nous piègent – les biais, les entailles, les défauts. La nuit, la haine d'Andrew à mon égard me hante. Ces retrouvailles à Charing Cross n'étaient pas un hasard. Il les avait préparées, il savait où me trouver. S'il ne m'était pas tombé dessus là-bas, il l'aurait fait ailleurs. Pas poussé par des motifs strictement personnels, mais à cause de moi, du mal que j'ai fait à Florrie. Que mon comportement me rattrape n'était qu'une question de temps. Pauvre Florrie, une gentille fille qui n'aurait jamais dû me rencontrer, dont j'ai gâché l'existence. C'est là une chose que j'ai apprise : la froide insensibilité est cruelle et susceptible de provoquer des dégâts durables.

Je mérite qu'on m'accuse de sa mort, à défaut de celle pour laquelle je suis ici.

Alice avait raison.

Sainte Alice. Je l'ai recroisée une dernière fois avant de quitter Pyros. Le dernier après-midi, quand je suis sorti du commissariat, escorté par Gavras. Nous avons traversé une placette pour rejoindre le camion de police. J'ai regardé autour de moi avec désespoir, tentant d'absorber le moindre détail de la rue, des immeubles, d'un mur, d'une fontaine en pierre et, au-delà, d'un point de vue sur la vallée en contrebas. Elles étaient là, Alice et Yvonne Hurley, à me guetter. Le visage gris de cette dernière était dévasté par le chagrin. Alice la soutenait. Or j'ai distingué une lueur dans ses yeux : panique, frayeur. C'est elle qui semblait piégée.

Je me suis demandé depuis lequel de nous deux vivait le pire enfer. Alice a passé un pacte avec le diable, sa cruauté à elle n'est pas désinvolte mais réfléchie. Durant des années, elle a observé Yvonne qui devait survivre dans l'ignorance, ce qui est la pire des souffrances, comme elle-même l'a souvent formulé. À présent, en m'accusant, elle a incité une mère à croire que son enfant n'avait pas été tué par accident mais avait succombé à une mort encore plus horrible.

S'il n'y avait pas ça, je pourrais même renoncer à ma défense. Parce que, en vérité, je me suis mis à écrire vraiment pour la première fois depuis des années. Les choses que j'ai entendues, les personnes que j'ai croisées – les histoires qu'elles vous racontent pour peu que vous les en priiez – sont extraordinaires. Voilà pourquoi je ne me plains pas. J'ai changé. Cette triste aventure pourrait bien signer ma renaissance.

REMERCIEMENTS

Merci à Ben Thorne, Andrew Watson et Ruth Bouratinos pour l'aide qu'ils m'ont apportée dans mes recherches. Merci à mon éditrice Ruth Tross et aux collaborateurs de Hodder ; à Grainne Fox de Fletcher & Co et à l'équipe de Greene & Heaton, notamment à Judith Murray et Kate Rizzo. Merci à Barney, Joe et Mabel. Comme toujours, un merci très spécial à Giles Smith.

REMERCIEMENTS

Merci à Ben Thorne, Andrew Watson et Ruth Bouratinos pour l'aide qu'ils m'ont apportée dans mes recherches. Merci à mon éditrice Ruth Tross et aux collaborateurs de Hodder ; à Grainne Fox de Fletcher & Co et à l'équipe de Greene & Heaton, notamment à Judith Murray et Kate Rizzo. Merci à Barney, Joe et Mabel. Comme toujours, un merci très spécial à Giles Smith.

LA FACE SOMBRE DE CES ÎLIENS DU NORD

LES NUITS DE LA SAINT-JEAN

VIVECA STEN

N° 34150

Sur l'île de Sandhamn, une jeune fille a disparu au cours de la nuit. L'inspecteur Thomas Andreasson et son équipe ratissent les lieux, mais Lina Rosén est introuvable. L'enquête conclut à une noyade accidentelle. Quelques mois plus tard, Nora Linde, l'amie d'enfance de Thomas, décide de prendre quelques jours de vacances sur l'île avec ses enfants. En jouant dans la forêt, ses deux garçons font une découverte macabre : des restes humains dans un sac enfoui sous la neige. Est-il possible que ce soit le cadavre de Lina ? Et quelle est cette ombre qui menace les Rosén ? Malgré l'absence de pistes, Thomas et Nora ont un étrange pressentiment : l'assassin de Lina n'en a pas fini avec sa sinistre mission. Ce troisième titre de Viveca Sten l'a imposée comme la numéro 1 des ventes en Suède.

LES DÉLICATS COMPROMIS D'UN COUPLE LIBRE VOLENT EN ÉCLATS

EAUX PROFONDES

PATRICIA HIGHSMITH

N° 4421

Vic Van Allen tolère les multiples flirts de sa femme Melinda avec une patience qui stupéfie tout le monde. Lorsqu'un de ses anciens amants est tué, il se vante même d'être l'assassin. Toutefois, le véritable meurtrier est arrêté et Melinda, rassurée, commence une nouvelle liaison… qui s'achève dans le sang. Melinda choisit alors la voie la plus redoutable : le défi. C'est tenter le diable. Tous l'apprendront à leurs dépens. Un suspense psychologique envoûtant, comme seule sait les créer la romancière de Mr Ripley *et de* L'Inconnu du Nord-Express.

PAPIER À BASE DE FIBRES CERTIFIÉES

Le Livre de Poche s'engage pour l'environnement en réduisant l'empreinte carbone de ses livres. Celle de cet exemplaire est de :
450 g éq. CO_2
Rendez-vous sur www.livredepoche-durable.fr

Composition réalisée par PCA

Achevé d'imprimer en mars 2017 en Italie
par Grafica Veneta
Dépôt légal 1re publication : mai 2017
LIBRAIRIE GÉNÉRALE FRANÇAISE
21, rue du Montparnasse – 75298 Paris Cedex 06

78/4152/2